渡鸦栖息时

朱朝敏 著

图书在版编目（CIP）数据

渡鸦栖息时 / 朱朝敏著. -- 广州 : 花城出版社, 2025.6. -- ISBN 978-7-5749-0358-6

Ⅰ. I247.7

中国国家版本馆CIP数据核字第2025516A6X号

渡鸦栖息时
DUYA QIXI SHI

朱朝敏 / 著

出 版 人	张 懿
责任编辑	杜小烨　梁宝星
责任校对	卢凯婷
技术编辑	凌春梅
封面设计	L&C Studio
出版发行	花城出版社
经　　销	全国新华书店
印　　刷	佛山市浩文彩色印刷有限公司
开　　本	787毫米×1092毫米　32开
印　　张	10.75　1插页
字　　数	177,000字
版　　次	2025年6月第1版　2025年6月第1次印刷
定　　价	58.00元

版权所有·侵权必究。如发现印装质量问题，请与出版社联系。
联系电话：020-37604658　37602954

每个垂首凝眸的刹那,我们看见孤独的自己,也看见执着内心寻求破局的决心。

序言

朱朝敏

小说集《渡鸦栖息时》包含了六个中短篇小说。其中五篇小说从发表到现在有三年时间了,还有一篇是五年前发表的。对于作者而言,都算不上最新作品。

但当我把它们集合在一块儿,形成十几万字的小说集,眼前一亮。我看见,那些在洁白文档上密麻排列的黑字,犹如抽穗的秧苗在天风中朝着一个方向偏移倾斜,呈现清晨时的大海镜像——无数个破碎的涟漪和数不清的震荡在此被缝合,崭新的开始又在启程。

那一刻,心中荡漾着一股新生的激情和期待。

正如这些小说,以"心理"为特征,叙述当下女性的生活困境和困境中的挣扎。她们被日常生活磨损,被早期不堪的经历捆绑,活得琐碎庸常,甚至战战兢兢,不堪重负。

然而有一天,她们在时间的某个关口,在痛苦的风暴的冲击下，心灵破茧一样获得顿悟，开始审视内心——

这是一条逆时间的回溯之路，是对心灵隐秘症结的正视。而正视的刹那，不会是一次，是无数次低头回眸的瞬间组成的自我剖析认知，关于过往和当下、肉身和心灵、罪孽和救赎、欲望和精神……

那些回眸，我更愿意称呼为自省——自我审视和反省。就像书本封面上那只驻足冰雪的渡鸦，在炫目的日光下散发蓝紫色的光芒，它以为获得一面巨大的镜子，不由垂首凝眸，就在凝眸的刹那，它看见了孤独的自己，也看见执着内心被往事纠缠寻求破局的决心。

其实，那只是它的影子。

但它一定被告慰。携影随行的日常，何尝不是自我奖赏和激励？无数的裂缝在靠拢，即将缝合。我们告别，我们出发并自我塑形……

这六个中短篇小说都不完美，还存在或多或少的缺憾。我珍视，就像珍视曾经的痛苦纠结的伤疤一样。它在提示，你时刻都在成长的路上奔跑，不要停止。

与一位做评论的友人闲聊，提到这个小说集，他概括这些文字的特质，心理现实主义叙事。我愿意当做鼓励。

最后，真诚地感谢花城出版社给予小说集《渡鸦栖息时》面世的机会。

目录

集美	001
圣地亚哥在下雨	075
钩吻	146
渡鸦栖息时	217
倒立	289
治愈期	312

集 美

一

天空漠白刺眼，太阳腾跃，迅速地烤出一个火球。晨风痉挛似的摇摆于有无之间。三伏时令的高温天，刚露面的清晨就注脚了焦躁。所幸的是，被框于城郊蟠龙山脚的区域，小惊喜指不定会迎面撞来，撞个电光石火。

蟠龙山是个好地方。它又名盘龙山，顾名思义，巨龙曾盘踞于此，这无疑是神迹的加持，也是清灵之境的佐证。尽管城市的钢筋水泥已扩张到山脚，蟠龙山依旧算得上山高水远。随意置身山中一隅，峰峦叠翠，绵延不绝，泉水激石，叮咚作响，溪流依山蜿蜒，水色澄碧，一只惊惶的小动物掠过眼前，丛林不惊……久居其中，望峰息心和窥谷忘返的淡泊自会长驻身心。即便是山脚，也不错，它承续着山中余韵，告慰一下被俗务困扰的心灵并不难。

脑袋麻木的我，从山脚别墅群林木掩映的道路下坡，目光越过坡下单排的山玉兰树冠，再跳过一条狭长蜿蜒的河流，落驻于一栋土灰色的八层旧楼。它正对坡路，矗立在树荫中，仿佛泊岸的古船，声息静谧。远眺的目光减速，沿着土灰色楼身攀爬，爬到楼顶的墙裙上，那是一圈深绿色的墙裙。右墙角上，一对白鸟相对而立。

它们正嘴对嘴，尖锐的嘴壳子触在一起。

多半是相思鸟。不，似是白文鸟，我脑海收到指令，及时播放记忆中储存的鸟雀图片……哦，白文鸟也叫爱情鸟，常常成双成对地出现。

掏出手机，拉近距离拍下它们。白色，左边的膘肥体圆，右边的娇小羸弱。也许不是情侣，是母子或者母女，不管如何，这对白鸟带来小惊喜，将美好赐予这个早晨。心情兀地轻松，我吁口气。释然抵达时，悲哀也趁机而入。八月已至，一年已过大半，终究难以平安到底了，而且……脑袋霎时腾起迷雾似的凉气，麻木再次降临。

买菜；熬好玉米粥，冲奶粉，外加一碟黄瓜丝，一口一口地喂完瘫在床上的母亲，再打流食喂老何。

母亲患有帕金森综合征，两年前瘫在床上，一直有固定的护工看护。护工矮胖，火辣性格，手脚却勤快，也爱说话，关键是力气很大——后三点，对瘫痪在床的母亲相当重要，也是我高价请她的原因。前几天，矮胖护工陡然要涨工资。她原来的工资就比市场价高，还要涨，我一听就犹豫了。最近我家祸不单行，老公何志华是一家企业的老总，前段时间遭遇车祸，被撞成了植物人，刚从医院接回来。

老何出车祸，是因酒后开车，他负全责，除了赔偿对方，医药费更是一笔巨额支出。我已经卖了能卖的资产，只保留这栋别墅。它是我这个大学教授挣钱买下的，是我最后的寄身之所。我结婚迟，三十三岁嫁给老何，十多年了，无儿无女，不喜张扬不讲排场，也没什么嗜好，对居住地倒是苛求，独爱幽雅环境。地处市郊区蟠龙山脚的这片别墅刚开发时，我便拿出积蓄付了一栋楼房的首付，以后按揭还款。那地方位于山脚，林木竞秀，鸟雀争鸣，更有来自蟠龙山的大小溪流，汇聚山脚静淌，山清水秀的环境坐实了别墅的内在价值。事实也是，我母亲和老何吃喝拉撒全在床榻，清新幽静的居住环境正好派上用场。然而，老何出事，护工竟趁机敲竹杠。

工资必须涨，矮胖护工强调，理由硬杠杠：老太婆吵死人，晚上起夜多，累死人不偿命，涨几百元是个意思。要是以往，几百元不叫事，但眼下的确为难，就在我犹豫的当儿，矮胖护工甩手走人。她提着拉杆箱出院门时，见我没有挽留，生气地回头，撂下一句话——你们家现在走霉运，我才不奉陪。

一时难以找到合适的护工，我只好暂时挑起护理两个人的重任。忙累的常态下，心情丧成渣渣，啥都提不起精神，日子分分秒秒朝前迈步，也只是数字而已。

那双嘴对嘴的白鸟却跑进眼里，我恍惚体验到久违的诗意，缓冲了下焦躁情绪。虽然两三秒后，焦躁又卷土重来，但是，来过且冲击了心灵的东西，怎会一走了之？它要产生回响。我拿出手机翻看图片，发现那对鸟并非纯白，头顶灰黑色，只是距离远了，肉眼难以看清。

啊，人家才不普通，是濒危的国宝级珍稀类鸟雀，名叫须浮鸥，卵生，在水面搭草做巢来孵化幼鸟。飘忽不定的环境，却练就非凡的品质，鸟妈妈能在半空喂食幼鸟，而幼鸟四处为家，风来雨去，终于嘹亮放歌于蓝天。鸢飞杳杳青云里，鸢鸣萧萧风四起，说的就是它。

忙完早餐，我烧沏了一壶普洱茶，慢慢品尝。须浮鸥，不，美好的诗意又温柔了一下，在我心间。

这是个不寻常的早晨。

也许，今天将会有不寻常的事情发生。今天是八月六日，我的生日，我没忘记，但若没有那对须浮鸥闯进眼里，生日就是一个再平淡不过的日期，不值一提。

二

这一天果真不同寻常，但直至下午三时才显山露水。

午休后，我给母亲和老何分别喂了一杯蔬菜汁。这时，有人拍打院门，还高声呼叫我的名字。那声音陌生，略微沙哑，却不急不躁、字正腔圆。

路伊美女士吗？有一封加急的手写信笺，您是出来拿，还是我放在院门口的收件箱里？

加急信笺……手写？我扬起嗓门问道，同时，起身走出大厅，再加快步伐跑出院门。都什么年代了，还有人手写信，可笑可叹还可疑，以至于我见到那个瘦高的戴着摩托车头盔的女孩时，还在愚蠢地发问，不是快递？

快递还能劳驾本尊穿越整个城区跑您这郊区来？女孩拉开天蓝色头盔面罩，伶牙俐齿地回答，双眉间的圆润黑痣微微抖颤。她递来一封单薄的白色信封，戴好头盔，准备绝尘而去，似乎多待一分钟，都难以证明她对我问话的不满。

哎，小美女，谁委托你送信的？

摩托车被叫停。她微偏脑袋，双眉间的黑痣闪过流光，晃了下我眼睛。她翘起右嘴角，细长眼递来狡黠的一瞥，沙哑的声音因为笑意而富有磁性。

"人家要我保密。委托人说，您看完了信，自会知晓是谁，估计以后我们还会再见面。"

压着话音，天蓝色的摩托车滑下绿荫匝地的坡路。

我飞快地撕信封，掏出一张三折的A4纸。可能担心被偷看，一折再折的纸页两边还贴上了透明胶固封。复古到近乎掉渣的味道。我耸耸鼻子，捏着它进大厅，在餐桌前撕掉透明胶，展开A4纸。

真是耐得烦，还是用铅笔书写的信。不过，字迹黑乎乎的，说不准来自眉笔。谁呢？干吗给我送来这样一出戏？感叹之余，我把揣测方向锁定在老何的车祸"后遗症"上——我太知道，他出事了，之前惹下的事情绝不会倒下不动，指不定哪天就会以清算的名义循着原路——抵达我这里。

称呼却以迅雷不及掩耳的速度消灭我的揣测。

一美。

是的，称呼不是伊美，是一美。哈，一美，我近乎乳名的名字啊……我的心剧烈地跳动。谁？谁给我的信？

脑海顿时火星四溅，若干想法和判断争相闪现。几秒钟后，我确定，信件可能来自某个亲戚或者父母的熟人。但也许是她——是她吗？我的脑海配合心跳，震荡、发麻。不可能，她早已消失于人海。

那粗黑的字迹不顾眼睛的胀疼而纷纷跑进来——

呵呵，我是谁？你一定在拼命猜测我这个写信人。听我说，谁给你写信并不重要，建议你把这个暂放一边，因为等你看完这封信，答案就水落石出了。

当然，你一定会看完的。

我知道，你现在遇到了大难处，你老公何志华也出了车祸，成了植物人，你们家今非昔比了。悲！这下，你家出现两个瘫痪在床的病人，老人和伴侣，吃喝拉撒都在床上，麻烦到了天花板。而你家的护工也跑了，你现在要照顾两个瘫痪者，忙累到无法形容吧？这些情况我都清楚，我请人送来这封信，就是想告诉你，我可以帮你分担。

怎么帮你？

你允许与否，我都要植入广告，关于我的集美疗养院。集美疗养院地处宜江市北郊西塞山的山谷中，西塞山属于武陵山系高山至丘陵的缓冲地带，较好地避免了深山老林的荒芜封闭，却又保持了环境的幽静温润。此地的森林覆盖率达到百分之九十，负氧离子活跃丰富，风景如画，空气温润，冬暖夏凉，适宜修身养性，更是养病疗心的绝佳场所。

噢，它名叫集美，现在这个名字肯定触动了你。

一美，一个隐秘的词语出现时，也许是偶然，但另一个隐秘的词语紧跟着出现，还是偶然吗？集美，这个网络词语自己都不晓得，它早在许多年前就出现并被大用特用了。

一美，你读到这里，应该猜到我是谁了。

我正是那个人，一点儿没错，不过"那个人"在你的记忆里恐怕只是个小屁孩。现在说这些，不可避免要扯远，没有必要，因为我还不想叙旧，你肯定也是。

我要说的是我这个疗养院。

既是"集美"疗养院，那么它接收的病患人员有性别限制，只能是女性。呵呵，你可以笑我是女权主义者，无所谓。就是这样，疗养院只接收女性患者，当然来散心闲玩的健康者无所谓性别。

她可以来集美疗养院安度晚年。想必你也承认，来我这里，是你们母女的不二选择。抱歉的是，何志华只能躺在你自家，我这里无法接收，你再去找护工吧。这个，我帮不到你。

另，今天是你生日，若我这封信给你带来惊喜，权当作生日祝福。

林阿音

二〇二一年八月六日上午

满满的一页纸。

粗黑的字迹有些掉了色，还有些字词和句子可能先前表达有误，被划掉进行了修改。

脑海乱成麻，我不想看第二遍，也犯不着撕碎扔掉，只是满眼疑惑地愣看那张A4纸。凌乱的黑色字迹，蚂蚁般在洁白的纸张上排队列阵，强行钻进我眼睛，还不够，又爬到脑袋里安营扎寨，分分钟将我掏空。我振作精神，努力去回想一些久远的事情，而思路迅速拐弯。我再次看见那对白鸟。回想中，我终于确定，它们不是亲吻，而是喂食，那么，它们是一对母子或者母女。

路珊美，你现在名叫林阿音，是集美疗养院的大股东。这些年来，你的经历必然曲折，甚至奇特，可是你终于现身，去表达一个女儿的孝心了。或者说，因为孝心，促使你终于出现在我们面前。尽管那些字迹——黑蚂蚁般爬满A4纸的字迹，愣是横看竖看，也看不出一个女儿对亲生母亲表示相认的感情。

林阿音，路珊美，我在心里默默念叨这两个名字。一张总是沉浸于思索的苹果脸闪现，接着，苹果脸溢出月光般的静美，顷刻，那张脸又破碎似的挂满泪滴，再而模糊。

她是我小妹，可是她某一天毫无预兆地失踪，从此下落不明。三十一年的时光在我们之间断裂，再去纠缠有关她的一切，只能是回忆了，可正如她所说——我们均不愿回忆。我强行清空乱麻似的思绪。

不过，送母亲去她那里的主意不错，毕竟她也是女儿。集美疗养院我知道，它是我们市里最好的疗养院。母亲刚瘫在床上的那年，老何多次做工作，要将母亲送去那里，我一口回绝。疗养院再好，也好不过我这个女儿每天的陪伴侍奉吧。

时过境迁，母亲还是要去疗养院，但是，也有她的女儿陪伴。母亲虽然瘫痪，但还有思维，也有部分记忆，当她见到突然现身的路珊美这个小女儿，该会多么惊喜啊。

突然而至的大欢喜，对于僵化的身体机能，不亚于一次超能量的激发，搞不好还会回馈我另一个大欢喜。

长时间的愣怔后，我兴奋起来。我上网找到集美疗养院办公室的号码，拨响。

您好，我找林阿音。

哦，您直呼林院长的名字，那就是路伊美女士了，她交代我们，您若打电话来，定是送老人来我们集美疗养院的，我代表全院职工热烈欢迎，衷心地感谢您的信任，我们将给老人最好的照顾和疗养。

三

母亲在集美疗养院的费用，我付一半，另一半不用说，由林阿音担负。短暂的不悦后，我接受了这种方式。进而我又想，她竟然愿意担负一半的费用，要知道，她从十二岁起，就从路家消失，母亲这样的身体，她还能主动现身，已相当不错了。

遗憾也蹊跷的是，母亲住进疗养院好一段时间，我有意去找林阿音，总是不能见到她的人。她要么在开会，要么外出考察，要么刚刚外出办事……反正不碰巧，总是错过。我有心等过，等正在开会的她散会，但是会议室灯光熄灭，她还是与我错过。

看来，不是遇不见她，而是她有心拒绝见我。

至于联系方式，我也问不到。办公室的那个中年妇女还如此说："林院长超级忙，不可能到处留手机号码和微信什么的，否则，要我这个办公室主任干吗？"

我很想告之我与林院长的关系，但终究没说出口。她又怎会不知我是谁，况且，林阿音决意拒绝的事情，我又何苦强求？

再说我也忙，家里还有一个植物人。我先后找了两个男护工，一个干了一星期就被辞退，我忍受不了他每天跷着二郎腿喝早酒、吃蒸肉的习惯，典型的恶习。不用检查，那个长得膘肥体壮的中年男人肯定高血压高血脂高血糖，说不准啥时就歪在我家了，何谈护理他人？另一个护工精瘦，人也勤快，三个礼拜后，我快要谢天谢地时，他家人出了事，他必须回家，一时半会儿来不了我这里。护工停摆，我又早已请完了可以请的假，可谓屋漏偏遭连夜雨，手忙脚乱的日子只能用秒计算，哪还有心思去打探什么？

林阿音只能是林阿音。路珊美真是过去时了，而且是被永久封冻、被极力淡忘的过去时段。

时间一晃而过。

十一国庆节那天，在家休息的我准备接母亲回家聚聚，争取在家过完后面六天假。我计划当天傍晚去接她回来。那天早晨下了小雨，蟠龙山峰峦叠翠、云蒸雾绕，恍如仙境。十点钟，雨停了，太阳探出脑袋，蜜蜡般的阳光在云雾中穿行并壮大。中午时，山脚的别墅区和周围的林荫道濡染着金灿灿的光芒，植物绿得发亮，镜面似的反射着光辉，泛黄的银杏点燃了小火把，忠心耿耿地传递金秋十月的璀璨内涵。

下午，天蓝色的摩托车汽艇似的在璀璨辉煌的山脚盘桓，又轰轰轰地爬上坡，拐到我家院门前，停下。

我正在二楼晾晒衣服。

还是那姑娘，她取下天蓝色的兔子模样的头盔，仰起一张锥子脸。那脸上的五官小巧，说不出多有特点，却让人过目不忘，因为那颗黑亮的眉心痣，黑珍珠似的耸立在双眉之间，却会随着脸部表情而抖动，再珍珠般流散微光，一双细长眼睛由此生动，春水般漫溢整张脸庞。

流光溢彩，这个词语给我现身说法。我的目光定格在她脸上。

路伊美女士，有您的信，您是下来取，还是我把信放进那个铁箱子里？

又是平信，还是林阿音写的。感慨不已的我向她招手，马上下楼出院门。

女孩从她斜挎的坤包里掏出黄褐色的信笺,递来,同时歪起脑袋,双眼眯成一条缝,脸颊上的几颗雀斑生动红润,小精灵般振翅欲飞。

你再回信去,我就是标准的信使了。传说信使长有翅膀,能腾云驾雾,啊哈……她双手展开,做出飞翔姿势。耶,本尊至少身轻若燕了。

她的快乐感染了我,我笑了。她也咧开嘴巴发笑,露出右上排一颗白色的小虎牙。这样的回应,无形中加深了我的信任,觉得她的建议好,很可能我会托她送信。于是,我主动记下她的手机号码。她抢在我询问名号前说道:"您记下的名字就写'信使'。"

她朝我眨眼,随即,扣上天蓝色的头盔,掉转车头。摩托车下坡,又汽艇一般绝水而去。

这次,林阿音会向我说什么呢?

我好奇,却并不着急。回到二楼,继续晾晒衣服,完事后烧了一壶水,泡上普洱,才展开信笺。折叠成三段的A4纸,粗黑的字迹填满纸张。

一美:

金秋十月,秋收的好日子来了,我给你写信。

我刚从老人房间出来不久。每天早餐后,我会陪她坐一会儿，半小时左右，先是喂她一杯骆驼奶，接着一起回忆一些好玩的往事。有时，她眼角会泛出泪水，我就坐不下去了。呵呵，我见不得流泪。这次也是，她流泪，我起身离开了，总共坐了二十六分钟。回家后，我就提笔给你写这封信。

也许我该说点儿什么，关于往事，关于我们各自的现今生活。但是每每想到此，我的思维就会枯竭，算了吧，还是说正事。

今年的节假日，我都会陪老人在疗养院度过，包括春节。你没必要来接她回你的家了。过年嘛，你家的护工也要回去，若是你没有护工呢，更麻烦。据我所知，你还没有找到合适的护工。我很奇怪，请护工，无非就是钱的问题，你不差这几个钱吧？起码你是堂堂的大学教授，月工资超过五位数。那么，是你吹毛求疵了？是的，以前你就是这样。我无权批评你，只是陈述事实，吹毛求疵的你，一向就是我们路家的骄傲，做任何事情都要争先，哪怕相貌，天生一副好模子，你还不满足，还要好上加好，从精致到优雅到气派，呵呵，不输当红明星。有一年，我点开网页，看见你们学院公布的科研带头人名单，打头的就是你。那张照片应是证件照，我就多看了几眼。不得不多看几眼,一美啊,你又医美了鼻子,山根端秀,准头丰满,如胆悬注,标准的悬胆鼻。我翻看一些闲书,得知女性有此鼻相,能旺夫兴家,中年尤荣。事实却出乎意料地反讽。一美,你很不服气吧?从来你都把失算控制在最小范围内。你能失算失控?呵呵,只能说,何志华作为你的伴侣,在你生命中并不重要。当然我不是责备你,我无权责备所谓法律意义上的夫妻,毕竟我从未体验过那种生活。但作为旁观者,我似乎更能看清那种两个人发展出的捆绑形式的群体生活。说到底,就是相互奴役,却不离不弃、混沌地缠斗一生,可笑可叹(这也是我从小就产生的根深蒂固的看法)。别反驳,你能毫不犹豫地说,你在何志华心目中就是重要的人?

哈哈哈,我还是那样胡搅蛮缠。你读到这里,定会无话可说。

话说,那个悬胆鼻配上你满月形的脸庞真是爽目,用潮话讲,"拉风到底"。右眼底的泪痣不见了,你弄掉了它。我觉得没必要,它消失了,眼睛增添了高冷气质,却减少了水润柔和。后来我又想,那颗泪痣被去掉,也是意料之中的事,高冷正符合你的气派。那颗泪痣,再善于显示水润柔和,又能奈何?

一美，你总是这样。

外面在飘雨，意外地舒服。纷纷扬扬的小雨，下得热闹，不过，太单薄了，气温也没下来，估计闹一会儿就完事。但毕竟是雨，你那里的蟠龙山至少有仙气缭绕的小派头，却耽搁不了你收到这封信。有意思的是，我竟然在飘雨的时刻给你写信，一笔一画地在A4纸上龙飞凤舞。其实也是磕磕绊绊，写错了就划掉它们。再说，我就是个护校毕业生，还是湖南一个偏僻地方的护校，在你大教授面前班门弄斧，实在是自不量力，见笑见谅。

另外，老人患有严重的静脉曲张和双足外翻，我请了医生看，每天都在吃药打针，还有矫正训练，自然离不开疗养院。还有，每次我离开她房间时，她都会拉住我的手，急切地问我，一美带你看医生治好了腿了？

呵呵，无论我如何纠正，她还是把我认成二美。她不相信我还活着，却万分相信二美还活着。

一美，我们要确定的是，在你为我们三姐妹改名的那年十一月——你叫路伊美，二美叫路尔美，我叫路珊美，的确是好名字，毫不客气地干掉了一美二美三美的土渣味，令我们兴奋不已——我和路尔美这对双胞胎姐妹骑自行车到院子前面的公路上撒欢,我带着她转圈,却忽略了岔路里驶来的大卡车。路尔美被撞飞,双腿摔断,而我却好好的。你这个长姐一个劲地发誓,要医好尔美的双腿,然而,路尔美还是死掉了。

这是明显不过的事实,正如我第二年初夏的失踪。可是,她却始终认为,二美活着,我不在人世。

她问完又流泪,白开水似的泪水从眼眶冒出,在皱纹丛生的脸上蚯蚓般爬行,嘴唇哆哆嗦嗦。见我不理(也许认为我是故意的,因为我微微闭上了双眼),她突然咧开嘴巴啊啊哭泣,小孩似的。我心绪难平。但一走出她的房间,我就平静下来,只是觉得很有必要给你写信。

絮叨至此,我也累了,要去泡个热水澡。

顺祝节日愉快。

林阿音
二〇二一年十月一日上午

四

读完信,我有些冲动。我很想给林阿音回信,因为那些字眼刺激了我,她一直称我们的母亲为"老人"和

"她"。母亲给予她肉身,她却……既然接受了她在自己身边,心里却又如此拒绝,什么意思?

冲动下,我找出笔和纸,凭借一时意气飞快地写下一句话:"为何你不愿意喊声妈妈?"

问号刚刚收尾,我便泄气,放下笔,揉掉那张纸,抛进了垃圾桶。这肯定是没有回响的询问,何苦?

算了,接不成母亲回家过节,却还有许多事等着我。国庆节长假,毕竟是节日,就要有过节的样子,从屋到人,里里外外都要收拾干净。

十月中旬,护工来到我家,开始照顾老何。

这个护工是老何的一个远房表哥,我们喊勇哥。勇哥一家人在巴东大山里生活,他是扁平足,还口吃。我从没见过他,他不知从哪里弄来我的电话,联系上我,我很吃惊。他来到我这里,临见面时,彼此还是吃惊。我吃惊是因为他独自闯来,我从不知道他这个人。他吃惊,可能是首次见到老表何志华的老婆吧,我理解为紧张。他解释,他来照顾何志华,是为了报恩。两个儿子读书考学和工作,都找志华帮过忙,志华热心也尽力,分别安排妥当。大儿子高中毕业后,就读市里的职业技术学院,后分配到市里的一家国企工作。老二高中毕业后去当兵,在志华关心下，考进军校，直接改变命运。两个儿子都走出大山，而且前途可望，勇哥一家都感激志华的恩情。我很感动，他主动来照顾何志华，我当然放心，只是过意不去。他的家里，有一片山林和鱼塘，还有一个八十岁的老母亲，留下老婆一人在家，太难为他了。

勇哥磕巴着口舌解释，没事，你……嫂子陪我……老妈，山林……鱼塘我全……卖了。勇哥四方脸，黑得发亮的皮肤，眉眼疏朗，样貌一看就是心地宽敞的忠厚人。

月工资，勇哥只要市场价，但虑及照顾老何太麻烦，我另外加了五百元，与先前照顾我母亲的护工工资一个价位，每月五千。这是个辛苦活儿，勇哥觉得划算，我也放心。

勇哥来的那天，我去集美疗养院看母亲。她满脸平静，比在我家时精神要好。实际上，十月三号至六号我都来看过她，坐一会儿，说一会儿话。奇怪的是，她并没向我说起二美三美她们。我主动问起，她睁大混浊发黄的双眼，努力思索我的话，随后沉默。有两回，她沉默一会儿问了一句："你请医生治好了她的腿了？"果真，她把珊美——不，我还是称呼林阿音吧，她只能是林阿音——当成活过来的尔美。我笑笑，无言以对。母亲是帕金森病患者，所有器官功能都在退化，思维虽还在转动，也只是偶尔顺畅，能说几句，能认出我，不错了。

终是没见到林阿音本人。有那么几回，我步出母亲的房间，下楼，再走到疗养院的林中小道上，后脑勺和背影沉重地感觉到，有来自三楼的目光的注视。我猛然回头，抬眼扫视，只见一排排窗户紧闭，并没发现窗户后面有人。走出疗养院，上车前又回头仰望，然而，高峻挺拔的常青厚朴树、冬青树和山玉兰枝叶相接，墙壁般隔阻着向上探视的视线。

勇哥的到来缓解了我的压力。难得的是，他有山里人的沉默和实在，除了我问他，他几乎不主动说话。他照顾老何极为仔细且耐心。三餐流食，还要给老何擦身、翻身和捶背，而这些不仅需要力气，更需要耐心。比如擦身，天气热，先要温水擦洗，再滴上防治褥疮的沐浴露揩擦，然后清洗，再用干毛巾擦干，繁缛而沉重。勇哥却做得一丝不苟。忙完，他就坐在老何身边，打开手机，放一些歌曲给老何听。

有一次，我上班忘记带在家手写的发言提纲，到校后才想起来，车又被不守规矩的停车人堵住，无奈下，打车返回家里。

勇哥太专心了，根本没注意到返回并站在院子里的我。

是的，一进院子，我就收住脚步，驻足聆听。他在干吗呢？他居然在唱山歌给老何听。唱的是广为传颂的五句子歌《六口茶》，已经唱到第二口茶了——

喝你二口茶啊，问你二句话，
你的那个哥嫂噻在家不在家。

那粗犷但不乏悦耳的声音传来，山风一般扫到我身上，令我一颤。他是个磕巴啊，却唱出如此顺耳的歌声，平常不会是装的吧？我愣在院子里没动，继续听。轮到女声时，我更惊异——

你喝茶就喝茶啊，哪来这多话？
我的那个哥嫂噻早已分了家。

尖细清脆的女声让我怀疑，老何的房间里除了他们俩，应该还有一个女人。但我瞬间就明白，那女声也来自勇哥。

从愣怔中苏醒的我迅疾离开。那个发言稿下午才用，我中午花点儿时间重新拟提纲，<u>丝毫没问题</u>。

"何志华，这回你有福气，当然，这福气也有我的份。"的士上的我在心中感叹。感叹中，我不禁异想天开，在勇哥如此精心的照顾下，老何说不准会有所反应，还说不准就此苏醒过来。这的确是异想天开，但我为这样的异想天开激动了好一会儿。甚至我进一步放纵自己的想法：如果真有那么一天，我一定会提前退休，鼓动老何变卖这栋别墅还有我的那辆路虎车，一起去周游世界，好好地打发余生。人生太憋屈了，要想舒服就得随性。就现在的我来看，随性不外乎放逐肉身，回到自然美景中去，听听风声海啸，看看蓝天白云，多多领略异域风情。老何呢，经历了这些，他会比我更渴望无人搅扰的随性生活吧。

回到办公室坐定，我又为自己的胡思乱想而感到好笑。继而摇头，内心反驳起林阿音之说，林阿音，你想错了我和何志华的关系。她真弄错了。她的错误在于遵从平庸的流俗看法，一个企业老板的感情问题，似乎天生不清不楚。但我无权去审判他的一切，包括他的私生活，因为我自己也并非纯粹的无罪之人。

勇哥来后，我轻松了许多。时间涂抹上一层釉，流逝得悄然无痕。时令进入冬季，一年走到尾声。其间，我多次去集美疗养院看望母亲，还是没见到林阿音。都说，只要有心去找某个人，一定能找到，但我的确没找到她。如此，找她的心思也渐渐泯灭。

春节时，母亲继续留在集美疗养院。年三十那天傍晚，我带着食材跑到集美疗养院，动手做了一顿晚餐，在那里吃了年夜饭。先喂她吃，然后我自己吃，算是团年。吃完饭就打道回府，因为勇哥回了巴东，留下老何一个人在家。勇哥敬业，他在年三十的上午才离开，并答应我，正月初四一定返回。

五

二月底的一个周末，太阳冒出脑袋，结束了长时间的阴冷天气。它还很稚嫩，却心无城府地挂在天穹上，努力地告示人间，它的茁壮将要显形。

天蓝色的摩托车又来了，它载着身着天蓝色棉服的信使，从新绿横亘的坡路缓缓驶来，仿佛驶入大海的蓝色小汽艇。信使带来了林阿音的第三封信。

路伊美女士，信使驾到。

小姑娘摘下头盔，人仍坐在停好的摩托车上。山风吹来，吹乱她的头发，几缕长发遮住半张脸，她也不拿开。细长眼眯起，兔牙压在下唇上。

我开院门，走向她。她刚递来的手又缩回，嗯哼一笑，轻声问道："嗨，偷偷问哈，你盼望我这个信使到来吗？"

我一笑，邀请她进屋喝茶。

她摆手，再伸手拨开遮住大半张脸庞的头发，哈了一声，说道："要我说，我这个信使不到位，只有来信却无回信，等我帮你送回信了，本尊坐实信使位置，就去你家喝茶论道。"言辞间，那颗眉心痣一颤一颤的，有绵延柔和的流光。

这孩子，是林阿音的什么人呢？我多次去疗养院，从未在那里见过她。

天蓝色的摩托车轰轰响起，她戴上头盔，掉转车头。我把疑问压回体内，目送信使离去。

太阳难得，抛洒清丽而新鲜的光芒。二楼窗台全是玻璃，屏蔽了早春的寒风，吸收双倍的阳光，屋里居然达到阳春三月的效果。勇哥将老何躺着的护理床推到阳台上，阳光铺天盖地地罩来。

老何也该晒晒太阳了，太阳不仅暖身还补钙。勇哥也没闲着，在一边给老何按捏身体。

我走进书房，轻轻地带上房门，在书桌前展开写满字的A4纸页。

一美：
　　你在盼望我的来信吧？我也在盼望你的回信。

信笺太古老了,但它是我们目前沟通的合适方式,一次可把话说够,面聊就尴尬了,电话、微信语音什么的,太浮于表面,难以深入。

我说盼望你的来信,只是那么一点点盼望而已,因为我总会设身处地为你着想。你将会对我说什么呢?不是你没有话说,而是你想要对我表达的,似乎还没到临界点。所以,那些话即使溜到嘴边也会被你拽回去,那么,我就继续给你写下去。呵呵,权当作自言自语。

毕竟有三十一年——不,有三十二年的时间横亘在我们之间,三十二年的洪流滔滔不绝,说跨过就能跨过?我们都有掂量。

我还是要说,信笺是个好东西,就这么几回,我似乎不惮于回忆了。或者说,就在单向的交流中,我打开了自己强行阻截的记忆通道。真的,我能说点儿我曾经一再拒绝的往事了。

从老人说起吧。她眼睛不大行了,尽管以前做过白内障手术,可是,帕金森综合征还在发展,正在拿走她的视力,尤其是左眼,现在难以看清几米之外的东西。可是,我站在她卧室的门前朝她微笑招手,那个距离也就五米吧,她又喊道:"二美,你好了?"

二美死去那么多年了,她还记得。她记得二美活着的样子。我呢,在她的记忆里,只有死亡般的消失。

她令我迷惑。有时候我一遍遍打量她衰老的身体和容貌,说实话,时间夺走她许多东西,可是她美丽的模子还在。皮肤松弛却仍白皙,脸上有褶皱,但鼻子高挺,大眼睛双眼皮,还有依稀可见的锥子下巴。呵呵,僵硬的双腿仍旧笔直修长。

仍旧……那么多,我不免想起她的风流往事。漂亮是她的资本,然而更多的是我的耻辱。

一美,这是你曾对我们说的。我记得很牢。那时,我们不懂耻辱是什么,你冷静又很忧伤地解释:耻辱是我们父亲的暴躁脾气,是他手里的酒瓶酒杯,是他的拳打脚踢,是他的自暴自弃,也是我们的哭泣、我们的自卑和莫名恐惧。二美到底比我大几个小时,脑壳转得快,马上接口你的话说,一美你真会分析,说到人心里去了,以后你会成为心理学家的。她说对了,你后来真就成了心理学教授。这是你的本事,你想成为什么,你就能成为。我在信中对你提起这些,是想补充你三十多年前的解释,关于耻辱的:耻辱还是父亲的死亡。

读到这里，你的双手在颤抖吧。

一美，如果你回我信，务必回答我这个问题。你聪明如此，肯定明白，本性是难以被时间改变的，比如我的较真。

然而，二美就比我宽容，她总能轻易地宽恕别人和自己，所以她很轻松，整天嘻嘻哈哈，一副天真烂漫模样，嘴巴抹了蜜一样甜，但是她死了，那么早。这是老人——记忆混沌的老人以窜改记忆来让她重生的理由？

起初我认为是，但是现在我很肯定地说，不一定是。感谢写信这样古老的方式，我在写写画画中厘清一些东西，也辨出一点儿真相。

那是什么缘由？

我很郑重地回答，仍是耻辱。衰老和病痛提醒了她，让她备感耻辱，为她年轻时的风流债，她祈求能被原谅，于是她以混沌的记忆创造二美的重生，又规划我空气一般消失殆尽。

一美，你还记得我跟二美那次打架吗？她抓伤了我的嘴唇，说我乱嚼舌头，还骂我狼心狗肺不知好歹。我呢，当时打架没占到便宜，可是等我们被你拉开后，我跑上去就朝她鼻子捶了一拳，她鼻子血流不止。一美,你骂我太记仇。我不是记仇,而是二美太袒护老人了,嘿,老人那时当然还年轻貌美。二美为她的风流辩护,说辞一套套的,说我们三姐妹要上学,而爸爸的单位又被改制,丢了工作,没事情做了,就是一个白吃饭的,还有爷爷奶奶也是吃闲饭,这么一大家子人,全都靠她。她开起粮油店卖粮食,她的商品要能卖出去,还不是要靠关系,你以为很容易啊?

那时我就引用你的话反驳:"她不要脸,让我们备感耻辱。"

我的反驳很大声,被刚好回家的她听见,她一把拽住我,举起手,要抽我耳光。二美跑上前,递给她一杯水,说妈辛苦了,快去休息。她放过我,淡淡地教训道:"你要是有二美一半懂事,我就省心了。"

不久,二美出事死了,的确是意外。但是我知道,她怪我,遗憾死去的不是我。她遗憾去吧,我无所谓。对于我而言,风流放荡和偏爱袒护都不算什么。问题是,她把事情做绝了。

好了,今天就写到这里。够多了,我还要准备后天的会议内容,一个现场会议要放在集美疗养院召开。集美疗养院如今在全省赫赫有名。

还有一件事，我一再犹豫，还是得跟你说下。你启发了我的耻辱感，可是你自己呢？你年过三十才嫁给何志华，正是看中他雄厚的家庭背景吧？也许他曾打动过你，但在这两者之间，应该是前者比重大。我说过，我无权指责你，谁都无法站在道德制高点去评判别人，我说出这件事，无非是说，老人大大影响了你的生活。耻辱感很容易被虚荣感抵消，这到底是好事还是坏事？

> 林阿音
> 二〇二二年二月二十八日夜晚

几乎停顿几次才读完这封信。

林阿音逐渐进入过去时态了，她在信中慢慢地恢复了路珊美的身份。那些断掉几十年的时光即将被到来的信笺接上。可是，我心情异常沉重。

勇哥已将老何推回卧室，准备流食去了。也只有在他心中，曾经有恩于他们家的老何不仅不是罪人恶人，而且仍是恩人。

林阿音在信里说这说那，有一点非常正确：如此原生家庭驯化的长女，她要出人头地，还要清洗厚重的耻辱感以及耻辱感衍生的其他心理，只有将屈服和抗争相糅调和。

三十岁那年，我才认识何志华，他虽是商人，却口才好，为人儒雅。初识，我对他的确有好感。但真正促使我嫁给他的，是他的家庭，他父亲是宜江市最早投资开办福利院的老板，后来将福利院发展为连锁机构，湖北湖南江西甚至广西贵州都有分院。何志华的人生道路清晰，要么继承他父亲的产业，要么另辟蹊径做学问或者走仕途。我喜欢有方向的人生，它使我感到安全。

我是他第一眼就认定的未来伴侣，我出众的相貌和沉稳的性格颇符合他的择偶标准。他一双近视眼触到我眼神时，会兀地脸红，呼吸急促，我甚至能感觉到他激烈的心跳。这正是爱恋一个人的标志。荷尔蒙催生的激情爱恋能持久吗？我稳住自己，若即若离与他交往了一年半，他正式接手公司那年我们敲定了关系。一年后，我们结婚成家。他当然是我生命中重要的男人，是我一生都要携手的伴侣。而林阿音所暗示的，是影响我的另一个人。那个人是我的心理学导师，不简单的一个人。

他是国内积极心理学专业的倡导者和践行者，曾经留学宾夕法尼亚大学，师从著名的积极心理学大师塞利格曼。他有一个奇怪的姓，居然姓骂，这样的姓，名字再普通，缀上姓之后，也不普通了。看，导师居然名叫骂里。

呵呵，有意思吧？几乎就是直接攻击……骂你。我一直记得他与我们三个学生首次碰面的情景。他比预定时间早了十分钟，而我们三个学生在他之后到。我是最后来的，比约定时间提前了两分钟。我刚跨进办公室大门，他顶着略微卷曲、黑白掺杂的头发站起来，右手朝我伸出，脸上浮现讥讽的笑容。

路伊美同学闪亮登场了，骂里（还是骂你？）。

我窘迫，站着没动，努力想笑却又笑不出，因为一时难以判断他并不标准的普通话的真正字音。骂老师摊开右手，眨巴镜片后的右眼，左眼却没动，透出几分捉弄。我判断，他在讥讽，我便收回正欲绽开的笑容，微微弓腰，说道："以后我绝不会迟您一分钟。"骂老师收回右手，双眼一起眨巴，似乎在说，不见得哦，说不准还要骂你。

那堂课，骂老师介绍积极心理学，多是理论，我们都昏昏欲睡。他抬起右手挠头发，遗憾地自问，怎样才能提高你们的兴趣？我们不好意思地抬起脑袋。骂老师眨巴右眼，左眼依旧不动，咳嗽一下，用别扭的普通话背诵了一段话，是陈寅恪为王国维先生撰写的《清华大学王观堂先生纪念碑铭》："来世不可知者也。先生之著述，或有时而不章；先生之学说，或有时而可商；惟此独立之精神，自由之思想，历千万祀，与天壤而同久，共三光而永光。"

那背诵语速慢,普通话别扭,却掺和了感情,增添几分趣味,的确引起我们的注意,我们不由得鼓掌。

他也拍巴掌,又接着说道:"陈寅恪提炼的王国维先生的思想精神必将贯穿人类之历史,未来可待可感可触。这也是积极心理学的意义所在。诸位也许会问,两者风马牛不相及,放在一起谈论有何意思?且听我慢慢道来。传统意义上的心理学以疗伤为目的,大都以记忆为途径,以回溯的方式挖出根源,再解开心结,它就是医学方面关于个体身体疾病的一个科目。而积极心理学不仅沉浸过去,还关涉未来,不再拘囿医学方面,它还涉及工作、教育、洞察力、爱、成长和幸福,它从个体出发,抵达的却是广博的群体和同类。嗯,同类……同一个人类的精神主旨,不就是精神独立和思想自由?"

说到这里,他的音量提高,大声问道:"诸位还会再说,两者风马牛不相及吗?要我说,不仅相及,还大有关联。"接着他引用了他老师的一段话例证,毋庸置疑,我们人类的大脑有一个设置,叫"希望回路",这个"希望回路"决定了我们不只是简单的"智人",即根据学习经验利用工具去解决问题的人,我们更应是"计划人",即人类的进步不能由过去的经验决定,而大多数时候是由未来的召唤而决定的,因为人类大脑的最大用途不是用来判断过去信息的对与错,而是促使人去思考、说服并影响别人,从而形成良好的社会关系,进而营造我们人类生存、生活的舒适空间,这个空间也包含了人类本身。

这番话有意思,让我内心久久无法平静。

后来我知道骂老师来自河南的一个村,那个村里的人几乎都姓骂。姓氏稀奇,他则利用这种稀奇不时幽默,又配合各种孩子气的眨眼,充满亲切魅力。但我知道,他身上的磁场主要来自他的博学。林阿音说对了一半,路伊美从来就是上进高冷的人,她必须也只能被比她博学许多的人折服,但折服未必就一定会变成爱。

两年后,骂老师出国,受聘于加拿大拿破仑大学。再两年后,早已参加工作的我到美国伯明翰大学访学,却遇见骂里老师,此际他刚被聘为该校心理学教授。访学期间,我再次师从他,学到许多知识。应该说,是骂老师的积极心理学改变了我,也塑造了我,他是我生命中的关键时刻的关键先生。

六

林阿音的第三封信引出太多不好的记忆,破坏了我的心情。

我在书房里待了许久。勇哥敲门喊我吃午饭,我才晓得,时间已经到了下午一点钟。

通常,勇哥只负责老何的吃喝拉撒,我不在家,他管自己的餐饮;我在家,我和他的餐饮由我负责。今天,因为林阿音的信,他代做了午饭。

还不错,四菜一汤,口味都好。山里人喜欢吃辣,什么都爱放辣椒。初春没有新鲜辣椒,他变戏法一般变出腌制的红辣椒。青菜放了一点儿辣椒,土豆丝放了一点儿辣椒,带鱼和腊肉也是,豆腐汤里居然也有丝丝红椒,居然都出奇地撩拨胃口。勇哥磕巴着口舌告诉我,春节返回时,他带来了家里的土特产,土豆、腊肉、黄豆豉,还有一罐泡辣椒。

微微的酸辣味刺激了味蕾,又打开胃口,还撕开一个切口,让刚才的沉重和沮丧烟消云散。我问勇哥在这里习惯不,家里的母亲和老婆咋样,他是否放心。他不断点头。我歉意地说道,辛苦勇哥了。勇哥摇头摆手,表示他这个何家远亲,关系都出了五服,但何志华丝毫不摆谱,热心地帮忙,解决了两个儿子的人生大事,他肯定要报答。

他的话真诚也实在。我作为何家的媳妇,从来没见过勇哥一家人，以前也没听说过，可见，这门亲戚肯定不太近。我问勇哥见过何志华几次。勇哥马上举起右手，三个指头岔开直立。

我问他三次见面的情形。他啊了声，赶紧埋头咀嚼嘴巴里的饭菜，筷子在干净的碗里扒拉，半天才夹起半颗米粒。

兴趣来了，我不走，也不动，就坐在那里等。

终于，他放下碗筷，说道："那个，一回是……在茶……室，还有两回，在……家里。"说到这里，他仰起有些发红的脸，左右转动瞧看，接着看向我。他嘴角微微翘起，讪笑爬满那张四方脸。那双看来的眼睛，刚刚碰触我眼神，立马掉转。

有什么东西撞了下我的眼睛，又跌落于心胸，我的心顿时一颤，疑惑烟雾似的浮腾扩散。他在抱歉——我反应过来了，他指的"家里"肯定不是这儿，而是别处。

我说出我和老何曾在市区的房子地址，滨江路13号绿萝小区第8栋楼，还仔细描述了周围的环境，主要标志是临江，有滨江公园，斜对面是新建的跨江大桥，附近有市里唯一的一座基督教堂。

他愣住，微微张开嘴巴，继而摇头，又说："啥……地方，我真……不记得了。"

他站起来，双脚一颠一颠，却是以跑步的速度离开。还不忘解释："我……看下……志华，吃饭……有……一会儿了。"

疑惑迷雾般在我心头扩散。我呆坐餐桌旁，几秒后站起来收拾残局。勇哥又跑回来，要我忙去，他等会儿来收拾。

我去午睡，时间已过了午睡点，躺一会儿又起床，拖地，再烧水泡茶喝。勇哥已收拾好餐厅和厨房。我喊他喝茶，他边摆手边朝室外走，说要去院子里忙葱去——他要在靠墙角的地方种上几行青葱，还准备栽上洋荷姜。

喝了几口茶，我踱到他跟前，问他见到何志华的时间。他侧过半张脸，答道："首次……是……二〇〇六年，第……二次是……二〇一三年，再就是……二〇一八年。"

哦，二〇〇六年，我还是单身。

洋荷姜不知从哪里弄来的，那东西是中药，对清火活血有奇效，当菜吃也爽口。勇哥是有心人，他曾在餐桌上问我对洋荷姜的态度，我说，挺喜欢的。他表示，那东西要吃新鲜的，他可以弄些栽上。他真就栽上了。不过，市场上有卖的，后面的蟠龙山也有长，弄来姜种也不难。

他换了一个墙角忙。

我甚觉无趣，又觉得风大发冷，便回到客厅，继续喝茶。

半壶茶水下肚，勇哥忙完，回来放东西洗手。经过茶桌前，他停住脚步，睁大了眼睛，认真道："妹子，志华的事……确……实是意外，但他帮……我家大忙，其他的……我不知道。"

他掉头就走，上楼。佝偻的身躯压在他一颠一跛的双脚上，脚步声有点儿沉重。我轻声说，谢谢勇哥了。

他也许听见，觉得没必要回答我，也许没听见——那一步紧跟一步的滞重的脚步声，多少削弱了我近乎呢喃的声音，他只管埋头爬楼梯。

可能林阿音的来信狠狠刺激了我，让我神经过敏了。何志华的确热心，而找来的勇哥，无论如何都沾亲带故，他帮勇哥的忙，多是顺水推舟，但在勇哥看来，白白接受人家的天大恩惠，不免将对方看高看大，如此心理反差下说往事，吞吞吐吐也自然。

但很快，我脑海又闪现勇哥说到他与何志华三次见面时的反应。并非我神经过敏吧，他的反应不正常——难道他们之间有些不好说的勾当？勇哥与当时的何志华地位悬殊，怎么可能？也许勇哥见到了什么，刚好是不好说不能说的事情，譬如何志华给人送礼什么的。

晚上,我彻底失眠。林阿音这次的来信占据我的脑海,我翻来覆去在床上烙饼,无法抓住睡神的手。黑暗中,我看见一只大手在一张洁白的纸页上写写画画,最后留下两个字:耻辱。

一股气便在体内乱窜,我恼火的不是这个词语本身,而是林阿音的夸饰。她竟带着如此夸饰的耻辱感走到今天?我的心有些作痛。

看来,真要给她回信了。我看了下时间,凌晨三点二十一分。

七

我给信使发信息。不到一秒钟,回复就到:"哈哈,我这个实习信使快要转正了,请告知取信时间。"

下午四点半。我回复。

下午四点二十,我已经回到家里,将写好的信装进买来的土黄色信封,并封好口。

天蓝色的摩托车驶来,在院门前停住。信使后退几步,站在一个石凳上,摘下头盔,仰起脸,又伸出右手摇摆。

伊美女士,信使驾到。

已经泡好茶水,坐在院子里等待的我,开院门,欢迎信使进屋喝茶。

哇,我以为二楼窗前的人是你,人影一晃就不见了,原来你在门前恭迎本尊,客气客气。她大大咧咧,边说边走进屋,坐下就动手倒红茶,抿下,再一口吞掉。第二杯也是。第三杯后,她站起来,环顾房屋,频频点头,伸手要信。她说,争取赶在林院长下班前把信交给她,收到你的回信,她会高兴的,因为她蛮盼望回复。

信使出客厅大门时,眼睛抬起,眉心痣闪烁柔和的天光,照亮脸颊上的雀斑,她的脸熠熠生辉。

我顺着她的目光看去。楼梯上勇哥的身影闪了下,又立刻消失。

我们出院门。她骑上摩托车,发动引擎,就在戴上天蓝色头盔时,又抬起脑袋,朝二楼看了看。估计,勇哥又在窗前看。

勇哥今天怎么了,不像他的行事风格,也许找我有事。我朝信使挥手作别,她拉下头盔面罩,掉转车头。

天蓝色的摩托车驶下山坡,化作汽艇消失在不断繁衍的新绿江海中。

我刚走进客厅,勇哥下楼来,热切又紧张的眼神先一步抵达我跟前。

"刚才的……客人,是……"

"哦,送信的人。"我随口答道。勇哥脸上露出急促的笑容,接着走向厨房。我看向墙上悬挂的鹰状石英钟,快五点了,老何的晚餐时间已到,难怪勇哥刚才着急下楼。

但是,一句话还是脱口而出:"勇哥认识那姑娘?"

"不……认识。"已走到厨房门前的勇哥马上转身,坚定地否认,还举起右手摇摆。见我紧盯他看,又打上一句补丁,"真不……认识。"我嗯了一声。他又补充了一句话,"妹子,有……好事情,志华……右脚刚……动了下。"

我张大嘴巴,随即转身爬楼,直奔老何的卧室。

老何,老何,你能听见我的声音吗?我轻声而急切地喊道。

床上的何志华一动不动,盖住他全身的麻白色被子沉船般滞重,配合着白色的墙壁和天花板挤压稀薄的空气。顿时,房间四处蛰伏的死寂铅块一般腾起,又击向我。我的身体晃了下。我蹲下来,双手捏向被子里的双脚,并上下摩挲。那双纹丝不动的脚依旧僵硬。

他的脚真就动了?我怀疑勇哥产生了幻觉。

勇哥上楼,喊我吃饭。我摆手。

疲倦的我转去书房静坐。窗外已昏暗，夜色水一般漫卷而来，越过窗户玻璃，在书房里安营扎寨。我没开灯，将窗户微微推开，把黑暗压紧压实，而我在书桌前坐成剪影默片。黑暗携带的冷风穿过窗户的窄缝，狠狠地吹打我的身体，却无法卷走我内心混乱不安的波澜。

林阿音收到回信了吧。那封既无称呼又无落款的回信，就是一段话，几十个字而已，读完也就两三分钟时间。但是语气干硬，还有些以长姐自居的教育味，完全削弱了谈心似的良好氛围。详细内容我记不全，但中心意思很明显，那就是明白无误地告诉她，带着被夸饰的耻辱感回忆，事情就变了味道。

林阿音会不高兴吧，甚至气急败坏，那么，第四封来信估计在路上了。

我叹口气，有点儿后悔自己回信了，还以那么快的速度。就算林阿音说得没错，抑或编造夸张，又能怎样？人生过去这么多，已成定局，还指望翻盘？随她说去。可是，我口中发涩发苦，嘴唇嚅了几下，脑袋不由得左右摇摆，否定了刚才的一番想法。

那股苦涩味，大致是耻辱的味道。我熟悉它从不单纯，而是复杂厚重，背后是大片的阴影，灌注着诸多情绪，在漫长厚重的时间中板结，又凝固成沥青，不经意就散发出憎恨的气味。

林阿音对父亲之死有她的想法,似乎归结为预谋?我不大确定,但至少能确定的是,她不认为那是一次意外。

不是意外?想到这里,我浑身发热,分别放在膝盖和桌面的左右手痉挛似的颤抖。

啊,果真如她在信中所说,"读到这里,你的双手在颤抖吧"。

我站起来,在房间里来回走动,浑身发热,额头渗出汗水。我拉开半扇窗户,饱含料峭春寒的夜风灌进屋内,寒意洗劫了我身体的热量,而焦躁搓成麻绳来回抽打着我的内心。

关上窗户,拉开房间的灯,我重新坐回桌前,展开了纸页。

八

这次我的笔头迅速地写出两个字:三美。

称呼真是奇怪的东西,它一旦站稳脚跟,被克制的情绪便染上怀旧的伤感气息。

我写到了母亲。

她的漂亮我忽略不提,我提到的都是她给我们这个家带来的温馨和忍辱负重的付出。我说的都是实情。

她与父亲曾一起供职宜江市的粮食系统，夫妻俩都是半路进单位的。父亲从军队转业后，被安排进粮食系统，本是一名普通职工，却因为会开车——那时能开车的屈指可数，而粮食系统单位大，要运输粮食，父亲便被安排为司机；再后来领导弄到一辆老吉普，我父亲被安排进办公室，成为领导的专职司机。父亲每天跟着领导，类似贴身秘书，与领导的关系很不一般。母亲是山里人，土家族，因为读过初中，就在城郊的小学做代课老师。她颜值高，心气也高，一心想嫁给吃商品粮的男人，所以亲事一拖再拖，认识父亲时，她都二十七岁了，年长父亲三岁，两人倒是一眼对上，成为一家人。因为我父亲，她不久也被安排进粮食局做会计。

母亲颜值高，还能说会道，又是一名文艺女，唱歌跳舞吟诗都在行，这无形增加了她的女性魅力。粮食系统的领导便带着母亲去攻关，母亲的名声就是从那时开始走下坡路的。

彼时的我已上小学，二美、三美也上了幼儿园，我们家还有爷爷奶奶，一大家子人住在单位后面的一个大院里。大院有个匪夷所思的名字，叫作集美，实际它是由一个存放粮食、堆积货物的大仓库改成的住宿区。据说，更早时，它也不是仓库，而是带天井的回字形楼房，是宜江市过去较有名的妇女收容所。几十年后，它的历史消失在岁月的无情流逝和时代变革中，变更为我们的住宿区。我们家里人多，住的房屋也大，是邻居家的两倍。这也从侧面体现出我父母在单位的地位。

母亲名声不大好，却给我们带来好日子。父亲下岗前脾气也不暴躁，高兴时会哼歌，周末会带我们三姐妹去郊游。时间平滑而过，我上了初二，二美、三美也是小学三年级的学生了。二十世纪九十年代初，宜江市的粮食系统面临改制，要全面走向市场，粮食系统的职工必须买断工龄，自谋出路。非一线的职工马上被清退，作为下岗预演，父亲这个司机正在其中。一九九一年二月，他和一些人拿到一笔钱离开了单位。有消息传来，那笔钱是该拿数目的一半，一些被清退人员不服气，以各种方式抗议。很多人说，父亲因为母亲的关系，其实拿到了全部的钱。这肯定是诬赖，父亲心中很愤懑。母亲那段日子也心神不宁，但没几天就喜笑颜开了。凭她的交际能力，她找到了工业局，对方正在为她办理调动手续。很快，粮食系统的领导出事被抓，很多人说，是父亲告的状，后来父亲也承认，他说只是想为自己证明清白。唉，原领导被抓，而母亲是单位会计……母亲那段时间每天都早出晚归，一个月后,她平安地摆脱被牵扯的厄运,却失去调到工业局的机会,不久也被清退。母亲的坏名声传遍了县城的大街小巷。爷爷奶奶在意儿媳妇的名声,却无法管住母亲,便将怒火发向父亲,唆使父亲狠狠地教训母亲……父亲试过,母亲照旧,她的理由是——我没错,只要一大家子人能有饭吃,随便你们说。各种压力下,父亲沉沦了,一大早醒来,就找酒喝,先是端着酒杯喝,再捧着碗喝,然后握着酒瓶子大口大口地灌。醉酒是常态,还耍酒疯,摔东西不说,逮到我们哪个都是拳打脚踢。我们一见他耍酒疯,便兔子般四处逃窜。他可能觉得没趣吧,居然不再守在家里喝酒,而是抱着酒瓶出门去喝。这减少了我们被他拳打脚踢的机会,却多了一件事,那就是每天傍晚,一家人都要分头去找烂泥般不知醉在何处的父亲。

作为清退人员的他俩,拿到了部分现金,加起来不到四千元,剩下的就是补给——仓库里积压的米面油等。一袋袋粮食和几个大铁皮桶的油,基本都是存货,快过期了。怎么办?只好办起粮油经销店。本来是夫妻俩的事,每天却只有母亲一人守在店里。父亲呢,清醒时不来,偏偏喝了酒后寻来,借着酒劲打骂母亲,还赶走买东西的客人。能怎么办?那些分到手的米面油什么的,都有保质期,却难以马上卖出去。母亲只好拿出交际手段,去找有权力的人，拿下大单位食堂的粮食供应权。这或许触动了某些人的利益，以致母亲的风流谣言在我们县城风起云涌。实际都是捕风捉影，从未有谁看见，她也无从辩白，只能沉默。但是在生存层面的挣扎下，她并不畏惧，一人经营粮油店，年年有盈利。我们三姐妹能上学，爷爷奶奶能颐养天年，父亲能有酒喝，这不都是母亲的功劳？

我专门在信中提到一件事。

那年秋天，母亲去乡下收购粮食，她借到一辆小货车，让父亲开车陪她去收购。父亲开始答应了。那天他一起床却又灌酒，母亲怕他喝醉，去夺他手里的酒瓶，父亲不让，两人夺来夺去，酒瓶摔在地上。父亲勃然大怒，抓起一块玻璃碎片朝母亲脖子割去。母亲出于本能后退，后仰着脑袋。不长眼的玻璃碎片仍划到了母亲的双唇，上下唇都划破，肉片一般垂挂，颤颤巍巍的，随时都会掉下的样子。我准备去上早自习，而三美和二美刚起床，我们吓坏了，抱住母亲大哭，父亲却若无其事地继续开喝。我愤怒，又不敢夺他的酒瓶，只是哀求他开车马上送母亲去医院。他拒绝了。

那个早上，我深深地记得，我没去上早自习，也没请假，我骑自行车带母亲去医院缝嘴唇。三美，你不会有印象，因为我说了谎，说母亲只缝了七八针。不，她的上下唇整整缝补了二十八针。而那天，我因为旷课被老师批评，以后一个星期都站在教室后面上课。

我们的母亲呢？缝了二十八针的母亲本应该在家卧床休息，可是，与别人谈好的收购买卖，哪能耽搁？当天下午，母亲就骑着一辆三轮车下乡收购粮食去了。连续三天，才把本来只要一车就能完事的粮食拉回店里。我却从她用白纱布缠住的受伤的嘴唇上，看见了自尊要强。

写到母亲缝嘴唇和蒙纱布的细节，我将自己送回到那个场景。

母亲嘴边流出的血是一波一波地奔涌，黏稠腥甜。那块白纱布贴在她嘴唇上，开满了黑红色的无名大花，而经过她身边的我，被腥甜的血液味猛灌，恶心得快要窒息。我又想起父亲对母亲不管不顾的追打。他有固定的章法，先是揪头发，然后将母亲抵在墙壁上撞击，母亲无力地倒在地上。

你现在看见母亲没有几根头发了，快要秃头，这不是衰老和疾病脱发的结果，是酗酒后失控的父亲的暴力所致。暴力，从孩童时期就根植在我们记忆里了，我们三姐妹——如果二美还活着，活到今天——均会以疼痛指证。

二美之死，死于意外——你说得对，我还是要絮叨。那年的十一月下旬，父亲被清退快一年了，母亲为了生存到处奔波。你和二美在二十日下午五点四十骑车玩,被一辆大货车撞飞,二美不久死去。要说的是那辆大货车,它正在拉粮油,清理存货。你能说这是偶然?可不是偶然又是什么?事实上,这事一直被定性为意外事故。只是可怜啊,一向乐观的母亲在家不吃不睡整整三天。

写到这里,我突然筋疲力尽,笔芯凝滞在纸页上,脑海一片荒芜。

我去泡澡。泡热水澡后,血液流动,身体暖乎乎的,人也还阳,精神好了许多。我坐回书桌前,提笔写下一段话,为这封信收了尾——我们的母亲为我们一家人付出了一切,从我陪她缝嘴唇那天起,我不再因她而感到耻辱。相反,我备感幸运。

翌日早晨,刚起床的我又坐到书桌前,提笔补上昨晚忘记的落款签名。随后,我下楼冲了一杯麦片吃,再上楼补回笼觉。因为上午没课,而约定信使取信的时间是十点半。这个回笼觉睡得还可以,四十来分钟后,我起床。勇哥说老何的脚又有反应,趁上午有时间,我陪陪老何,观察下。

还是没能见到勇哥说的那个时刻。

十点刚过,天空下起瓢泼大雨。信使的信息抵达,她有事被耽搁在长江那边,上午来不了我这里。

我的第二封回信就这样躺在书房里。

九

三月八日妇女节,信使往返我这里和集美疗养院,给我和林阿音分别送去信笺。

她先从集美疗养院给我带来了林阿音的信,也将顺手带走我的信。她没进院门,就站在院门前的一棵大月桂树下。见到我,她兴奋地感叹:"前几天的雨真是及时,耽搁得好,让我这个信使省掉跑路的力气,一下碰到你们俩同时送信的邀请,而且适逢女神节,这才叫择日不如撞日,哈哈哈。"

笑声响亮。那发自内心的大笑,使眉心痣颤出薄冰似的亮光,在逐渐亮堂的春光里晃荡着我的眼。仅仅省跑一趟路就兴奋成这样?况且,她完全可以不跑路,毕竟她是外人,而林阿音要给我寄信可以选择邮局。

可是……

她的笑声在我耳边回荡,风铃般悦耳。也许她觉得,能促使双方互动,正是信使的责任所在。我对她的好感增加几分,不由得跟着哈哈大笑。

那天,阳光明媚,月桂树顶着新发的嫩芽,生机勃勃。山风从连绵起伏的蟠龙山迤逦而来,一路穿梭树林群山,又被它们洗礼,落脚在山脚下的别墅群,赐予我们脱胎换骨般的清新美好。

信使从月桂树下走出，又站在院门斜对面的石凳上。接着她撮起嘴唇，清脆婉转的哨音响起，在风中回旋。她又仰起微微闭上双目的脸庞，打开双臂，似乎要拥抱阳光山风。

很快，她放下双臂睁开眼睛，朝楼上看去。伊美女士，那个男人总在偷偷打量我，何方神圣？好奇怪。

哦，他是我一个远房堂兄，在我家帮忙照顾病人，也许你们认识……

信使听到这里，挥舞右手打断了我的话。我怎么可能和他认识——难道他跟你提起过我？

我摇头，接着侧仰脑袋喊，勇哥，来客人了，麻烦您下楼来烧水沏茶。说着，我不管信使是否愿意，径直走进院门，坐在凤尾竹下面一排树墩做成的凳子上。

信使跟进来，也坐下。

我猜她芳龄和职业。她拘谨起来，主动告诉我，她很早就去英国读书，去年刚上大学，因为疫情，便回国待着，在家上网课，不过几次考试都是A和A+。她丢给我一个得意而警惕的眼神，又接着说，我知道你要问我名字了，还要问我和林院长的关系。她那双细长眼眯起，眯出讥讽之意。

我笑而不语，只是拿眼紧盯她看，我知道，我的眼神满是期待。她嗯了下，又接着说，其实，你真正想了解的还是我和林院长的关系——遗憾，无可奉告。

沉默网兜般兜来，兜住我们。太阳兀自强大，睡意悄然袭来，我的哈欠一个接一个，而耳边却响起蜜蜂的嗡嗡声。都说哈欠具有传染性，果然，信使也打出一个哈欠。

勇哥端着茶盘出来，他泡的居然是自己从家里带来的高山富硒绿茶。他磕巴着口舌解释："这茶……陈了，味道……却足，你们……尝下。"说着，眼睛瞟向信使，而信使眼睛瞪大，勇哥的出现，让她吃惊。

你……我们真见过面。信使站起来，对勇哥说道。她眉头蹙起，似在思索。接着，端起茶杯喝茶，喝完一口，又说，这是鄂西的富硒绿茶，我想起来了，当年你就是提着一大口袋这样的茶找到我们，之后每年都会送……

勇哥一张四方脸顿时红成猪肝色，他摇摆右手，着急否认："你认……错人了。"说着，讪笑下，转身踱进客厅去。

怎么回事……信使疑惑地目送勇哥背影，嘟囔道，我认错……不可能啊，他的说话方式，见一次记一生，且不止见他一次，怎么可能认错？

你在哪里见到他的？我问道。

哈，那年夏天，是二〇〇六年……对，我家在野山关买下一处房子，那年暑假装修好，首次入住，以后每年暑假都会去那里消暑。那天，他找我爸爸办事，找到那里去了，嗬，竟然提了一大袋自家产的绿茶。我人小，却记忆深刻，他离开后，我爸爸要把绿茶丢掉，我妈觉得可惜，就去夺。夺来夺去，袋子破了，茶叶散在地板上，我觉得好玩，索性一屁股坐上面，被我妈妈一顿好打，耳垂都揪破了，那是我妈唯一一次打我。我爸心疼我，推了我妈一把，两人还干了一架。最后，茶叶留下，我妈喝了一年，上了瘾。后来每年她都会收到这种绿茶。话说这绿茶，模样没市场上卖的精品好看，可是味道冲远，回甘也好，我妈说还环保健康。

我的心怦怦乱跳，出口的声音也不自然了。还有一次是在哪里见到他的？

老地方，那时我刚上小学。他说话结结巴巴的，我怎能没有印象？

你爸爸……我缓缓地站起来，右手捂住胸口，否则，我真担心它蹦出来……他是谁？

问题蛮多，有查户口的嫌疑，尴尬哦。我爸是谁，与你无关，你没必要知道。不过，看在你请我喝茶的分上，就说两句——那年底他就去世了，我甚至没见到他最后一面。信使喝完一杯绿茶,准备离开,右手却指向楼房。

那个人在你这里帮工?令堂不是送去疗养院了吗?

我那颗胡乱蹦跳的心渐渐安稳,也许,她爸爸真是我不认识的人。我也理解她不愿告诉我她及家人信息的举动,因为我也不愿回答她的询问。于是我笑笑,右手微微抬了下,送客的姿势明显不过。

她还是看着我,眉心痣反射的阳光晶亮晃眼。

哈,我照抄你的话,与你无关,你没必要知道。

爽快。信使打出一个响指,便快步离开院子。接着,摩托车引擎发出轰响声,再接着,轰响声减弱,再减弱,直至消失。

我呆坐在院子里,有些发蒙。院墙隔阻了山风,阳光越发明媚,轰隆隆地抛洒热情,竟然晒出灼热的力度,令我头昏,额头微微渗汗。但是,我不想动。

妹子,志华他……又……动了。勇哥闪现在二楼的窗户前,探出四方脸,眉眼间都是欣喜。

我猛地站起来。

他补充道,这次……是……左手。

我跑步进屋,爬上楼,闯进老何的卧室。老何,我叫道,然后蹲下来,左右手分别握住他的左右手,同时上下摩挲。然而,我似乎摸到的是硬邦邦的岩石。死寂的空气在我鼻尖爬行，同时吞噬我的感官，麻木拢来。别说触觉嗅觉，就是大脑也停止了转动。我双手机械地在那双岩石般的手上移动，进而移动到他的双臂、肩膀、脖子，再是脸庞和额头。

僵硬传染给我，我身体被抽干血似的僵直，双手双臂无法再移动，搁在床铺上。空洞弥漫周身，我眼珠也忘记转动，焊在那张插有氧气管的脸上。

我的眼皮跳了下。不，似乎是躺在床上的老何的眼皮跳了下。我一激灵，思维活过来，定睛去看。

一秒、三秒、五秒……一分钟……

死寂再次拢身，空洞感在身体里迅速扩散。我忍受不了，站起来离开。大概，越给予希望，错觉越会凸显。勇哥就是一个实实在在感恩何志华的人，他希望老何苏醒，恢复成正常人。这份心愿太强烈了，甚于我许多。

勇哥问我是否看见老何的手在动。我笑下，没搭话。他又问我以前是否发现他手脚偶尔会动下。我还是没搭话。他不死心，重复问了下，又说，按摩……不断……跟他……说话，效……果就来了。这类似嘱咐的摆经验，饱含了着急和希冀，我只好点头。也许吧，假以时日，勇哥的愿望会实现。

但我还是要问他，关于那个信使姑娘，他们是否见过面。

面对我的执着,他三十六计,走为上计,借口准备老何的中饭溜之大吉。我既想问出结果,又不能着急,那就等吧。他给老何准备流食,我择菜洗菜准备午餐。一般情况下,勇哥忙完老何的饭就会接过我手里的活儿,但是今天没有。

午餐准备好,我喊勇哥吃饭,他要我先吃,说中午太阳好,要推老何出去晒太阳。那么,就是我和勇哥轮换着吃饭和陪护老何了。也可以。我打定主意问他,他逃不脱,只是他再三躲避的样子越发坚定我的决心,也加深我的怀疑。

信使的爸爸,勇哥认识,还找他帮过忙,能是谁?

三月初的太阳虽然大,却沉沦得快。不到三点钟,就将大半个身体退隐于灰青色的云层后面。我错过了午睡时间,脑袋昏沉,却毫无睡意,索性拿出林阿音的信来看。

十

一美:

收到你的信,我一字不漏地读完了,心情很沉重。

你字字都在述说她的不容易她的奉献，然而，你说得再多，回忆的细节再细微，也遮盖不了一个事实，那就是，所有的这一切都建立在她的风流放荡上。她的风流放荡——这只是好听的说法，在农村就叫……好了，我也不忍心在你面前说出那些破烂词语，毕竟，她能歌善舞，还会吟诗。我记得，我们住在集美大院时，一到夏夜，就会在院子里搭睡铺，再铺上席子，供我们三姐妹睡，她睡凉床。那时，夏夜的天空布满星子，钻石般闪闪烁烁，她就教我们读诗，"危楼高百尺，手可摘星辰""纤云弄巧，飞星传恨，银汉迢迢暗度""七八个星天外，两三点雨山前"，诸如此类，她信手拈来。那时我们语文都很好，尤其是我的作文常常是班上的最高分。后来我在逆境中能考上中专，就多亏了我的满分作文，这不得不归功于她的培育。然而，她把风流放荡无限地扩大，终究成了我们的耻辱。

这当然不是凭空而来的感觉，也不单单是我才有的感觉，我们均有，而你将它阐释得最好。现在，你指责我夸饰它。哈，夸饰，耻辱被夸饰，如此指责成立，则意味着我是在撒泼，或者平白无故地生事，而你们被我误解、委屈着。

原谅我一针见血说出你要表达的结果。只是可惜，这还不是结果，远远不是。结果要现身，必须掀开一个盖子，你看到这里，估计一颗心又在下沉，双手又在发颤吧。

我跟你直说吧，你的回信，引发了我的超级反感。因为你偷换概念，将耻辱变为憎恨。是的，把我的耻辱，把父亲的耻辱统统改换了面目，换成了憎恨。而憎恨的人，即使死亡也拯救不了他的声誉，死得其所，死得活该；即使不死，凭空消失也在情理之中。这就是她以混沌的记忆复活死去的二美却彻底屏蔽有关我的记忆的缘由，这也是我失踪后始终不能回家（你们彻底放弃了我）的缘由。

我失踪了，我失踪后经历过怎样的生活？

那年初夏，集美大院前面的巷道和团结路交叉的路口来了耍大把戏的队伍，很有趣，猴子能劈叉，小孩能缩成一团，大人脑袋能插刀，老人嘴巴能吐出火球，我挤在人群里观看。你喊我回家做作业，父亲已经死了，我不再理你和她。你只好任由我看去，但是你和她再也没等到我回家——我爬上那个耍大把戏的队伍的一辆小货车，求他们带走我。他们人手正少，见我长得不俗，还自投罗网，简直欣喜若狂。他们带着我,一路颠簸,回到他们的老家湖南石门县。

开始我跟着一个老妇人帮厨,空余时间跟一个长白胡子的老人学基本功。清晨五点半就要起床,太辛苦了,我学得三心二意,常常挨打受骂,却从无后悔离家的念头。那群人基本都是当地人,靠耍大把戏谋生,生活极其简单,所有的时间都放在练功和演出上,人也单纯老实。我学了三个月时间,却毫无长进,干脆就被丢在厨房里。那年,就是厨房里的老妇人,不知用什么方法与外界的某个男人搭上,要把我送走。男人长得贼眉鼠眼,清晨骑摩托车带走我,一路不停地开,开得飞快,我想解手都不准。就那样开,还是山路,几乎一天时间没停。我饿,而且把尿也尿在身上,不好的感觉弥漫全身,我必须想办法逃走。傍晚时,男人胆子大了,放弃山路,选择一条比较宽敞的公路走,来到一个小镇,似乎叫太平镇。我们找到一家小餐馆吃饭,他点了饭菜,赶去上厕所,可能太急,或者肚子疼,竟然没要我跟他去。我觉得机会来了,立马撒腿就跑,尽朝亮灯的地方跑。

后来看见一个有两层楼的院子,上面还写着镇政府几个字,我跑进去,直接爬上楼。楼里除了一两个房间有光亮,其余都是黑暗。一股难闻的气味从一间房屋传来，里面黑漆漆的，那是厕所。我一头闯进去，里面真没有人，我先解手，而后缩在墙角发呆，后来竟然睡着了。

第二天，还没睡醒的我被一个妇女发现，她弄醒了我。我吓得哇哇大哭，诉说了逃跑的经过，不过我编造了自己是孤儿的身份，还改了名字，我叫自己林阿音。这个名字仿佛是神赐，我至今也无法解释，它如何就降临我到舌尖，然后化成了声音。但我知道，我的命运要改变了。你看，我真是遇到了好人，那个妇女含泪听完我的诉说，告诉我，她也是从小就被拐骗来这里的，由于人太小，她都不知道自己是哪里人，她恨死了人贩子。接着，她发誓说，一定不会让人贩子得逞，她要给我找个容身的地方。说完就带我去她的办公室。她打了几个电话后，联系上一家福利院，又带我吃早餐。随后，她送我去了那里。

常德市福利院，我就在那里度过了好几年时间，有些无聊，有些无奈，当然也有安然，还有委屈。总体而言，它是出逃的我比较好的选择。后来，我考上了护士学校。哦，那家福利院，是私人办的，属于一个湖北宜江人投资的连锁福利院在湖南常德的分支。

我的事先说到这里吧。一美，你明白了，我的失踪不是单纯的失踪，不是被拐卖，而是我的出逃。那么，你能说，那么小的女孩子离家出逃——注意，不是出走而是出逃——是因为憎恨？不是，是因为耻辱，而耻辱感诞生了林阿音，我不觉得耻辱是坏事。

我知道，你读到这里，定在心中说，你还是回家来了。

哈，我这个背负耻辱的人，哪有家？哪有故土？我后来迁居宜江市，也是过客，是顺其自然的选择。你多少应该猜到了，读护士专业的我后来成为集美疗养院的投资人，与你夫家何家有关。

唉，何志华的父亲有病，行动不便，他高薪聘请我专门护理他。就因为何家，我的命运成了定局。你也是。看来我们姐妹一场，是老天的安排，这也是我一再给你写信的原因之一。

我是什么时候知道你是他的妻子的？

是你去美国游学的那年，我为女儿的事找他，到了你们家里，也是唯一的一次，见到了你们的结婚照。那一刻，我愣住，愣了大半天。我无法厘清彼时的心情，现在回想，还是混乱不堪。真的，我悲痛，还有些兴奋；我无奈，却又新奇；还很崩溃，心头又不断涌现一些想法。你们的夫妻关系，比我见到的听说的从书中读到的都复杂。说你们恩爱吧，可是彼此各怀心思；说你们冷漠吧，却又都离不开。不咸不淡也谈不上，分明你们又有牵挂。那时，他刚刚接手家里的生意。而我从不相信婚姻，即使和他在一起的短暂时间，我也只有一个目标——我需要攒钱，我将来要成为疗养院的大股东。因为人都是会老的，疗养院将是人在世间的最后归宿，而归宿地，才是恩怨见分晓的终极之地。这样的地方，集美名之，再合适不过。过去的不会过去，终要回来，她——你的母亲也不例外，或许这是我后来见到她，与她面对的唯一方式。你看，我押对了。

我认识何志华，在你之前，因为照顾他的父亲，我经常见到他。后来我们相恋，还有了一个女儿，但我拒绝结婚，我害怕那个证书约束下的被动生活。我们曾短暂地一起生活过，但不在宜江市，而是在巴东野山关。

他却盼望婚姻，一直催促我结婚。那时，我开始筹备疗养院项目，已经攒够了钱，我不需要任何人的帮助了，我也不想因为家庭生活而分散精力，明确地拒绝了他也疏远了他。后来，他遇见了你，也爱上了你，难道我们姐妹身上有一种专门吸引他的独特气质？你们顺理成章地结婚成家。我知道之后，除了震惊，还有一丝解脱感。我不想与你们再有任何瓜葛，以免搅扰我和女儿的清净生活，所以，他必须"消失"。

现在我该说说少年的我出逃的原因了。

实际上，你们清楚，但是你们把"清楚"锁定在家庭的破碎上，二美死了，父亲也死了，祖父母也搬回乡下去住，家里只剩下她和我们俩。我终于忍受不了那份残缺，而残缺的心里诞生了憎恨，所以出逃。这是你们"清楚"的方式之一，却比例不大。另一个，就是你们惯常的一致对外的说法——我被拐走，从此消失于这个世界。

一美，估计你还会说，事实就是这样啊。看来你还是把我的心态诡辩式地归于憎恨。我只能耐心地再次纠正：不是的，仍是耻辱。我必须纠正你，多方位纠正等于全方位无死角地堵塞你的诡辩思路。耻辱当然会诞生憎恨，可是，我亲眼见证的父亲之死，虽然确与酒精中毒有关，而导致他一命呜呼的是你和她对他最后呼吸的终结，那条白纱巾——搭在他嘴巴上的白纱巾，从你手里递出，叠了好几层，再由她给父亲的鼻子和嘴巴蒙上……死亡到底发生了，我惊讶并有预感。一美,我们这些近得不能再近的人,竟是通过死亡来彻底了解。悲。

这么多年了,我竟然还会涕泪横流。你看此处的纸张上,有点儿泛黄,那是我的泪水和鼻涕滴落并洇透了纸页,也是你归为的"憎恨",我不否定。可是,我备感耻辱。

啊,我又听见了,那声处于生死边缘正在挣扎的喑哑叫唤,从他被蒙住的唇鼻部位发出,完全惊醒了还在睡与醒之间徘徊的我。

那夜,怕是凌晨了,你们拖回不省人事的父亲,就放在客厅的地上。我迷迷糊糊的,但是我见到了那一幕,也见证了父亲的死。你说,这不正是耻辱感的提示?

从此,耻辱倍生,我不想再见到你们。

你是心理学教授,百分之百地懂得,抗拒,是从身体开始的。父亲尸体火化的那天,我发高烧,身体炭一般灼热,她把我送进医院看病,却还是没能将高烧退下来。一周后,我烧成了肺炎。足足住了两个月的院,我才出院回家,却一直厌食。

原因就是,我在这个家待不下去了。

终于,要大把戏的那帮人带走了我,我成功

出逃。

也许你们找过我,也许没有。我不在意,因为我是出逃而非出走。事实上,现在的我回忆这些时,心情平静,这至少说明,儿时根植于我身体的耻辱感被我以出逃的方式释放了部分。

我非常不愿重提父亲死去的那晚,但是,我不提,你们一定会(也正在)以选择性遗忘的方式埋葬真相。

春天了,她的身体还可以,静脉曲张得到了控制。不过帕金森综合征还是无法避免继续发展,她的记性差了许多,已经忘记自己的名字、你的名字、父亲的名字,唯独记得二美。

林阿音

二〇二二年三月七日夜

十一

两个多月后,我逮到一个机会问勇哥,还是在餐桌上。有些事,或许只有说出来,才能真正放下。他刚刚喂完了老何的晚餐,还给老何擦洗了身体。

妇女节那天来的姑娘,她说见过你两次,就在巴东野山关的一个休闲别墅里,你为何要否认?我单刀直入地询问,脸相也严肃。

勇哥脸色有些慌乱,大口喝汤,我耐心等待。他喝完汤,又大口扒饭。

我叹口气,说,这样,我说我的判断,你觉得不对再纠正。也不管他答应与否,我开始了询问似的交流确认。

你一直以为何志华的老婆是一个名叫林阿音的女人,她和何志华有一个女儿,就是你在野山关那里见到的姑娘。

他不抬头,也不作声。

后来你来这里照顾老何,就是林阿音联系你的,到这里才发现,原来何志华现在的妻子是我路伊美,而不是林阿音。

他的脑袋慢慢抬起来,黑瘦的四方脸浮现猪肝色,眼神飘忽,嘴角却抿紧。他在抱歉,为何志华抱歉,也为他不得已苦守秘密而抱歉。

我不由得笑了。勇哥,这是故事般的巧合,在我之前,老何跟林阿音母女曾是一家人,虽然没有法律上的婚姻。后来,他们分开,阴差阳错,我又与老何走到了一起。勇哥点点头,如释重负般笑了。

妹子,我……觉得,志华他……会……醒来。勇哥站起来，轻声说。随即离开了饭桌，一颠一跛地准备上楼去。

那当然好，感谢勇哥无微不至的照顾。我朗声答道，接着收拾餐桌。

但是，楼上传来歌声，是勇哥唱的鄂西民歌。他刻意压低声调，却还是传下楼来，冲击耳膜。我放下手里的事，竖起耳朵聆听。嗬，又是男女对唱，他一人包办。那民歌是全球普及的《龙船调》。

我听了一会儿，心中跟唱一会儿，继续收拾碗筷。随后上楼进书房，打开半扇窗，展开纸页，准备给林阿音回信。气温一天比一天高，入夏的蟠龙山脚，将较长时间保持春夏交替的风景和情致。天气不冷不热，温润宜人，时间被挽留，它的脚步慢了，它会款待有心人，馈赠他们寂静安宁。

我隔了好一段时间才回信林阿音。我需要时间来沉淀情绪，从勇哥那里得到确切的答案后再回信，才能做到言辞严密、无懈可击。如此，林阿音才会相信字里行间流露的恳切和真实。

首先我要解释——她定义我关于耻辱的诡辩，说我偷换了概念。我从心理学的角度阐释，心理学有个专业术语叫"换框原理"，换框的意思就是改变他人对一件事物的执拗看法,或者引导他人从另外一个角度来看事情。而我在上一封信里说到母亲的不容易,说到父亲酗酒情绪失控的诸多生活细节,只是陈述事实,以事实来牵引她的视线,重新或者换个角度来看待我们的父母亲,看待我们家那些年发生的事情。

接着,我简单地向她讲述了自己选择心理学专业的缘故——

> 的确,在那样的家庭里,耻辱感曾经笼罩我们的心,但是作为长姐,我看见了生存的艰辛,它遍布一日三餐和衣食住行,而这重担几乎落在母亲一个人的肩上,她一声不吭地扛了下来。我无法分担,很内疚,而后,二美死去,父亲酗酒死去,再接着你失踪,带给我很大的打击。父亲被清退后,背负着许多情绪,里外不是人。他不服,为证明自己,便去告状,告倒了对方,却也让母亲失去调动的机会,也被清退。父亲有错吗?难以定性,但他备感耻辱。我开始不理解,后来理解了。耻辱感吞没了他——在生存面前,他完全举手投降。还有你的失踪,几乎就是我的罪过。要是那天我认真点儿,拉你回家,哪有这回事?或者我做完饭就去喊你,也不至于丢了你……我

心中充满了悔恨自责，压力超大。连续好几年，我一紧张，身体就会产生窒息感。我很清楚，那是负罪感在作祟。

我感觉，自己要懂得一些心理学知识，才能自我调适，才能自我救赎。于是，考上大学的我选择心理学专业，后来专攻积极心理学，尤其是遇到我导师，我获得了崭新的认识。事实上，很大程度上我的心理状态得到改观。

最后我仔细回忆了父亲去世那晚的情景，这也是这封信的重点。

那年初春，我上高一，三美你才十二岁。春寒料峭的日子有些长，二月底三月初下了桃花雪，轻薄的雪花从天而降，蝴蝶似的飞舞一阵，落在地上，随即融化，地面泥泞而寒湿。那场桃花雪有些奇怪，贯通了二月底三月初，断断续续下了三四天。我记得，三月初三那天，父亲一大早起来，就抱起酒瓶子灌酒。我和你前一晚在公园的荷塘边找回他，还挨了他的拳头。他吐了我一身，弄脏了我稍微像样的一件衣服，所以，早上见他又喝，我就咒他死，又趁他上厕所时，将仅剩的一瓶半的酒收起来带走。我骑自行车上学，把酒顺便带到母亲的粮店里藏好。他疯了一般到处找酒，竟找到我学校去。我怕他闹事，只好请了假，带他去粮店拿酒，并郑重告诫，他一直胃出血，还便血，不能再喝了，再喝就要出大事。他不听，拿了酒瓶就跑，地上全是雪水，路面打滑，他没跑几步就跌倒了，酒瓶也打破了。他孩子般坐在湿漉漉的地上号啕，引来一些无聊人围观。多么难堪啊，我能怎么办？只想着早点儿带他回家，就在旁边的经销点买了两瓶酒，还许诺，今天中饭会炒一个蒜苗腊香肠，还有花生米，给他下酒。这样，他才提着酒瓶跟我慢慢地荡回家。你知道吗，他一回家就打开酒瓶喝。我去夺，他出手打我。真是悲哀，我不由得大声诅咒："吃完这顿饭你就去死吧。"是的，我诅咒他死，内心满是怨恨。

晚上我下晚自习回家，你刚做完作业，正准备洗澡睡觉，但你不忘记提醒我，父亲中午喝了许多酒，在家大闹了一场，又提着酒瓶跑了。你一说，我才发现，我给他买的两瓶酒，一个空酒瓶横躺在地上，另一个呢，肯定在他怀里。母亲不在家，自是出门找他去了。那样湿寒的夜晚，雪花又在飞舞，飞出满腔愁绪。我有种不好的预感。

吃完饭，我也出门去找他。找遍了他经常待的地方，公园的角落，车站里外，还有集贸市场。都没有，我失望地回到家，刚好母亲也回来——我们都以为父亲回家了。事实相反，母亲要我先睡，她再出去找。她很快返回，喊我一起出门，还推了一辆木板车。她说，刚出集美大院，遇到一个熟人，那人告诉她，四码头货船边，有个酒鬼一直在水里咿呀着唱歌喊口号，人家拉他起来，他拒绝，多半是你家老路吧。

我们赶到四码头。正是父亲，我们将他拖出水。他全身僵硬，但是，右手仍紧握酒瓶，无论我们如何使劲掰他手指头，他就是不放。

回家后，母亲喂他喝了几口温水，又用温水擦他的身体，给他换上干净衣服。他的手又把酒瓶递向嘴边，鼻子还龇出一股气，就像发笑一样。我气愤到极点，伸手去捏他的鼻子。是的，那时，我恶胆陡生，只想弄死他。母亲却捉住我的手，甩给我一个耳刮子。我们俩顿时都惊呆了，一时僵持在那里。但是，父亲吧嗒着嘴唇，朝我笑，那笑容让我终生难忘。我瞪大了双眼，与他眼神相接，似乎有一道薄冰似的光刺了我一下。我不由得眨巴眼睛，等我定睛，他的双眼却闭上了。母亲喊了声老路，他握着酒瓶的手松开，酒瓶滚落在铺盖上，真就断绝了呼吸。

啊，他终于死了。惊呆的我却难受极了，冲出家门蹲在院角发呆。

他一直在我眼前晃动——他吧嗒着嘴唇，似在说话；他朝我笑，一定是在赞同我的心愿：以死亡终结一切。正如你所说，多么令人痛苦啊，我们血肉相连的人，竟是通过死亡来彻底理解。我抱头哭泣，母亲喊我进屋去帮忙。我们又把他从卧室里抬到客厅。

三美，我不知道那时你醒了，并且发现了躺在地上的父亲。你看见了最重要的细节——我将母亲的一条白纱巾叠好，再递给母亲，由她给父亲蒙上整张脸（不只是嘴和鼻子）。这是风俗，亡人进棺材前必须用白布盖住脸庞。

三美，我详细地叙述这些，只是想尽可能地还原父亲之死。至于你听见父亲挣扎的声音，我很疑惑，可能是你的幻觉，你虽被惊醒，意识却处于睡眠和清醒之间；还可能是我和母亲压抑的嘤嘤啜泣。也许都不是，我无法说清，我只能告诉你，三月三日那天深夜，不，应是三月四日清晨了，躺在客厅地上的父亲，我的确动过弄死他的念头，可是他在我动手之前死掉……他以死亡制止了心生恶念的我，赦免了我的"罪人"之名，却也让我看见了自己的罪恶。我终于明白，父亲奈何不了他自己，却拯救了我。三美，父亲死去近三个月后，你失踪了。好吧，就是你说的出逃。这一切，作为长姐的我，难道没有责任？我内疚不已。从法律层面讲，我不算有罪之人……但这不过是一场隐秘的豁免。而心理上的负罪感一直都在，我不否认，也不躲避，那没有意义。负罪心理压迫神经，却也会分泌出营养素，譬如爱和宽容，我视为自救。

写到这里，我一阵虚脱。

闭眼休息了一会儿，再次拿起笔。

我还要告诉林阿音，她的眼光很好，找来的勇哥忠厚还有耐心，又超有办法，照顾何志华很周到有效。他好几次说，他看见何志华的手和脚有苏醒的迹象。遗憾的是，我一次也没见到。但是，致力于积极心理学专业的我，并不怀疑勇哥的话，因为他在预见未来，未来就是当下和过去的有效叠加。无论醒来与否，老何肯定不再是过去的老何了。

我如此结束这封信:"有位心理学大师说过,我们是痛苦,也是痛苦的解药。我想修改下,与你共勉——我们是耻辱,也是耻辱的解药。"

我郑重地落款:"爱你的姐姐一美,于二〇二二年五月三十一日二十三时至六月一日一时四十分。"

睡神适时降临。我收拾下,倒在床上睡去。

沉甸甸的睡眠中,那对须浮鸥飞来,嘴壳对嘴壳地相啄。它们这次不是站在斜坡对面楼顶的墙裙上,而是立于风中。接着,它们一起振翅冲向远方,霎时,杳杳青云里,萧萧风四起,鸥鸟长鸣……

圣地亚哥在下雨

一

……

这么说,他已经死了?

死了。

这真是令人悲哀的消息。你们找我……

麻烦你下楼,我们就在大楼右前方的那辆深蓝色商务车里。

有些搞笑啊,他是谁——我不认识。

你下来跟我们走一趟,自然会明白。

真要我下来?我还在工作中。

必须。

章木木噢了一声,移开手机。耳际都是"必须"两个重音的回弹，回弹力不小，让整个脑袋发木。这档咨询刚好结束，咨询者右手挽挽披肩的波浪长发，朝章木木觑来眼神，戴上墨镜，起身离开。那笑容从那眼睛一亮的瞬间绽放——章木木读到了同情，似乎在说，没想到咧，我的心理咨询师遇事也无奈，心理不强大嘛。世人都是如此，心灵彷徨时，常以他人懦弱无力为自慰的肥料。她摇脑袋，站起来，关电脑拿手机。

蓝色商务车门在她跨出感应门时打开。一个身着蓝色警服的胖男人探出脑袋招手，章老师上车吧。

沉默中，来到当地派出所——这是省公安刑侦人员借用的，按他们的话说，跨地区执行任务，要比"请"章老师去清州市强多了。

死亡人员徐革利是个官员，清州市副市长，主管全市环境卫生和工业，今天四月三日上午九点钟的政府办公会没有按时参加。大家等了约莫二十分钟，还是没有等到人来。电话也一直不通。于是，有人撞开宿舍门，发现徐革利已死亡多时。经法医推测，晚上饮酒和运动导致心跳加速，徐革利猝死于凌晨。死者面容自然，看不出挣扎的痕迹，模样犹如酣睡，房间指纹也无他人……章木木愣着眼神听完，万分遗憾地摊开双手。再次抱歉，我真不认识这位名叫徐革利的官员，何况他人还在清州。

注意,他曾经是宜江市某区区长,后来调到江城县担任一把手,去年上调清州市担任副市长。

那又怎样?我还是不认识。

但他微信上联系较频繁的就是你,而且就在昨天四月二日傍晚还联系了你,这是他死之前唯一的微信消息。

章木木身体绷紧,脑袋却炸开。昨天傍晚发微信消息联系我?昨天一整天我起码收到十来条微信消息,真不晓得……话虽这样说,她心中却基本确定,死者是自己的服务对象。

你还在装样子?

章木木生气地瞪眼。

好,请问你——圣地亚哥在下雨,这是他发给你的,什么意思?

章木木快要啊出声,却坐着没动。是他啊。可是,他是谁——具体的私人信息,自己毫不知晓。虽然做过好几次咨询,却被要求他们之间放上屏风,隔空对话,可谓只闻其声不见其容,至于私人信息什么的,统统被要求隐蔽,职业身份更不用说了。两人联上微信,其用途也仅用于预约咨询时间,其他的,他均将自己屏蔽。

圣地亚哥在下雨——他的信息。是他在联系自己预约时间,意思是,最近两三天他会有时间来做咨询,请安排。她会回复（多半语音，后来她猜测，这语音他存放不了几天，再统统删除）今天什么时间，明天什么时间，或者后天什么时间。

他用了暗语联系你，为何？胖男人笔尖在记录本上戳了戳，眼神冷冷觑来。傲慢的家伙，当我是犯罪嫌疑人了。章木木也反觑一个眼神。胖男人意识到什么，端正了上身，笔尖又在记录本上戳戳。

章老师请回答我的问题。语气沉稳许多。

原因嘛，我以前觉得是为了保密，现在彻底明白，纯粹是身份使然。章木木迅速回应。

他咨询的……唔，心理问题是什么？

章木木摇脑袋。保守咨询秘密是我的职业道德，不过，人都死了，你们也是执行任务，说一些也无妨……我可以笼统地告知，他是个忙人，却极其在乎私人信息，丝毫不想暴露，自然，从事的具体工作要保密，但这没有多大关系，心理敞开——哪怕一丝丝缝隙，也足够。他敞开的以家庭琐事为主，夫妻关系僵立，也有涉及工作的，却隐蔽，清晰一点的寥寥无几。总体来说，他心理焦虑，找到我这里，就是交流和放松。

咨询的真就以家庭为主？胖男人慢吞吞地问道，放下了笔，双眼觑来的视线落在章木木脸上。

章木木点头。

他说到过死亡之类的话题没有？胖男人垂下眼睛，右手握笔，准备记录。

你说他自己寻死？这个我无法判断。章木木摇摆脑袋，他虽有心理负荷，人显得焦虑不堪，却不消极，很容易打开话头，倾诉算不上深入，遮遮掩掩的，却也达到了目的。

好，今天就到此为止，感谢配合，要是你想起了什么有价值的线索，可以直接联系我们。胖男人站起来，递去一张名片。

二

首次见面印象深刻。不能不深刻。

章木木刚刚吃完虫草，那是从藏区弄来的上品虫草。虫草治病效果一再被质疑，保健功能却被肯定，至少她看见了功效。虫草入肚，人坐在椅子上发愣。那天是个阴雨天，灰蒙蒙的。每逢这样的天气，一些被屏蔽的往事就会伸出脚爪子，碰触脑神经，心胸瞬间遭遇狂风吹拂一般虚空。但真只是瞬间，人便恢复常态。没时间愣怔，时间被忙碌填充时，所谓的虚空沦为了幻影。

但在那样的瞬间，他的电话打来。

章木木喂喂喂三声，那边还是沉默。章木木挂断电话。随即电话又打来了，先是一声类似感慨的"噢"（声音轻弱，似乎鼓励自己走出这一步，也似乎为了拉近关系，还可能就是单纯的招呼），然后告白，我想找你交流，主要是倾诉下，最近感觉有这个必要，但我有要求——咨询不能面见，时间也不要固定，到时候我会跟你预约……她哎的一声打断，先生，是你找我咨询，应该遵守我这里的规矩。

规矩都是人定的，我的要求很简单，你能做到，对了，明天上午我就来，注意，咨询室里，我们隔着屏风最好。

章木木几次想插话，却……他语速不快，语气也不硬，却分明含有说一不二的强势。章木木耐心听着，等待机会。但他说的双倍价钱，最终逼退了那些冒涌到喉咙的话语。

好吧，明天上午九点见。

不能"露脸"的面见，就不是事儿。这是前来咨询的大多数人的心理，他们要么戴一副大墨镜遮蔽大半个脸庞，要么扣顶帽子而帽檐紧压到眉际线下，甚至还有戴口罩的（口罩嘴巴处挖出一洞穴或者剪出一条缝）……不露脸怕暴露身份，符合正常心理，反正前来解决的是脸面背后的东西。那里，当诉说和倾听的通道连接，将会呈现唯一的真实。

咨询室里没有屏风，却隔出一道纱绸遮掩的竹帘。帘子早在那里，左右对称地聚拢在一条直杆的尽头，现在拉开，左右合拢，瀑布般倾泻，将咨询室一分为二。这帘子并非为他专备，只不过他是首个享用者。还不够，隐约视线中，宽大的墨镜遮蔽了三分之二的面容，而暗蓝色的风衣也极配合，铺盖似的裹住肉身。

晦暗中的影子，身体模糊到几近消失……他们开始了。

我来这里就是找个说话的地方，要说，说话也挺容易的，人嘛，要说话哪儿都行，找个倾听者也简单。可是能说心里话，能将那些积压在心头的快要发霉的秘密抖出部分，还真是难事，我看了看，你这里凑合。

谢谢信任，很荣幸。章木木的客套虽然染上丝丝笑意，却在平稳的语速中透出职业的刻板。

嗨，你这儿环境可以，我之前在这栋楼转了下。前面是长江，空气流通，让人放松。租下的楼面又在林木市场后面，还是拐角处，碰到熟人的概率小——即便遇到，也容易拐弯闪身离开。还有，你那咨询室的招牌也低调。再者，楼梯墙壁上挂着的一句话很触动人心，那个名叫荣格的家伙说的，我念给你听：世界悬于一线，那根线就是人的心灵……我强调这些，你该明白了，保密是我前来的第一要务，我需要绝对保密。

当然保密，只是，我该如何称呼先生？

就取我的微信号吧，那微信号，是我号码之一，我们以后联系——也就是约定时间，但我不会直接询问的，既然保密，就保密彻底，从我自己做起，你向我看齐。

先生该怎么约定时间？

我想想……嗯，我去卫生间接个电话（他出去上卫生间——"康复心理咨询所"为保证咨询质量，尽可能地满足咨询者的隐蔽要求，卫生间均独立且隔音——六七分钟后返回）。抱歉，我儿子打来的电话，他在美国的圣地亚哥读书。嗯，说到哪儿……对，你问我们如何约定时间，就取我儿子的高兴话"圣地亚哥在下雨"。你知道吗？圣地亚哥真是好地方，阳光总是充沛，即使冬天也不冷，很少下雨，我儿子才上初中，少年嘛，见到雨啊雪啊就兴奋……我几乎看见他那雀跃的样子，快乐能传染人并赋予人超能的视力。呵呵，圣地亚哥在下雨——太好了。

究竟如何约定时间，先生？

我刚才说了，圣地亚哥在下雨——代表我询问具体时间，你三天内可做安排。

有意思，圣地亚哥在下雨，我记住了。对了，您很爱您儿子，却送他到那么远的地方读书。

不好吗？美国圣地亚哥，环境优美怡人，利于小孩子的身心发展，作为家长，能为孩子成长尽可能地提供方便，是职责。我妹妹一家人在那里，她担保我儿子过去的。有这个条件，我就用足。我夫人呢，态度像你，时不时就问我"为啥送儿子到那么远的地方去读书？"。

您夫人不愿意儿子被送到美国去，她的态度是犹豫还是坚决反对？

你问到点子上了。她起初犹豫，后来坚决反对。指责我居心巨测，故意拆散并在心理上摧残他们母子俩。嗨。他似乎耸了下肩膀，还摊开了双手。为了儿子前程，我不得不如此选择，这也是为了提升我们夫妻的老年生活质量。我夫人……唉，她一旦朝坏处想，情绪就糟糕透顶，就越发控制不了坏的想法，无论我做什么，她咬定我在蒙骗甚至害她，这就是所谓的塔西佗陷阱吧。

塔西佗陷阱？哦，它的前提是，某个人或者某个部门因为某个事情失却了公信力，先生您如果想与您夫人沟通好，可以回想下，找准症结。

我比你更了解这个词语，不过你这话……要我反省？

圣地亚哥在下雨 083

呵呵。你认为我做错了什么，或者她是女人——而你同为女人，我就必须无条件地让步？

也不是，我并非女权主义者，只是顺着先生的话适当建议，当然，您有拒绝的权利。

哦，我想起来了，你问如何称呼我，喊我X吧，建议你将我微信号也修改成X，未知数嘛。我常常对我夫人说，不要刨根挖底，没必要，因为没有真相，为什么？真相总被人靠上结果，主观性强，肯定偏离了方向，只有过程才有可能，过程却处于未知中。她不信。我就反复解释，这个世界过于复杂，在于关系的不确定性，不确定性又构成未知部分，说到底，未知的关系才是生活的全部。你看看，上下级关系，同事关系，夫妻关系，父子关系，朋友关系，同学关系，情人关系……哪一样是被我们全知全能的？不但不可以，反而大多数时候是未知的。不过，未知固然令我们不可把握，却也提供机遇，一种可塑性——哪怕再烂兮兮的事情也会扭转。

短暂的沉默。

章木木打破沉默，说道，你们夫妻关系一直在建设中？

一直在建设中。沉默约三秒钟后，X继续倾诉，本来有效果了，可今年初，儿子到美国后，我们两人关系便……那"建设"坍塌，你能想到，不需要我直观陈述吧。糟糕透了。

您纠结？

但我不放弃建设。

嗯，是出于儿子缘故还是因为爱她？抑或其他？

你这问得……我只讲现实，我这个家不能散。家就是避风港，还是社会人必备的帽子，就像动物身上的毛发，护身标配，我深有体会。她老是吵着要离婚，不离婚就要什么什么地，我都被吵昏了头，这正是我来找你的原因。怎么能离婚？儿子生活读书的费用她一个人担待不起，何况她日常大手脚消费惯了，离婚后咋行，还有……她也并非真那么想，但她老是以此威胁，真是……

真是什么？

泼皮加愚蠢。我有时恨不得揍她一顿，你看看，我拳头暗地里都捏出茧子来，呵呵，我怎么会揍人？揍老婆更不会，那也是一念之间的愚蠢想法，不过，我心底仍希望建设好这个关系。

加油，X。章木木顺手在旁边的纸张上记下：X，一个单纯的中年倾诉者，首次咨询来看，症结表现在夫妻关系僵化上。另，他过于在乎信息保密，这反映了他心理的焦虑。

三

章木木从事心理咨询还是七年前的事情。她本是宜江市高级职业学校的老师，教授心理学课程。虽都挂有"心理"二字，教书和做咨询却是两码子事情，章木木硬将这两码子事情搭界，拿上了心理咨询师证书。

从二〇〇七年年末到二〇一一年年底，听课、考试依次拿到二级和一级心理咨询师证书，并多次参加相关培训，几乎赔上所有休息时间。为何？心中并无具体规划，但觉得自己需要。

那些年发生了好多事，应接不暇，在生活舞台上不断上演充满起伏的悲喜剧。而这些悲喜剧源自家庭的破碎，源于丈夫黄文彬。

黄文彬个头不高，却符合健身教练的所有标准。腱子肉黑亮，马甲线鲜明夺目，一身荷尔蒙气息并未因人至中年而消弭。再加上眼睛看人时，眼神总是热烈亲和。他的魅力，赋予他这个体育老师兼职"魔体"健身教练的受欢迎度。

章木木有时反省，自己怎么选择如此傲骄外形的男人为夫。她自己形貌亦佳，算得上天生丽质，可是……

当然，黄文彬作为同事，弱点也明显：来自巴东大山，从小父母双亡，孤家寡人一个。这弱点决定了他彼时还没学会以外形去寻求暴富捷径。健身教练这时髦职业也未在宜江市盛行，他的身体也未明显凸显优势。章木木那内秀颜值，可用聪慧清灵来形容。一对璧人嘛，在同事们的撮合下，章木木和黄文彬吃饭看电影逛街，三五次后，恋爱关系定下来。看似外力推动，实际是内力。这内力来自章木木。

你要有新故事，才不会对从前念念不忘，尤其是很受伤的往事。

章木木的心得体会实在也深刻。初恋，还是青梅竹马的初恋啊，好好的，到了谈婚论嫁关头，他罗晓刚不干了，说是他爸爸不同意。他爸爸，就一农村老头，凭啥不同意？罗晓刚嗫嚅嘴唇没说，不过，她清楚那被锁在喉咙里的话语。

罗晓刚个头比黄文彬高一点点，可走进人群，就像一滴水掉进了江河，哪还找得到？高度数的眼镜配上肥厚的香肠嘴在寡言的姿势下，怎么看都像沉痛的哀悼者。旧的不去新的不来，这下，单从外形讲，新人比那旧的优秀好多倍。章木木简直得意忘形。

罗晓刚在宜江市教育局上班，那单位附近有个十字路口。路口左去高等职业学校，右去教育局。两边街道都是餐馆早点铺之类。章木木好几个星期都爱上右去街道边的"信来早点"铺。名号入心,内容也爽口,刀削面条和小笼水晶包是特色主打。章木木那段时间拉着黄文彬在"信来"过早(当地俗称,即吃早餐),果然等来了罗晓刚,还有他新找的女友。女孩子肤色白皙,身量丰腴,也戴有眼镜。罗晓刚觑来眼神,很快,眼神又被收回去,还低下了脑袋。章木木心中唉一声。罗晓刚的确消费不起她的高颜值。可话又说回来,恋人不再,但乡情友情还在吧。吃完小笼包,章木木大大方方地走到罗晓刚面前,帮他们结下早餐钱,还介绍了黄文彬。

罗晓刚双手互搓,瑟着阔嘴只说谢谢。他女友却把眼睛钉在章木木脸上,细着嗓门鼻音浓厚地感叹,呀,晓刚这老乡漂亮。

只遇到那一回。为证明自己并非显摆,章木木接着几天又拉黄文彬到"信来"吃早点。黄文彬咕哝,怎么再没遇见你那老乡?章木木没答话。黄文彬又问,你们是老乡,又都考学出来在宜江市工作,他没追求你?章木木依然没回答。

结婚后,黄文彬跟着章木木回农村老家,遇见罗晓刚,亲热得比熟人还熟人。后来时间长了,亲戚乡邻的闲言碎语不经意间传到了黄文彬耳朵里。黄文彬弄清楚了他们的初恋关系，也清楚了他们分手的原因。

临到头，罗晓刚选择了分手，他是很现实的人。黄文彬对章木木说道，语气沉重。章木木的心顿时提起来，但侥幸还在——黄文彬知道了真相，又如何？木已成舟多年，女儿黄蒙蒙都上了小学。黄文彬没再说什么，态度却一天比一天冷，不仅冷淡章木木还冷淡蒙蒙。一段时间后，黄文彬交代章木木，如果蒙蒙有一天生病了，你别找我啊。章木木问为何，黄文彬冷眼冷调，不为何，就是这态度。章木木嘴唇乱抖，半天吐出两个字，冷血。

此时，宜江市的健身行业雨后春笋一般冒出，黄文彬开始在外面兼职健身教练。到"魔体"是被高薪挖去的。"魔体"属于高级会所性质，客人非富即贵，对教练的要求也高，技能专业、颜值爆表、亲和力超强。黄文彬是偷着兼职的，高等职业学校三令五申并出台文件，严禁老师在外兼职，并处罚了一位在外代课的老师。章木木被吓着，劝他放弃，却被黄文彬怼回。

那样高消费的地方，非一般收入者能去，黄文彬兼职一事暂且安全。在"魔体"兼职一年后，黄文彬开始很晚回家，这个"晚"几乎在半夜以后。接着，夜不归宿。再接着，好多天难得跨进家门一次，即使春节团年饭也缺席。而黄文彬整个行头也发生了变化，衣服越来越高档，手腕上劳力士潜航者绿盘手表惹来同事们的公开猜疑。那猜疑指向，不再是兼职什么工作，直接是吃软饭的身份之类。

女儿黄蒙蒙早慧，曾对章木木说，我爸在外开辟了新天地。

木木说蒙蒙瞎扯。蒙蒙说，我都知道，他在魔体当健身教练，认识了一个白富美，就抛弃我们投奔白富美了，总体来说，他嫌弃我们。

章木木没有话说。私下去"魔体"跟踪过，根本就进不去，也就发现不了什么。后来，趁黄文彬回家的机会翻钱夹，发现一张照片。顿时气蒙。照片上的女人鹅蛋脸形，眉眼细长，有些媚气，但年纪比自己大一些。黄文彬也不防，屈指可数的在家日子，手机到处放。章木木瞅一眼就心疼，那屏保上的照片不再是女儿黄蒙蒙了，而是那张妩媚的鹅蛋脸。黄文彬背叛得彻底，装也不装。按他自个话说，我天生直率人，装不来，既然都知道了，我也没必要搞两面派，该咋地就咋地。他以另起炉灶做成事实的态度，暗示章木木看着办。

有几次想问，却终没出口。只是相互冷淡着，任凭自己心焦火急，头发大把地掉大片地发白，身体瘦成一把骨头。两个关系好的同事打抱不平道，黄文彬吃软饭了，那女子比他还要大,木木要拿出勇气反击,要么就……

就怎么样?章木木没让两个同事说完,自己仓皇跑掉。

离婚吧。章木木不是没想过,她给自己的考虑规定原则,这是大事,涉及黄蒙蒙的未来,容不得他人参与,只有自己考虑周全后再下定论。

四

祸不单行,真是老古话啊。

学校组织女教师体检,体检完后,章木木被通知到医院单独见医生。医生拿眼神扫她半天,扫出她一身惊惶。医生收回眼神,指着病历告之,语气充满同情。章老师你太瘦了,人也好憔悴,好多身体病就是心病,唉,我们体检查出,你的肺……

"肺癌"两个字钳制了全身,又迅速地抽离了血水。她感觉自己跌进一个黑色旋涡里,这个旋涡正在被繁华热闹的世界抽离。是的,都快与自己无关了,一个多余的人。意识麻木,不知不觉走到江边,双脚踏进江水里,也不驻足。

一个老者叫道,你这人一个劲朝水里走,寻死啊。老者的高声大嚷惹来旁边几个人的围观。那个老者又伸手去拽章木木。章木木掉过头,惨笑道,你快死了,就盼着比你年轻的先死吧。这话歹毒。老者和旁边的人气咻咻地指责。她抹了把湿淋淋的脸庞,大声说道,我全身发热,想去水里凉快下,又不是自杀,我还有女儿,她才读小学,而我老公在外面有人了,根本就不管我女儿,我能自杀吗?说着,拔腿爬上台阶,然后朝前狂奔。气喘吁吁时,才靠着一棵树坐下,双手抱住脑袋。

晚餐时,黄文彬居然回家了。上次还是二十来天之前,他有事回家的,这次啥事……章木木懒得深想。餐桌上,他接了一个电话,手机放在桌上,亮着光。黄蒙蒙侧过脑袋,一眼看见手机屏保上的婴孩照,吃惊地问道,这是谁?

黄文彬没作声,只是低头吃饭。屏保亮光消失。章木木忍不住拿过手机,按下,屏保上的婴孩照闪现眼前。这个粉嫩鲜亮的孩子,刚来到世上不久。

他是谁?黄蒙蒙站起来,啪地放下筷子,涕泪奔涌。她跟着站起来,拢住蒙蒙的双肩,而蒙蒙忍不住放声哭泣。

没事。章木木极力克制感情,安慰女儿。不就一个婴孩照片?你爸爸在网上下载的,是吗,文彬?章木木看向黄文彬，眼神充满了哀求。黄文彬略微迟疑，才点了点脑袋。章木木扶女儿到盥洗室，帮女儿洗了脸，又扶女儿到卧室。蒙蒙木着脸庞躺在床上，然后坐起来，坐在书桌前开始做作业。

章木木退回餐桌前。黄文彬已经吃完饭，却没离开饭桌。他在等我，然后摊牌……章木木喉咙发紧发疼，身体里的狂风暴雨快要掀翻她。

木木。黄文彬喊道。章木木竖起右手食指在唇上，左手指指蒙蒙的房间，低声道，你能陪陪蒙蒙吗？哪怕啥也不说，就坐在她身边。黄文彬答应了。他烧了一壶水，冲出一杯热可可，然后敲门进去。

夜黑下来。黑暗伴随晚风潮水一般涌进半敞窗户的房间。章木木没有开灯，坐在一片狼藉的餐桌旁，一动不动。黑暗蔓延笼罩，很快穿透章木木的衣服和毛发皮肤，浸入血液和骨髓。

灯亮了。黄蒙蒙做完作业，走出房间，黄文彬在后面跟着出来。章木木迅速地抓住一盘菜，一个箭步跨进厨房。黄蒙蒙推开卫生间的门洗澡去了，丢给章木木一句话，妈，我爸答应今天晚上在家住。章木木收拾完饭桌和厨房，黄蒙蒙已经关上房间门准备睡觉。

黄文彬坐在沙发上，抱着双臂看电视。哪里看电视，他在等章木木,等待章木木坐下来……

章木木忙完厨房,再拖地、洗澡。估计黄蒙蒙已经进入了梦乡,她端一杯白开水,坐在黄文彬对面,左手递出病检报告。黄文彬接过,盯看半天,递来疑惑眼神。他看不懂,那龙飞凤舞的字体天书一般,不经过医生的解释,的确难懂。章木木挪到黄文彬身边坐下,慢着声喉递出两个字:肺癌。轻飘的两个字惊到了黄文彬,他站起来,嘴唇半张。

房间再次陷入死寂。亮着灯光的房间里,黑暗潮水势不可挡地覆盖,那浸骨的黑暗灌注整个身体。嘭。黄文彬坐到她刚才坐的椅子上,接着,站起来在客厅里来回走动,上厕所,踱步到阳台抽烟,接着再上卫生间,又坐回餐桌旁。终于,黄文彬待不住了,他要离开。他再次背叛了对女儿蒙蒙的承诺。这样小的承诺:在家住一个晚上。这是承诺吗?简直侮辱承诺本身。可是,他拔腿离开的匆忙样,简直……似乎家里有毒,他必须逃避。

黄文彬双脚跨出房间,关门的刹那,轻声吐出一句话,已经这样了,还是告诉你,那是我儿子的相片,一年前照的。

五

到武汉肿瘤医院复查,结果还是肺癌。章木木像其他所有患上癌症的病人一样,下意识地张嘴,可怜兮兮地问道,还有救吗?那询问里饱含了身处绝境者的无奈呼救和拼死一搏。

不好说,看你的心态了,一般是没救,也有例外,那些例外就是心态好的病人。医生是个上了年纪的男人,清瘦,眼神清澈,令人信任。他措辞谨慎,没用"奇迹",而是用了"例外"。

这世上肯定有奇迹,可是一个凡人又怎能遇到?奇迹就像一个天人,例外则是俗世修行的得道者。如果拿出诚心呢?例外兴许会迎面走来。

她不就是因为黄文彬家外有家而怄气,积郁了污秽在心胸,导致肺部感染而至肺癌吗?心病引来的绝症。药物手术不可少,而矫正心态,排除淤积的情绪废物更是迫在眉睫。

接下来的事情,有些措手不及。

黄文彬遭到举报投诉,被学校通报批评,还受到严重警告处分。学校勒令黄文彬辞掉兼职。黄文彬坚决不干。那份兼职的月工资比学校的一倍还要多。干脆申请办理停薪留职。他给章木木发短信，你举报了我，有什么好处？只会减少蒙蒙应得的抚养费。

不是我。章木木申辩。她回复的三个字，包含太多的情绪，她自己都无法概括清楚，但只要稍稍分析下，就能确定，举报者不可能是她。一个身处绝境的人，自保都来不及，还去害人？

黄文彬又来短信，无所谓的，这样倒好，一了百了，你懂我说的吧。章木木冷静地回复，现在不行，我不同意离婚。

这有什么意思呢？黄文彬的回复搅翻了章木木心胸暗藏的情绪大海。有什么意思？什么才有意思？意思又是什么东西？

那一刻，委屈和愤怒涌上喉咙，她的嘴唇哆嗦，犹如中风者，好久都合不拢。心胸里的千言万语被搅翻，翻涌出惊天浪头，将身体撞得踉踉跄跄。不行，她要为这些波浪找一个出口，否则，她承受不了。

约了罗晓刚，只能找他说说心里话。青梅竹马的关系，切割掉恋人这份，还有友情、乡情和同窗情。他们考上大学那一年寒假后回学校，火车站里，章木木的背包被小偷抓住，那背包里装有不少现金。罗晓刚发现了，上前拽住小偷胳膊。小偷另一只手亮出小刀刺来，罗晓刚一把推开章木木，右肩挨上匕首……这份情谊不是三言两语能简单概括的。接到她的电话，罗晓刚意外地说道，木木啊，你还好吗？章木木哽咽着喉咙，请求与他见面一叙。

就在教育局斜对面的一家名号为"邀你喝喝茶"的茶楼，罗晓刚来了，一见面就诧异地感叹，你怎么……变化这么大？

时间改变人，时间种下疾病。究其缘由，源于黄文彬。

他不怕你去告状……这是重婚罪。罗晓刚提醒道，那镜片后面的眼珠快要凸出眼眶，肥厚的香肠嘴微微张开，拉宽下颌。也许，他在替她抱不平，也许是在惊讶黄文彬毫无隐瞒的背叛，还可能是在告知章木木如何反击。无论何种，章木木都觉得感动。罗晓刚，她没看错。要不是那……他俩……这假设太不要脸了，章木木狠心掐断。

最近他因兼职健身教练被通报批评，还受到严重警告的处分，他怀疑是我举报的，但真不是我。其实，他内心知道不是我，却故意说是我，就是逼我离婚。他清楚得很，我不会去害他的，因为女儿黄蒙蒙，这孩子……我充满了担忧。

蒙蒙好吗？罗晓刚抬起脑袋，问道。

目前很好，就是太敏感，心理上要比同龄人成熟许多，身体没事。而我这肺癌，说到底还是被黄文彬气出来的。我家族你晓得，前几辈人还没有一例癌症。章木木解释，有些不由自主。随即又懊悔，为何解释？难道真的就是为了证明，她自己和女儿蒙蒙没被家族遗传病这个恶魔扫到？那么，罗晓刚当初的拒绝就是错误？章木木低头喝茶，慢慢平复心情。

沉默横亘并扩散，只有喝茶声。罗晓刚吧唧一口茶水，吐出茶叶，再抬起脑袋，说道，木木，我们的关系不亚于亲人，你有什么难处直接找我。说着他拿过旁边的皮挎包，掏出钱夹。我这里有两千元现金，是刚从银行取出来准备请人办事的，你先拿着。

章木木慌忙推回。罗晓刚单纯，几近幼稚，这么多年也没成熟。他不晓得，这给钱的方式突兀，伤人自尊。木木快哭出声来，站起来准备离开。罗晓刚才无奈地收回，但强调，他真心想帮木木。

章木木真有难处。她要去省城治病，住在学校附近一个出租房的蒙蒙的中餐有了问题，而晚上，她妹妹会从江南点军赶来陪蒙蒙。罗晓刚允诺了蒙蒙的中餐，又提醒道，木木，黄文彬做过了头，你现在的情况不合适离婚，但是，你应该警告他，促使他承担责任，整个医疗费用，还有蒙蒙以后的生活……你想想，他不应该负责吗？

木木心绪复杂地笑笑，表示试试看。她真对黄文彬没有办法，而拿起法律武器保护自己——暂时没有这份心思。她也算准了，她不同意离婚，黄文彬也不会造次。

章木木站起来，与罗晓刚告辞。

木木，你什么时候到武汉住院去？

约好了，下个礼拜四或者礼拜五，从宜江市中心医院转过去，否则，医保卡报销不了。

好，到时候我送你去，你别担心。罗晓刚左右手拢住章木木的双肩，镜片后的目光满是怜惜。

章木木怀揣着温暖返回。第二天九点钟，罗晓刚寻到家里来，提来一些水果，还有虾米紫菜。罗晓刚那天调休了半天假，专门来看望章木木。到了章木木的家就忙着准备午餐。章木木坚决阻拦，去接罗晓刚手里的活。罗晓刚推回，振振有词，我妹子家嘛，我不忙谁忙？遗憾仅此机会，等会儿还要你带我去蒙蒙的出租房，你介绍下，要不，她不会接受我送来的午餐。

罗晓刚在厨房里忙碌。忙里偷闲，削了水果，苹果切块菠萝切块，码成一盘，草莓单独一盘。罗晓刚叮嘱木木，这些水果都有利于肺部，以后没事就吃，听着，没事就吃。

中午赶在学校下课前到了出租房，等候黄蒙蒙。菜有虾米冬瓜汤、清蒸鱼丸子和胡萝卜炒牛肉丝。黄蒙蒙见到罗晓刚，疑惑着。章木木介绍罗晓刚，是妈妈的朋友老乡，因为妈妈要去省城参加封闭式培训，要一段时间，所以就拜托罗叔叔送午餐。罗晓刚去外面抽烟，蒙蒙趁机问章木木，你答应我爸爸离婚了？他是我们家庭的候选人？

胡扯。章木木及时制止蒙蒙，并叮嘱她以后不要乱说话。我这胡扯你可以考虑下，你的家庭配件已坏死了，你必须接受。蒙蒙慢悠悠地答复，章木木顿时无言。

送章木木去武汉住院的前一天中午，罗晓刚和章木木一起来给蒙蒙送午餐。章木木交代，罗叔叔明天有事情，中午不能来送午餐，而妈妈明天也要去省城培训，所以明天会叫外卖。黄蒙蒙却说，他不是有事，是陪你去武汉的，去吧，我不连累你们。

章木木满脸通红，逮着机会低声嘱咐，蒙蒙不要瞎说瞎猜，罗叔叔是有家室的人。蒙蒙却说，那他为啥给我天天送午餐？还是精心准备的。

因为我们是老乡，还同学多年。章木木的语气沉重，也止住了蒙蒙的嘴巴。

罗晓刚从武汉返回宜江，给黄蒙蒙送饭菜。黄蒙蒙问他，你爱过我妈妈，现在还爱着，对吗？罗晓刚愣住。黄蒙蒙接着说，我就觉得奇怪，蛮简单的事情被你们搞复杂了，还难受着，你看看，既然爱着又不在一起，不爱又黏糊不分开。

罗晓刚嘿嘿地以笑为答。黄蒙蒙继续说，你爱你的老婆吗？

罗晓刚不假思索地回答，爱。

蒙蒙愣住，瞪大清亮的眼睛。我懂了，你先是爱我妈妈，后来是可怜她，这种转变，你想过它带给我们的感受吗？她放下碗筷，又说，因为我们被抛弃，在你眼中是遭殃的人，你就可怜，这坐实了我们的不幸。接着站起来，郑重地补上一句，你不要给我送午餐了，我不会接受。

罗晓刚完全蒙了。他反复说，这是我答应你妈妈的事情，我必须完成，我们亲如兄妹，不是那种狭隘的感情能概括的。

黄蒙蒙反驳，你说得这么好听，我怎么以前从没有见过你？

以前……以前我……罗晓刚额头在冒汗，嘴舌沉滞。黄蒙蒙眼睛长出钉子，钉破他的镜片，钉在眼珠上。啰唆中，一个想法冒出，他爽快地说道，以前我生病了，现在才恢复彻底。担心黄蒙蒙不信，他指指自己的腿子，右手及时拍在右腿上，继续撒谎，我多年前出过车祸，右腿严重骨折，现在好多了。

黄蒙蒙似在辨析真假,终究也信服,怔了一会儿,收回长出钉子的视线,然后坐下来,继续吃饭。

六

章木木去武汉两天就回来,约罗晓刚在"邀你喝喝茶"茶楼见面。罗晓刚没在电话里说啥,只是提着一颗心去见她。

辛苦你了,这段时间为蒙蒙花了不少心思。章木木抱歉地说道,而且你给蒙蒙送了那么多的生日礼物。黄蒙蒙的生日正是木木在武汉待的一天,她没法表达母亲的情意。十岁生日,标志儿童走向少年,是件大事。罗晓刚代做了,以木木的名义,赠送黄蒙蒙一个书包、一个电话手表,再送上一束鲜花并带黄蒙蒙去国际大酒店旋转餐厅吃了晚餐——这是以他的名义。(他说,人家孩子有的,蒙蒙一样都不会缺,以后,他将这份情意延伸到每年的这一天,礼物越来越贵重。)

总共给黄蒙蒙送了八天的午餐。罗晓刚总结道。他的语气辨不出味道,那是遗憾和兴奋融合后的结果。遗憾的是,他再无机会给蒙蒙送午餐了,也失去与蒙蒙交流的机会。说交流,实际多是蒙蒙那些远超同龄人的问题,抛向他，促使他迅速开启思维应对。那些问题，他很少甚至从未想过。而思维开启下，一些东西便钻心入肺，要他去自问求答。

他是可怜这一对母女，还是那藏匿心中不灭的爱的缘故？还真是他所说的乡情友情同窗情的综合原因所致？还是谈婚论嫁时拒绝了她而负罪在心……

问来问去，他慢慢掂量出，都有，但占有最大比重的还是当初的抛弃选择下，章木木受伤不小。他想起就不安。这样的想法下，他的送午餐行为，在家里明目张胆了。自己的女儿学业紧，也需要每天送午餐。妻子齐美珍包揽，她在林业研究所工作，干行政，比较清闲。再清闲，他作为老爸也该……事实是，他没送一次，现在不仅给蒙蒙送午餐，还亲自操作，还精选食料。无论他如何解释，齐美珍还是甩掉他准备好的午餐，那是鱼子酱寿司和鲍鱼汤羹。齐美珍毫不心疼，只是气愤地警告，再去给你初恋的女儿送午餐，咱们就离婚。

齐美珍再次甩掉他准备好的蛇羹汤时，罗晓刚愤怒地叫道，她都快死了，你还吃她的醋，什么德行？齐美珍怼道，她有老公，尽管不管她们，可是你也不能替补，再说我们家也不富裕，每月都在还房贷，你却拿家当去拼……这是羞耻，凭空抛给我们一家的羞耻，我不想接受。

罗晓刚一拍脑袋，恍悟道，你这样一怼，我明白她为啥得癌症了，看看你的愤怒，平白无故就扣上耻辱帽子，再想想她，唉，每个人都把遗弃当作耻辱，解不开心结的耻辱，而她……追根溯源，要从我算起，那事我做得不地道。

这番话彻底激怒妻子齐美珍。她咬牙切齿地宣布，好，你修补你的地道去，反正也不需要再生孩子了，孩子都是现成的，遗传病不再是问题，我也明白你感情的真相了。

罗晓刚没跟章木木说这些。没必要。眼下，他再无机会给黄蒙蒙送午餐了。真的遗憾。而遗憾输给了兴奋，太值得。章木木这次在省城肿瘤医院，竟然查出，癌症可能是误诊。但最终如何，要等送到北京去检查，一个星期就会真相大白。章木木感慨道，虽然不是定论，但还是高兴，这一转机，我也明白了，老天爷随手点来的运气太没准，终究还要靠自己，我以后需要——

罗晓刚挥手打断。我倒觉得，你需要调适的是心理，你家蒙蒙这些天给我带来启发，纷纷扰扰，越纠结越复杂，影响情绪，情绪影响身体，鉴于你的情况，建议你学学心理学知识。

这正是她的想法，罗晓刚也想到了。只能说，心病黑斑般爬上周身，触目惊心，一些想法就不谋而合了。

不到一个星期，章木木给罗晓刚电话。罗晓刚夫妻俩正在家吃晚饭，接到电话，罗晓刚也不躲闪，就在餐桌上接听。通话中，他右手拍桌子，由衷地叫道，太好了。刚结束通话，转头对齐美珍兴奋地喊道，章木木是误诊，绝处逢生了。

齐美珍哦了一声，镇静地吃完饭，然后收拾完碗筷，喊罗晓刚坐下。罗晓刚说，你别生气了，她好我也就心安了，以后再不会给她女儿送午餐。

是啊，你一直心不安，唯恐她有什么闪失，她在你心中的位置……齐美珍扶扶眼镜，细着声喉感叹，接着话头一转，这真是搞笑，不过，奇怪哦，她没跟你说她老公的事情？

黄文彬……要跟她离婚？

切，真还没跟你说，可见，人的心都是经不起推敲的。

你到底要说啥，直接说吧。

说吧，你说巧不巧，我一个同事王丹桂，一直没有孩子，都三十好几了，去年却生出了孩子。我俩关系不错，彼此会交心下。我这些天烦躁嘛，就跟她讲到你那初恋章木木的事情，说到她老公黄文彬吃软饭时，王丹桂手里端的杯子竟掉在地上摔破了。我马上反应过来,她以前不正是常去"魔体"健身嘛。于是,我就说,你肯定认识那黄文彬。王丹桂连忙说,她以前在"魔体"健身,故而也认识黄教练,但不太熟悉,不过时间久了,私下也知道他的一些事情。

听到这里,罗晓刚插话道,王丹桂她啊,你们同事聚会,我有次参加,见到过,眉眼细长,酒量好,难道她就是黄文彬的……还有什么信息,你说说。

齐美珍白他一眼,说道,她告诉我,黄文彬几天前再次被举报,被学校开除了公职,丢了铁饭碗,那兼职就是专业了,而且身份也变化,教练升级为"魔体"老总了。

会搞,黄老总还真要感谢那举报者,但肯定不是章木木举报的。

罗晓刚啊罗晓刚,看你袒护样,你敢说你对她没那份感情,就是糊弄日本人了。齐美珍站起来,要走。罗晓刚伸手拉住她,闷着声喉解释,临到头快进一家门了,我却跑掉,你想想,那心伤压人不?压她也压我,所以我只希望她好……那感情这感情,瞧你说的,虚得没谱。见齐美珍站着没动,继续说,你话还没说完,憋在肚子里多难受。

是难受,不过你兴趣高我就满足你。就是今天上午,王丹桂接到一个电话,说"魔体"的教练被车撞了,正在医院里,她着急,没请假就跑掉,接着跟我发短信,要我帮她请假下。

是黄文彬?

不是他,王丹桂会那么着急?

黄文彬被车撞……今天早上的事情?

担心章木木吧?不过你揣摩下,她作为法律上的家属,肯定知道黄文彬出事了,黄文彬兴许还有挂掉的可能,她为何不告诉你这个消息?

齐美珍脸上浮现古怪的笑容。罗晓刚的手按向手机,拨打章木木的号码,没人接听。看了一会儿电视,两人准备洗澡睡觉时,章木木的电话来了。罗晓刚直接问道,听说黄文彬出了车祸,他的人怎样?

啊,死了。罗晓刚一边感叹,一边把眼睛丢向齐美珍。结束通话时,罗晓刚感叹着收尾,这太巧了。旁边的齐美珍补充,巧吧,巧到诡异。

罗晓刚唔一声。实则,他俩感慨的"碰巧"内容不同。齐美珍感慨的是,黄文彬被车撞死的这天,章木木却被宣判误诊,她绝处逢生。罗晓刚感慨的是车祸本身。黄文彬的路虎车拐出他居住地上高速时,旁边另一条弯道处一辆大货车冲来,大货车由于轮胎掉了,而黄文彬那路虎车又在视线外。货车径直撞去，直接撞飞了路虎，货车上的一截钢筋铁架滑下来，撞破车窗玻璃，斜插进黄文彬的胸口。关键是，黄文彬拐弯上高速的地方，是刚劈山辟出的空地，车辆为图方便自行走出的捷径。自然，没有监控也没有禁行标志。

熄灯睡觉前，齐美珍问道，也是怪啊，你居然这次没有安慰你那可怜的初恋，毕竟那是她孩子的亲爸。

你什么意思？罗晓刚翻身，再闭眼。

不懂？点拨下，说明你跟章木木的心灵相通。齐美珍鼻子嗡嗡。半天不见罗晓刚动静，脚踹他一下，继续说，你们都巴不得黄文彬死，章木木的病……巧得无话说。

罗晓刚反感齐美珍的猜测（那意思是章木木可能弄死了黄文彬），那饱含了快意的猜测没谱，齐美珍心中也明白就是瞎猜，却……不由得想起小女孩黄蒙蒙的话，明明简单的事情搞出复杂来，还弄得自己心里不痛快。暗中就感叹，人啊，都爱纠结，自作自受。

七

二〇〇七年，章木木三十五岁，离本命年还差一年，却深刻地预习了本命年的坎坷，遭遇的事情犹如过山车。

这年底，章木木参加心理咨询师学习。到底没有了绝境感觉，身心轻松许多，吃苦受累也不在话下了。

黄蒙蒙问过章木木，妈妈，你现在学习的心理学，就是把目光看向你这里，是吗？黄蒙蒙的右手拍在胸口上。章木木嗯了一声。黄蒙蒙又接着说，以前我们家里事情多，主要是爸爸嫌弃我们，而你又把目光多看向他那里，我爸爸又不怕你看，还故意要你看，你就乱套了。章木木叫道，你这话，哪是小孩子说的？黄蒙蒙却问，我说得对吗？

看自己看外面，目光塑造心性，没错。章木木三十五岁时才明白的事情，女儿黄蒙蒙十岁就触摸到了。是该高兴还是悲哀？家庭创伤带来的早熟早慧啊。章木木低下脑袋，无由地内疚。两三年后，章木木读心理学大师荣格的书，读到这样一句话：谁向外看，就在梦中；谁向内看，就会醒来。内心轰然一动，嘴唇叫道，蒙蒙。

日子朝前爬着，步伐节制。章木木肺上虽没有恶性肿瘤，却还是有问题。医生交代，平常要注意保养。这"保养"不仅要心态好，还要给予营养。哪只有肺上？还有其他。这都可称为情绪后遗症。后遗症不那么要紧，却也提示，须好生对待。但这样的家底，保养就是奢谈了。幸好，虫草现成，是罗晓刚送来的。他一个朋友开药店，朋友的兄弟跑藏汉两地做生意，虫草自是上品。罗晓刚在教育局人事科，帮过那朋友，先是帮朋友儿子转校又转班，后来又帮朋友的亲戚毕业分配时留在了城区，还有一个忙罗晓刚没说。朋友说罗主任恩情大，虫草起码要送五年。这都是罗晓刚转来的信息。他还说，他们家健康着，虫草多余，还占地方，这五年的虫草就有劳章木木了。虫草开始是罗晓刚送来，后来是药店直接通知章木木去拿。紧张又繁忙的时间段上，几乎难得与罗晓刚面见一次。她不会频繁地联系，更不会选择面见。这里有误会，来自罗晓刚的妻子齐美珍。

二〇〇九年暮春一个傍晚，她带着蒙蒙在"隐庐小厨"吃晚饭，遇到了齐美珍。不是齐美珍一个人，还有一个身材丰腴的妇女，妇女手里牵着一个小男孩。他们在小厨室内过道面对面地走来。齐美珍突然停下脚步，喊道，嗨，你好。接着，齐美珍右手扶扶眼镜，细着喉咙笑道，我们多年前遇见过，一次是在"信来"早点铺，还有一次是在你老家，那时你真漂亮啊。

是她啊，罗晓刚的老婆。章木木热情地伸出右手，齐美珍却没响应，就那样垂手站着，嘴唇却热情万分，我的祝贺迟到了，还是要表达出来，恭喜你绝处逢生，不简单啊。这话听着顺耳，语气却与姿态配合，透出的不满，她轻易就捕捉到，于是笑着点头，拉起蒙蒙的手迈脚离开。就在擦肩而过的刹那，齐美珍向旁边牵着男孩子的手的妇女说道，喏，这就是章木木，黄文彬出车祸那天，她得到误诊通知……

章木木拽住蒙蒙的胳膊加快步伐，隐隐感觉那身材丰腴的妇女紧紧追随的目光。齐美珍跟旁边妇人的介绍……显然她们私下议论过，那介绍话语刺耳扎心。那妇人……章木木脑海闪现黄文彬钱夹子里的照片，这个假设有些可怕，却在记忆处对接上事实。那个身材丰腴的妇女和她手里牵着的男孩子，应该是黄文彬的家外之家。

晚餐中，章木木一次次地跑卫生间去，除了不断洗手也无所作为。无论如何，齐美珍对于罗晓刚帮助自己的事情，心存芥蒂，而那妇人……她们都恨自己。章木木盯着镜子里那个焦躁可怜的女人，深深地换气，然后告诫自己，不要再联系罗晓刚了。

二〇〇九年初冬，又一个过山车轰地驶来。蒙蒙在学校课间操时，发起癫痫来。带女儿去医院，确诊，女儿患上先天性的脑血管畸形症——那可怕的一直担心的家族遗传病终于显形。医生说，积极面对比什么都好，又不是没有办法。章木木连连点头，咨询治疗方法。

先栓塞治疗，缩小畸形血管团组织，等降低风险后再手术。这样的患者，一生都可能纠结在手术中，不过，也有一两次手术就康复的，这与病人体质和心态有关。你是妈妈，你的心态直接影响孩子的心态，还有孩子爸爸的，同样道理。

医生的交代够细致了。这样的细致说到黄文彬时，章木木的心纠结成一团。黄文彬这个王八蛋，还能把他当人指望？幸好他出车祸挂掉，老天有眼。想起罗晓刚老婆向那妩媚妇人介绍自己的话，喏，那就是章木木，黄文彬出车祸那天，她得到误诊通知……她们怀疑那车祸与自己有关，怀疑得好。此际，她真希望黄文彬是自己一手干掉的。

以后蒙蒙可能要不断地手术，还要尽可能地保持心态的平静，不能激动，不能过度疲劳，要控制血压，要保持有规律的生活习惯……这些先决条件下，预防的就是脑出血，"盗血"现象产生，会导致脑萎缩。

可怕的脑萎缩。她似乎看见浑身污秽的父亲朝自己走来。人过中年后的父亲患上脑萎缩，痴呆子一样。母亲不忍心把他关在屋子里，却害了他。他明明全身都被母亲洗干净了，转眼，双手和下巴就沾上鸡屎狗屎什么的，臭气熏天。恐怖的记忆是那次学鸟飞。一个雨后阳光普照的日子，父亲搭梯子爬到屋顶上，一块一块地朝下面扔瓦片。

他坐的瓦楞周围已经出现黑色洞穴。章木木和妹妹在下面哭喊着，求他下来。妹妹跪在地上，哭号声被地面反弹出骇人的波浪。那浪头引来两三个邻居。一个邻居——不是别人，就是罗晓刚的爸爸，爬上梯子，准备上屋顶抱下父亲。这时，母亲拐着一篮子猪草赶回来了。别爬，我那屋撑不起你们……母亲放下篮子，喊父亲下来，你再不下来，我就掐死你狗日的。父亲站起来，越过那洞穴，走在前面的瓦楞上。瓦片碎裂声快要刺破耳膜。母亲一屁股坐在地上，蒙住眼睛。父亲突然单脚跳起，双臂伸开，哈哈哈笑着的嘴巴流出清亮的哈喇子，而单脚站立的裤脚也在淌水。章木木受母亲的影响，也双手蒙住眼睛。

父亲是在学鸟飞，没来得及飞起来，就被抱回到地面。还站在梯子上的罗晓刚的爸爸偷着爬上屋顶，从后面抱住了父亲。一个星期后，父亲跑出家门，瞎子一般走进河里淹死了。村里人都说是遗传，因为父亲的前辈有个姑姑，四十多岁时突然成为痴呆人，后来被狗咬死。

章木木想起蒙蒙的早慧。那早慧不是偶尔，而是隔段时间在言行上都会透露一二。那简直是反讽，脑萎缩？不可能。但心中分明在疼，疼痛提醒一种预见。她甚至听见了魔鬼的腹语：预先透支一点点超能甜头，然后加倍回收。与其说这是忧患意识在作祟，不如说是因为恐惧而对命运的自我领悟。

但医生交代,现在医疗水平大幅度提高,这样的病不算是重症,只要情绪稳定,身体康复大有可能。

又是情绪稳定,当然,蒙蒙的心态和情绪咋样,取决于章木木的影响。

又回到人的心理了。给自己来碗元气饱满的鸡汤吧,要扼住命运的咽喉,不只通晓心理学,还要精通。章木木心中涌上热切的愿望,一级一级地拿下那证书。

八

蒙蒙做完手术后的第二天,问起罗晓刚,说,很长时间没见到他了,他在你生病时给我送午餐,我从没说声谢谢,还不领情地赶他走,真内疚。

木木递来一个心疼的眼神。蒙蒙继续表达,我要说出谢谢,不想被他看成一个怪人异常人。蒙蒙,你想那么多干吗?木木忍不住说道。这个早慧的女儿,心思缜密又过于敏感。她作为母亲,该如何引导?

章木木忍不住告诉了罗晓刚,关于黄蒙蒙的病情。她心情有些复杂,自从遇到齐美珍后,几乎没再联系罗晓刚,蒙蒙却提起他。就是没有上面两桩事情,章木木也不想告诉罗晓刚。蒙蒙的病,已证明罗晓刚拒绝与自己组成家庭的选择是正确的,也透露出某些宿命性的悲剧背景,带有不可逆的坚硬。

她不愿深想。事情到了这个地步,任何深层次的思考都显得矫情浅薄。过山车经历,已经锤炼并警示了她,要练习放下,不要做无用的纠结,纠结过多过深,只能影响情绪积垢心理垃圾。

罗晓刚听说了蒙蒙的事情,表现平静,似在意料中,或者说他已经见证过蒙蒙的异常。很快,他提着一大袋子水果到医院来了,招呼道,蒙蒙你这个天才,我给你预设下,你以后学习心理学,肯定是出色的心理学专家。

蒙蒙嚷道,我妈正在学习心理学,已经考过了二级,她还想过一级,准备当心理医生的,你应该多鼓励我妈妈。

章木木学习心理咨询最原始的缘由是,自己的心理需要调节,可蒙蒙却说自己想当心理医生。她尴尬地笑着打断,我哪能干呢?

现在心理医生好牛掰的,不管行不行,妈妈先试下,帮我引好路,有一天我真能成为罗叔叔说的心理学专家。

罗晓刚搓着双手傻笑,嘴巴豁得老开。蒙蒙拿过镜子,要罗晓刚看看自己。罗晓刚看了,嘿嘿笑着自嘲,喊我二师兄,我女儿老这样喊我。

二师兄。蒙蒙叫道,声音轻且平静,谢谢你给我送午餐。

后面的日子,章木木与罗晓刚少联系了,而蒙蒙却跟罗晓刚联系起来。二师兄这称号一下拉近了他俩的距离。齐美珍也知道,发出感慨,你这人平常木头般,连自己女儿都不……现在倒是被孩子们喜欢了。

罗晓刚歪起脑袋,沉思半晌,说道,我开化了,说来,还是那小女孩子蒙蒙的功劳,那女孩心较比干多一窍。齐美珍哦了声,来了兴趣,打听蒙蒙,很仔细地打听,罗晓刚觉得诧异。齐美珍告诉罗晓刚,说,还有人也关心蒙蒙,我们关系好,我自然就打听多一些,满足下人家的好奇心。罗晓刚说道,就是王丹桂问的吧,那个王丹桂问蒙蒙干啥?

齐美珍点头。我不知她为啥对蒙蒙感兴趣,也许是对章木木感兴趣的吧,却怕我怀疑……只好问章木木的女儿黄蒙蒙。

罗晓刚说,亏她好意思问,人家母女俩被她害得……哦,我清楚了,她故意问的,觉得她们母女俩遭遇不幸她就舒服,这人良心何在?

齐美珍摘下眼镜,眼珠快要凸出眼眶。你怎么把人想那么坏，王丹桂的感情一事我们哪能具体地了解？再说人家养尊处优，丈夫前途亨达，她犯得着去嫉恨谁谁——这个问题复杂，我们不谈了，这样说吧，我问蒙蒙，我跟王丹桂讲蒙蒙，是因为我也喜欢那孩子，怜惜她，这样可以吗？

不需要你们怜惜，真的，蒙蒙也对我说过，她不需要人家可怜。罗晓刚的反驳下，齐美珍眼睛亮了亮，人陷入沉默。

蒙蒙第二次手术时，她的学校发起募捐，罗晓刚借助教育局中层干部的身份将这次募捐扩展到社会上。

这是齐美珍的主意。她对罗晓刚说，社会募捐力量大，你等着看好戏吧。一两天后，齐美珍问罗晓刚，章木木没跟你联系？罗晓刚说，她许久都没联系我了。齐美珍鼓动罗晓刚去问问章木木，她估计有人捐了大头，因为那捐款主意是她受到点拨才想出的，那个点拨者在蒙蒙第一次手术时曾说，黄蒙蒙这病花销大，可以发动社会力量募捐。

那人就是王丹桂，她肯定捐了不少钱。进而，夫妻俩猜测，她是出于内疚吗？还是那钱本属于黄文彬的，她不过换了一种方式交给黄蒙蒙，或许……

罗晓刚充满了鄙夷。齐美珍却说，你去问问章木木，收到最大头的捐款有多少，无论如何，此举可以证明我的闺密王丹桂还真不是你印象中坏得流脓的油腻中年妇女。

罗晓刚从蒙蒙那里得知，此次得到社会捐助四十五万元，其中有两个匿名者，一个匿名者捐款三万元，另一个匿名者捐款八万元现金——就是王丹桂吧。罗晓刚要齐美珍问问王丹桂，她募捐那么多钱究竟为啥。

齐美珍批评他榆木脑袋，这问话忒头，人家才不会回答。罗晓刚豁开厚嘴唇，讨好说，你会打游击战，多迂回几次，掏掏她的心理，这事还蛮有意思。

齐美珍带回的话更有意思了。王丹桂不知晓这事，一听齐美珍的话，就愣住了。齐美珍改变战术，将迂回变成直攻。王丹桂惊得下巴都快掉了，连连摆手否定。有人捐款，还八万三万的？你猜是我？我真没有。

是她如何不是她又如何？反正我俩尽心尽力了，你再不会觉得愧疚，私下表达什么吧。齐美珍的脸正对罗晓刚，认真作总结。

天地良心，我有什么给人家？即使有，我配吗？人啊，别当自己是救世主，谁都有不济的时候，早晚而已。罗晓刚肥厚嘴唇黏连成一把铜锁，将那回应封存在肚腹里。此时，沉默最佳。但齐美珍却咿的一声又问道，该不会是你捐款这么多的吧？

我工资卡被你攥在手上。罗晓刚迅速地答道。

"谁都有不济时候,早晚而已",就是谶语。二〇一一年,罗晓刚被查出四年来收受他人钱财十八万元,开除了公职并追究刑事责任,三年牢狱。

九

二〇一二年春上,康复心理咨询所挂牌,生意开始就不错。

原来那么多的心灵需要咨询治疗,人世间有太多难以说出口的心里的秘密。

章木木就是倾听,在倾听中慢慢拉拢对面的心灵,并点拨那些心灵。眼前这个人值得信任,她将会随着倾听找到被遮蔽的角落——那几乎是一条直贯童年的回溯之路,然后打开大门,走进去,去直面清扫,去割掉那毒瘤。

这个满目疮痍的世界,没有一具心灵不承受创伤,没有一具生命天生饱满。而困顿中的心灵时刻在呼唤倾听——"内在心声既是我们的最大威胁,又是不可或缺的救助"(荣格语)。那么,我在你们其中,黑夜中,我们牵手而行,一起倾听那隐秘的心声。这段剥离了人生经历的文字,单独挑出来出现眼前,人人都会嗤之以鼻,心灵鸡汤一碗，矫情腻人。可这真是章木木的看法，无关崇高，而是恢复常识，心理常识——我们都是有瑕疵的人，命运都在节骨眼上，谁都不想卡壳，唯有正视直面。

二〇一三年，蒙蒙已是高中学生，身体还没痊愈，却也疗治不错，与正常女孩子毫无差别。这一年，心理咨询师章木木彻底辞掉高等职业学校的教师职务，专心做起心理咨询师。累是常态，却心甘情愿，累也就无法成其负担了。

X这一例算是简单的咨询，不是他心理简单，而是他的要求简单。他要求就是倾诉，倒倒心理垃圾，别无他求。

圣地亚哥在下雨。X发来微信消息，首次用暗语，约定第二次咨询时间。

明天中午吧。章木木回复。

中午你不休息？哦，我要休息。

那就明天上午十点钟以后，我有时间。章木木本打算十点钟以后去药店拿虫草的。老板刚刚发来消息，新鲜虫草来了，那么，只有晚上去拿了。

X准时，十点整，他就坐帘子后面。

这些天先生好吗？章木木问道。

旧事纷扰，心里有些乱，无所谓好不好。X打了一个哈欠，总结道，约莫一秒钟的停顿，又说道，我前天晚上睡觉做梦，梦到我在打羽毛球，明明盯准空中的那球，挥舞羽毛球拍子，啪的一声脆响，我看见一只大公鸡被我拍死，掉在地上。我觉得奇怪，左右脚跳开着后退，哪想到，一下子栽进了水池子里……

章木木好奇地问道，后来呢？

后来我被吓醒。因为那池塘里的水挺丰腴，可怕的是，我周围的人，球友啊，路人啊，还有同事和我家人……他们全都瞎了眼，干看着我挣扎，一个都不伸手。那池塘里的水漫过我胸脯，再漫过脖子、下巴、嘴唇，呛得我快要窒息……你有窒息的经历吗？如果有，就能体会我梦中的状态了。

嗯，挺难受的，就像被掐住脖子，先生肯定有窒息的经历。

我可以说说。小时候，我老家种植棉花，一望无际的棉田，是我们村里人的唯一收入。每到夏天，全员出动给棉花打农药，天气越热越要抓紧时间，农药都是毒性超强的。唉，那农药分子在三伏天里可是无孔不入，再加上棉花密集热浪蒸腾，人身体上的毛细血管和汗毛孔全被催开。我年纪小，抵抗力弱，中毒也快。那感觉……恶心死了，就像被人掐住脖子，不止，还被捂住了鼻子和嘴巴。

窒息。

是的，窒息。

幸好抢救过来了。

命是抢过来了，运就被降格甚至剥夺了。

如何说？

每年被农药毒死的大有人在，没毒死的呢？呵呵，你知道，沙土渗透力强，我们吃的水，还有种出来的粮食蔬菜，无法幸免，这是后遗症。X又住口。

章木木等了一会儿，还是沉默，于是问道，能具体说说后遗症吗？

绝症多，还有……女的不能怀孕，男人不能生育。X咳嗽下，补白，我吧，算是例外，运气好。

章木木哦了一声，说道，没想到，一个梦又让您温习了窒息感。

我一直反感轻视环境的作为，因为我太清楚那意味着什么。环境就是我们的呼吸管道嘛，它被破坏，我们就窒息，我当然要……我是假设，如果有机会的话，我一定会惩罚那些急功近利的家伙，鼓励环境保护，还会改良被污染的土壤、水质和空气。如果做不到，至少我要保证我家人不受伤害。

章木木敏感地插话，您拿出了实际行动？

X摆手，反感章木木的插话。气愤地说道，我拍死了一只蹦跳的公鸡，没事，我恼火的是，他们都不救我，反而挺享受我的窒息，什么意思？

您在借梦说现实吗？章木木的敏感在继续。

不，那就是梦，一个潜意识里的提示，我很焦虑。

我理解。章木木附和。

你不理解，我都没有说具体事情。

可是我在听，我理解焦虑本身，它不是坏事，它在提醒人的心理超负荷，需要及时清理整顿了，无论如何，您都在努力。

但有时候努力就是笑话，或者说，越努力，笑话就越大，要人感觉快要笑场。比如你全身心地去关爱一个人，简直找不到替代，但你清楚，那个人根本与你无关，甚至，她（或他）的存在就是提醒你，你作为男人的失败和不可救药。你的耻辱恰恰就是那个存在，但是，你必须去关爱，以关爱掩饰"存在"背后的骗局，你别无选择。

X走后，章木木随手在旁边的笔记本上写下。X，不知职业，不知身份，年龄四十七八（听口音判断），说话干脆，他的焦虑点似乎在一个人身上。这个人表面上是他的妻子——没错，是她。可似乎还有一个人，这个人带来了他们夫妻的争吵，这个人表面上是他们的儿子，但又不大确定——究竟是谁？有待下一次深入的交流。

这仍是随手记下的几句话，马上被章木木忘记，以后的咨询，她仍旧随手记下，也只是记下而已。

X早说过，他前来咨询的目的，就是倾诉。那么，章木木做好本职工作就行，倾听，理解。

十

回到现场，你是见证者，你是引导者。章木木叮嘱自己，即便X没有很明确的目的，但那双倍的价钱……章木木没有理由掉以轻心。两次隔帘"面见"交流，她做到了全神贯注。

总体而言，两次交流，X在某些层面打开了心扉，正如他自己所言，他需要倾诉，急欲倾诉。有了机会，那些话水流般汩汩而出，想必在肚腹里囤积太久，等到一个切口便呲喷溅。管他什么具体目的，能放放积压许久的死水，于他就是不错的选择。像对待其他倾诉者一样，她满是期待，隔不了多久，就会看看手机微信，是否传来那暗语信息。

第三次约定隔了相当长的时间。

接近四个月后的一个星期五的上午，章木木吃完早餐刚到办公室吃完虫草,手机微信传来X的消息。

圣地亚哥在下雨。

嗯,礼拜天我休息,不好意思,只能大后天即下周一了。

不行,下周一我有事情,今天下午我也来不了,明后两天请你安排。X挺霸道的。

好吧,那就周六上午。

周六上午,他们见面,隔着帘子开始交流。

这几个月都在忙工作,男人嘛,工作才是大事,何况换了新地方,新环境新开端,头绪蛮多的,务必安顿好。身体安顿再来谈论心灵,没错吧?说到这里X自嘲地笑了笑。另外知会你——我新换的工作地方可是在鄂东,远离你这宜江市,少说也有五百公里。呵呵,我还是专注你这里。

谢谢您的信任。

当然,我选择你这里,除了信任,还有私人方面的缘故,比如,我家庭仍旧在这里,宜江市就是我落脚的窝。

您夫人没有跟着您调去?

她不调去也好,免得……还是为了我儿子的事情。她真是死脑筋,现在大家都是挤破脑袋送儿女出国读书,我把儿子送去美国读初中,这是多少人梦寐以求的事情。

我的选择不是你们想当然的——美国教育质量如何如何优秀，其实我倒认为我们国家更适合小孩子受教育，但我送我儿子去圣地亚哥，是因为我们夫妻一吵架就撕破脸皮，不利于儿子成长，再者圣地亚哥空气好。她却认为是我故意拆散他们母子，就与我……

儿子理解您吗？

还好。他还是少年，学业重，外面天空那么大，注意力全在外面。不过，他毕竟还是少年，也挺念旧的。噢，他的语音又来了，抱歉，我接听下。说着，X离开，去外面与儿子通话。

不过五分钟，X返回，继续倾诉。

圣地亚哥一直好天气。小家伙居然问我——圣地亚哥什么时候下雨，呵呵。他盼望下雨，是因为那里雨水少，人的心理就是这样。想想我自己，竟然以此为暗语联系你，也是渴求心理轻松一些。那么，你看出来了，我的心理实则负荷过重。我就在想，人的心理负荷不过源自那些与自己想法背道而驰的东西。那些东西是被强加的，人却没法躲过，也没法置之不理。它们固有就存在，还呈现蔓延裂变势态，可以说，每天都在爆炸式增长。人很多时候无法顺从，是因为一个观念……嗯，快要成为个人底线的观念，叮嘱你必须守住你必须这样做，你若顺从将被更强大的东西捆绑窒息。那更强大的东西——你知道吗？譬如规则。

章木木脑袋都快麻了。X的话隐喻性强，她不明白那些话，却在纸上记下：X的工作或者说生活，有敌对派，他在这些拉锯战中筋疲力尽。她边写边说，我理解，但是，先生您可以尝试避开那些东西，我是说，避开锋芒。

怎么可能？X激动了，声音大起来。你不在其中，我不能强求你理解。其实，我可以告诉你，家庭中，我的血缘孤独……算了。还是说说我夫人吧，她的情绪可怕，老是寻着我吵架。每次争吵，我一般都表示沉默，她却被自己的情绪感染，就像被自己喷洒了农药，中毒一般，对我的恨意无以复加。我知道的，她会在某一天完全失控……他停下来，沉默蔓延。

一两分钟的时间，X继续说道，说来，这个看似美满的家庭外壳，我倾注了太多心血打造，也注定我不会放弃。她呢，开始满心配合我，后来，我儿子来到世上，她起心离开，这不可能。某些意外发生了（这句话，X逐字逐句地表达），她也害怕，也担不起那份名誉受损的世人指责——你也许读出我话语背后的真实，没错，她背叛了我——嗯，再说，她毕竟是虚荣的人，贪慕虚荣贪慕浮华，怎么能舍得离开这个家呢？

章木木兔子般竖起耳朵。X的家事果然没偏离那些出轨之类的轨道，似乎还很复杂。

你看看，虚荣女人的心理大都如此，舍不得离开，又自怨自艾地闹情绪，把心理搞成巫婆……大抵就是，虚荣浅薄的女人心理也狠毒。她变着法子折磨我，威胁我。呵呵，我送儿子到圣地亚哥——说实话，我真是为了儿子好，我不晓得，如果不送走，就在我们这个环境里，儿子每天面对那快要失控的狠毒心灵，会长成什么样的人。我的这番善意，却被她添油加醋地说成"折磨她"，唉，她要起底我。

沉默袭来。X的呼吸声针尖一般扎起沉默的表皮。章木木轻声提示，其实，先生可以与您夫人好好沟通下，您尝试过吗？

我没时间。人人都在说沟通交流，除了心理咨询所，根本就无法找到那些契机。契机，要我看，就是古人说的"天时地利人和"，否则瞎扯淡。你看看，要与下属沟通，要与竞争者沟通，要与敌对者沟通，还要与比你狠一些话语权多一些的人沟通……还剩有多少时间留给私事？我那夫人，唉，我也不是没尝试过，我给她讲我的处境，规划我们的未来，然而……她会冷不防地疯子一般抢白，"把我的儿子还给我"，把什么什么还给她，否则她要……无法沟通，因为那些心灵层面的东西，是需要善意和真话的，可那是在冒险，她会在其中分拣出实质性的信息来反攻我，甚至会扳倒我。

章木木插话。这么说，她完全站在你的对立面，她是你最大的敌人？

不不不，我说过，我们的争吵厉害，但都是隐蔽的，毕竟我们那是在共同生存立场上的分歧，锦上添花的分歧。那些公开撕破脸皮背后玩花招置我死地的，却是关于生存权的争夺。闹心。这个不谈了，谈也谈不好。妈的，这群王八，急功近利，玩出的花招老子一眼就看穿，不就是几个钱的事情，蒙上欺下，坏事干尽。我能说的就是，只要我有能力，搞好土壤改良，坚持环境优化，我就死磕到底。

您从事公益？章木木问道。

警告你，我极力隐蔽的私人信息，你没必要打听和猜测。否则，我的倾诉会严重受到影响，我的双倍价钱——你怎么会心安理得地收取？

好的，先生，我谨记，您继续说。

一朝被蛇咬，十年怕井绳，我不是怕，而是想翻掉它。农药也好，废水废气也好成山的垃圾也罢，造成的恶果，我恨死了，可以说，它直接影响到我家庭。我父亲中毒死了，大表哥中毒成了残废，我一个堂伯成了疯子。而我自己的家庭之所以不幸福，追根溯源也是它。这就是命运。可我现在有能力改变这命运啊，我能不试下？

嗯。章木木想起自己的经历，重重点头，尽管X看不见。命运的确吊诡，可真的是事在人为。起码X所说的，他在努力，这没有错。于是，章木木又补充一句，我很佩服您的勇气。

想必你也有对抗命运的经历，可否告诉我，你生命中出现重要的人，当她（或者他）走在对立面时，应该选择原谅还是划为敌营？

章木木诧异，这是咨询的大忌，对方绕到自己身上来，掏自己的经历。她该如何绕过去？就在考虑的当儿，一股烟味飘来。章木木忍不住咳嗽，她的肺部仍旧有问题，闻不得刺激味道。

X灭了烟。你肺部有问题，难怪常吃虫草，那东西烧钱。

嗯，曾经被误诊过肺癌，上帝开了玩笑，命运待我不薄的。

你还没回答我的提问。X固执地将话又绕回他的询问上。

章木木想了想，选择鸡汤版本的答复。每个在自己生命中出现的人都不是偶然的,他们无论以哪种方式与你同行,都是经历。再说,命运无常,又有谁没在深夜哭过挣扎过?所幸的是,我们走过了,即使分开,那也是经历,任何敌对都不值得。

如果……我是假设,如果你丈夫背叛你,甚至在外面生育了孩子,你会恨他吗?

章木木站起来,但很快,她又坐下去。先生,您来我这里是倾诉您的心灵,而非刺探我的隐私。

我只是假设,嘿嘿,有助于你分析我的心理,从而理解并共情我的心理。好吧,回到我自己。我这样说吧,人世不是一条直线,而是一个圆圈,所有的谜点,都会在未来的某个点上找到对应,有一天你回想起我这个人时,多半是——X停止诉说,站起来,以"到点,我该离开了"切断他没有表达完整的话语。

章木木在那张纸上继续记下:

X似乎知道我的某些经历,当然,八卦总是生活的一道好菜,心理咨询师章木木还是小有名气的,咨询者揣摩心理咨询师的秘密就像学生揣摩老师的秘密一样,天生不可解。X的妻子背叛了他,他们不离婚,维持家庭的表面完整,却内斗不止,然而,在对外态度上,两人目标一致。

十一

徐革利死去一天半后，省公安刑侦处的那个胖警察再次约来章木木。他们是还在宜江市，还是返回后再次来的？章木木不知，也没问。总之，给人留下办事慎重的感受。

胖男人这次和颜悦色，询问章木木，是否发现什么线索。章木木想了想，回答，我倒是认真回忆梳理了一番，幸好他找我咨询，我随手留下了几张便条式记录，这些我都带来了，你们看下是否有用。

胖男人接过，右手拇指和食指一页一页地夹起，然后又一页一页地仔细阅读。章木木坐在对面，在时间的流逝中顿觉无聊，心中也产生诸多疑问，想问问，却又怕搅扰他。终于，她坐不住了，去上卫生间。

她返回，面前多了一杯茶水。茶水喝掉一半时，胖男人放下那三张纸页，问道，他找你总共咨询了三次？

不，四次。第四次是晚上，我人有些不在状态，就没记下什么。

第四次咨询有无有用的东西？

章木木清清嗓子，说道，他的言论有些哲学化，但又让人觉得是诡辩。总之，很飘忽，不清晰，但我可以确定的是,他的心理压力大。

嗯,我看了你记录的这些,基本确定,徐市长与他夫人的关系过于紧张,再加上履新不久,工作压力也不小,心理负荷自然也大。

难道就没有其他的……线索吗?毕竟他的死亡太突然了。章木木终于道出她的疑惑。胖男人笑了,有些疑惑地问道,你倒是挺在意的,为什么?章木木点头,解释,他是我的服务对象,而且信任我,信任——我感觉他特意选择我倾诉,是的,特意找我,这份信任你能体会吗?

胖男人沉思一会儿,没有回答章木木的询问,而是说道,根据尸检和刑侦的情况,可以确定,徐革利就是心理负荷大,导致猝死,他家人基本同意这个看法,明天上午在清州市的龙岗殡仪馆举行告别仪式,这事情就告一段落了。

家人……基本同意,那么还是有异议的?章木木有些惊疑地问道。

胖男人犹豫了下,见章木木眼神不放松地盯着自己,便告知,徐革利的老婆在听说徐市长找你做心理咨询后,找到了我们,要求仔细查查你和徐市长的交流,她似乎认识章老师。

章木木没作声。胖男人接着又说,你们认识吗?听她口气,她有些怀疑你们的关系,说你们早些年就认识——章木木惊异地瞪大眼睛,刚要张嘴否定,胖男人笑下,咳嗽一声,继续说,她举了一个例子,章老师的女儿生病,徐市长偷着捐助了一大笔钱,我们也查过了,用的是匿名——有两个匿名,但那八万元的真的是徐革利捐助的,而且是半年的工资。

章木木站起来,脑袋发昏发胀。不错,黄蒙蒙第二次手术时,得到社会援助,而徐革利竟然给黄蒙蒙捐助了一大笔钱——可是,那并不能代表他认识自己,也许他就是发善心。但真的就是巧巧的妈妈生巧巧碰巧而已?

还有一个匿名,是谁?章木木问道。

是一个名叫罗晓刚的人。

胖男人的话音刚落,章木木轰地坐下。见章木木失魂落魄,胖男人给水杯加水,递给章木木,轻声问道,章老师你怎么了?章木木喝了口水,平稳着声调说,罗晓刚是我的老乡也是我的同学,没想到他用匿名。

章老师,既然我们谈到了徐市长夫人的怀疑,我想听听您的看法。胖男人脸上的笑有些局促,过了一两秒,他又说道,当然,这与我们的调查没有关系了,纯属私事。

章木木喝完一大口水,沉默一会儿,仰起脑袋,坦然说道,他认识我与否,我真不清楚,但在他死之前,他究竟是谁,我的确不知,我仅仅把他当作信任我的服务对象,而且我们交流不错,事实是……章木木停顿了,眼神飘向外面。好端端的天空不知何时暗淡,飘起了蒙蒙细雨。

事实是什么?胖男人很有兴趣,继续问道。

他还是死了,猝死,只能说心理压力大,那么我的工作……失败了,他夫人怪罪我也有道理。章木木伤感地站起来,告辞。

一路,她脑海里尽是罗晓刚的音容笑貌。罗晓刚豁着肥厚的香肠嘴,轮番吐出:

"我们的关系不亚于亲人,有什么难处你尽管对我说。"

"我家妹子,我不忙谁忙?"

"以后人家孩子有的,蒙蒙一样都不缺。"

"五年的虫草我朋友包下了,你尽管去药店拿。"

……雨点滑落车窗,车莫名熄火。章木木整个上身瘫软在方向盘上。

十二

第四次即最后一次隔帘"面见",距离X——徐革利死亡半个月。那次倾诉，他有太多牢骚，心绪不宁，情绪有些失控，也骂了人，却出口厉害，从老婆到敌对派。

绝大多数时间在谈一个词语"罪人"。

怎么说来的？从原谅说来的。他引用了鲁迅的话"我一个都不原谅"，接着说道，那不好，又不是阶级矛盾，不至于是不是？那样的话，人活得太累了，现实生活中，至死不原谅的要么是疯子——但疯子已忘记这码子事情。要么是罪人，罪人，这可不是好玩的。我可是一直遵纪守法，不想当罪人。说到这里时，咨询室出现长时间的沉默。

然后……章木木现在想起来，心中一惊。X说他不是坏人，虽然做过坏事，却也做过好事。他举到一个例子，为一个患者捐款的例子，数目相当于他半年的工资，用的是匿名。那个生病的人，他没有具体说是谁，却说过这样一句话，"很可怜，与她（或他）妈妈相依为命，我不得不伸手……要不我饶不了自己……"。话没说完，但话意明显，他必须那样做。章木木彼时没想到什么。

此际想起，历历在目，与胖警察告知情况吻合，正是X。章木木现在越发觉得，X找自己来做咨询，除了倾诉心理，倒倒心里的垃圾，还有另一层意思——X知晓自己的经历，包括一些细节，他有他的目的，那目的渐次清晰。

章木木坐回咨询室,拉拢帘子,仿佛置身他们最后一次交谈的情境。

那次是晚上。他拒绝开日光灯,但又不想置身完全的黑暗中。于是,她开了淡绿色的小灯,三四个小灯,挂在头顶五彩吊灯的周围。淡绿色,薄荷一样的颜色,有镇静作用,给整个室内蒙上一层绿色面纱。窗户紧闭,也拉上纱帘。淡绿色的咨询室里,封闭式的交流现在想来有些诡异。

我不是罪人,但我有罪。X的绕口令下,他的语音比以往小而慢,说着说着,声音就接近于喃喃自语。章木木晚上喝了鲢鱼汤,肚子有些腻饱,还有些内急,但是那样的关头——犹如遇见一个昏昏欲睡的人,正一脚踏入黄金梦的门槛里,她若是惊扰,必定大煞风景,还会惹来不快,甚至怒眼相对。她忍住,极力张大耳朵集中精神。那天还有些情况,她身体在例假中,人有些恍惚,越想抓紧对方的话,越发抓不紧。

但是, X正在谈论极其隐蔽的事情。他的罪⋯⋯

他说到了妻子、孩子,还有妻子在外面的男人。然而,为了捍卫家庭的尊严,他犯下了罪责。至于什么罪责,他的话挂在唇边,露珠一般透明了,也是一瞬间的透明，却摇摇欲坠。她摘不到，连伸手也是惊扰，只会加速它的坠落消失。果然一眨眼，露珠碎在地上。X清了清喉咙，有些含糊，却吓走她的恍惚。

妈的，这天气好闷，我汗水都出来了。X的声音大起来。那群宵小老对着我干，有啥子好处？呲，不在我眼线之列。我不过要费一些心神，对付他们绰绰有余。你知道吗？每一个意外事故绝对不是意外，当它们被归纳成意外时，一些罪责被隐蔽，而有罪的意识却不会消失。换句话说，你可以骗别人，却骗不了自己。你将被那意识推到一个平台——就算你刻意避免拷问，可是，你的心灵却平静不了，你为此纠结，以后，再次遇到意外你将惊恐地想到——报应来了。哦，你在听吗？

章木木答道，我在倾听，您接着说。

这才是可怕之处，这些年来我想通了，当一个人勇于面对"有罪"意识时，实则是在为心灵减负——至于达到目标没有，另做他论，起码，心里有这个要求。就像我坐在你这里，我能来，就是我"有罪"意识下的焦虑所致。焦虑……我老是想到农药中毒这件事情，太深刻了，它有铁钳般的大手，卡住脖子，捂住嘴巴和鼻子，让人窒息。它要我难受，却又推动我来找你倾诉。如果我不来……那感觉，好似我迟早会被干掉。

章木木又陷入恍惚状态。X的声音开始轻弱。我是个有罪的人，不在于我真就是罪人，这话拗口，却很有道理，有罪的意识来自我们沉重的肉身。唉，肉身也脆弱，时刻就有窒息的恐惧，要你清楚地看见，每一个意外事故都不是意外，当被归纳成意外时……声音又接近了喃喃自语，露珠似的悬挂枝头，即将坠落消亡。但章木木记得，彼时，他用了譬如，两个譬如，"譬如车祸，譬如疾病"，局部的声音清晰沉重，从而震落了整颗露珠。

此际，重置情境的章木木的回忆在这里卡住，一个事件子弹般冲击她凝滞的身体，射中心胸。

黄文彬的车祸。

她有些激动，站起来，同时又悲哀，无由地悲哀，无法扩散出细节的悲哀，泪水为了烘托这些悲哀涌出眼眶。

是的，那次咨询快结束时，X问道，一个侵犯你尊严的人，你总是希望她（或者他）消失，她（或者他）遂你愿消失了，你庆幸老天长眼了，这是罪有应得——你这样想吗？

章木木没有回答。

X却代替她回答，不，你不能庆幸，我说了这么多，应该说清楚了，每个意外事件绝非偶然，它附带的主观因素远远超过客观性，还不要脸地遮掩了客观性。我们都是有罪的,能够意识到自身有罪,或许能被原谅,那么我也会被人原谅。然后,X站起来,呼出一大口气,接着转身离开。

淡绿色的小灯下,房间的物件暗影浮动,似乎还在回荡他的声音。章木木那次也随手记下一些东西,不是句子,而是一个词语:有罪。但那张便条不知去向,兴许被丢进了纸篓里,兴许在某个地方藏匿起来。

现在,同样氛围中,她重返现场,可以回答了。我也是有罪的人,黄文彬也有罪,他背叛家庭,溯根求源,还是恐惧,而我隐瞒我家族遗传病史,也在于恐惧。一个人,在孩童时就经历了父母双亡,最为痛恨的,就是亲人的别离和抛弃,并种植下恐惧的病根,他一生都在抗拒……然而,遇上了我这样的家族遗传病,我欺骗了他。但又能隐瞒多久,家族遗传病在后来终被他所知,他选择用家外有家的方式来对抗。

如果说,我们有罪,不如说我们是病人。

但是,X你故意制造车祸,杀死了黄文彬。你不是病人,你是凶手,是罪人。你的焦虑源于你杀人的恐惧,与你关系对立的老婆时不时就提起你的罪责,要你重温这个恐惧,不得已,便找我来咨询了。你的罪责……谁知道又有多少?

沉默袭来。窗户半敞，外面的风掀起纱帘，接着撼动那横亘在室内中间的竹帘子。竹帘子前摆一下，后摆一下，就像肉身沉重的大鱼，搁浅太久，因域外水流注入获得的欣喜，不自觉就虚化成痛苦的挣扎。

章木木似乎听见X的声音，"圣地亚哥在下雨"。

他在询问。这肯定句式下的询问，矛盾，纠结，充满期待，却又痛苦……章木木有些遗憾，X若是没有死去，兴许第五次的咨询会有更多答案，一些显露棱角的东西会露出整个清晰的面目。

比如，他为何找自己而非他人咨询。

十三

几天后，章木木给罗晓刚打电话，约定在教育局斜对面的那家茶楼见面。"邀你喝喝茶"黄漆黑字的木质招牌在香樟枝叶中露出，稳妥而亲切，这么多年也没变。这是相隔多年后的见面，却好似前几天还在联系，不见隔阂。

三年的牢狱生活在罗晓刚身上没留下丁点痕迹，除了身形瘦了些，连头发都未发白，他现在跟着别人做建筑生意。刚落座，罗晓刚问道，清州市最近死去的一个官员，听说一直找你咨询心理问题——你知道他是谁吗？

我知道，他是黄文彬在外面相好的女子的丈夫。那女子我见过，不过那次她与你家夫人在一起。

美珍和她是同事，多年的闺密关系，你们的纠葛……美珍都知道。

章木木点头。她家的男孩子去了美国，还好吗？

听说在圣地亚哥读书，那个徐官员的妹妹做的担保，最近两天一直吵着要回国，也许知道了他爸爸的死讯。

他妈妈不是盼望他回国吗？正好。章木木顺口答道。

以前是盼望，这次坚决反对，见儿子吵，也不接儿子电话了。

吧唧的喝茶声中，章木木又问道，你们都清楚那孩子是黄文彬的亲生儿子？

美珍与她关系亲密，可以掏心里话。唉，黄文彬那家伙行为太过头，害了两个家庭，这下，留下两个死去父亲的孩子……说到这里，两人沉默。

一杯茶水快见底时，罗晓刚问起蒙蒙。

蒙蒙已上大学，因为高考成绩限制没有读成心理学专业，现在全力以赴，准备毕业后报考心理学研究生。章木木说道，我们的家庭，我说的是他们父女俩，差不多一样的命，这命是疾病种下的，黄文彬是孤儿，他恐惧死亡和亲人的别离，而蒙蒙从小就遭遇父亲抛弃和死亡别离……

懂得这些不亚于自救，没有比心理学更有利的了。

你……不恨黄文彬了？

以前恨过，咬牙切齿地恨，蒙蒙也是。但是徐官员这事后，我才回头去关注黄文彬的心理，而他已死去多年——啊，我懂了。章木木愣起眼睛，眼神看向空中某处。

你懂了什么？罗晓刚撮起肥厚嘴唇问道。

姓徐的老早就知道我是谁，他找我咨询，无论他是有意还是无意，却让我弄清楚整个事情，关键是改变了我对黄文彬的……我真的懂了。

罗晓刚摇脑袋。他一个官员，权力还不小，管理的事情也多，哪有这么多精力去想这些婆婆妈妈的事情？他真像你说的人性爆表来忏悔，可能吗？听美珍讲，他们夫妻关系一直僵，几乎到了图穷匕首见的地步，他碍于官员的面子，又不答应王丹桂离婚的要求，表面一套背后一套。

章木木也摇脑袋。不要轻易评价他人，许多事情绝非偶然，我们能知道多少？唉，一个男人接受没有血缘的孩子为孩子，其心理我无法揣摩。但作为心理咨询师，我理解并同情他的焦虑。他的原罪与我一样，来自他的命运，小时候种棉花打农药，农药渗透到土壤河流直至身体，他可能患有不育症。后来夫人出轨怀孕，他不得不接受别人的孩子，那心理……

那么，你也一点儿不恨……当初我也遗弃……罗晓刚逡巡下，终于吐出深埋心中的话，却被章木木横来的右手制止。我才愧疚，是我害了你和你的家庭，你一点也不恨我吗？章木木双眼发红，哽咽道。罗晓刚无声地笑了，轻声说，说来，追根溯源都是我，我心中不安啊……那感觉太压人，现在好了，一身轻松，美珍那人有些小脾气，却真不错。

章木木走了。她没有回家，而是径直找去王丹桂的单位。王丹桂见到她，没有意外，平静地说道，我知道你会找来的，迟早会有这一天，只是没想到，隔了这么多年。

隔了这么多年找你，也只是临时起意。说实话，我才准备好。

说吧，你要怎么样？此一时彼一时的命，都走过，也无所谓了。

你想多了。

你来就是炫耀你的平静和沉稳，岁月无情，你赢了。

不，不。我来是想看看你，另外，还想告诉你，给徐市长做过几次咨询，以我心理咨询师的判断，他疼爱你的儿子，你儿子也信赖他，这没虚假。

王丹桂垂下略微浮肿的眼睑，但是眼睑在颤动。

孩子在圣地亚哥吧，那地方环境好——对了，说到这里，我突然想起，徐市长注重环境，与他童年经历有关，也是他的心结，这正是他送走儿子的一个原因。圣地亚哥太阳多，难得见到雨雪天，你儿子每次遇到圣地亚哥下雨就给徐市长语音，四次咨询，我遇见两次。

我儿子……他说什么？王丹桂抬起脑袋，双眼发红。

圣地亚哥在下雨。

钩　吻

一

算起来，她们近乎三十年没见面了。

如果不是急着租房，这时间还会延长，说不准断无相遇的机会。"租房"渡船一般载来鲜秋子，驶入相逢的河流。因为宜江市创国家卫生城市，租用的那幢位于市中心的老房子正在拆除，她的心理咨询室不得已按下了暂停键。停业两月有余，几近口粮断供危险。心急火燎中，恰好看见枪女士出租房屋的消息。

整整一栋三层楼，别墅型，月租金比以前租房的价格高出一点。不过，位置在宜江市郊区龙脊山麓下。那有什么？枪女士在电话里嚷道——此际，她们彼此陌生，还不知晓对方——郊区好啊，有溪流有小青山，空气几多新鲜，要不，我这别墅就是打诳语了。

心中狂喜，口头却不动声色，哦哦两声作答，余留细微而粗犷的电流声。枪女士急于把房子推出去，又嚷着邀请，要不，你过来看下，就这个时间最好，我下午要出门。

驱车不到半个时辰，便抵达龙脊路，西拐顺着溪流进去。山麓在望，三两别墅散落山水间。一个戴墨镜的女士站在第一排栅栏边凝望。估计是枪女士。鲜秋子停车下车。枪女士摘下墨镜，神色配合停驻的双脚迅速凝滞。

你是……秋子，秋子姐姐，我是丁丁啊。

近视眼又没佩戴眼镜的秋子眯起双眼。丁丁，枪丁丁，是你啊。

眼前高个头细瘦的女子，摇曳着精致的妆容和饰物，上前几步，抓住了秋子的手，移近的锥子脸绽开了笑花。丁丁的洋气一点也没变。秋子打量的眼睛有些闪忽……那双热腾冒气的眼睛，借助假睫毛的遮盖，逸出了一丝异样气息。确切地说，是右眼，但丁丁垂下了眼睑，长睫毛阻拦了打探的视线。

房子有些年了，却不失别墅风范，房价也合适，环境更好。秋子瑟着嘴巴，不住感叹。运气，丁丁带来的运气，说来，我十一岁那年跟着老爸搬出孤岛卫生院，我们再没见面过。

我那时六七岁。丁丁答道。

眼前的枪丁丁与电话里的那个急性子判若两人。她微笑不变,却时不时就垂下右眼睑,言辞简洁,行动利索。带着秋子参观完出租的房子,又邀请秋子去旁边的一幢别墅喝茶。那是她的居住地。

两幢别墅,丁丁牛啊。秋子惊呼。

枪丁丁半垂眼睑,边沏茶边解释。这两幢别墅分别属于他们夫妻俩,正是相邻的缘故,一年前牵来了姻缘,喏,出租的是枪丁丁名下的一套。

秋子又惊讶了。刚好你们都是单身,还隔壁处隔壁,啧啧,缘分,喏,你家先生……仗着发小的亲昵,秋子放纵嘴巴询问,眼睛也撒野似的四处瞧看。餐桌后面的落地玻璃及时送来一片绿草红花以及后面的假山水流,典型的后花园。书本上说的,一个家庭的幸福指标,就是看是否拥有一座后花园。

先生本来是一名高中化学老师,后来跟着人家下海经商,搞过房地产开发,也投资农产品加工,还开过棉纱厂,现在与别人合股开办了先声私立学校,不过是小股东。

先声?秋子又咋舌。先声私立学校是宜江市最大的私立学校，从幼儿园到高中，少说也有七八千学生，教学质量年年好，蜚声全省，即使小股东也了不得。难怪住这么好的别墅。秋子的眼神闲散下来。又一个疑问快要冲出舌头——但思维中有声音在提醒"不妥"。舌头几番犹豫，终于抵住上颚，疑问冲出了嘴唇。你们俩……刚好又都是晚婚还是……

不怪秋子唐突，明摆着的实情。枪丁丁三十四了吧，她的先生，是闯荡商海多年干出成绩的企业家，年纪肯定也不小了。

枪丁丁的一口白牙露出大半，左边的小虎牙反射出琥珀光。还都是晚婚，嗯，头婚，我说这别墅带运气，有依据的。说着，枪丁丁垂下整个脸庞，琥珀光不见了。

来而不往非礼也，秋子也说起自个情况。单身中年妇女一枚，女儿跟着自己，正上初中，还有年近七十的老母亲也跟自己住一块儿，正是上有老下有小的女汉子。自己以前是名银行职员，不想婚姻触礁，为了度此心劫，后来学习心理咨询并拿下了证书，从事心理咨询和治疗，已有三四年了，现在租下的房屋就是作为咨询室用的。

哦。枪丁丁仰起脑袋，敛长了锥子脸，眼睛瞪大……很快又被关进了长睫毛围成的栅栏里。你妈妈还好吗？

她身体大致还好，但"三高"脑梗之类的老毛病断不了根。我爸老鲜前年过世了，鲜家的骨科祖传大业交给了我弟弟，那家伙……不说他。秋子摇脑袋。

秋子姐，那栋房屋你尽管用。枪丁丁的小虎牙又闪烁出琥珀光，依然是稍纵即逝。

没关系啊，你秋子姐过得蛮充实的，现在我们就可以签合同，那别墅我要简单装修下，早点开业。

就这样定下了，也谢绝了丁丁午饭的邀请。返回前，鲜秋子特意跑到别墅后面，去看那个后花园。拥有绿草红花、溪流假山和后面烟雾般的青山屏障的后花园，轻轻提拉眼皮，眼眶里延拓出苍茫岑寂的天地。这天地撩拨心胸，似曾相识……童年感瞬间滋生。鲜秋子不住感叹。

丁丁抱着肩膀，跟在后面，也没说啥，陪着看了四五分钟。

上车前。靠着栅栏的丁丁又戴上了墨镜，右手缓缓挥舞。秋子姐，你可以把别墅后面的土地利用起来，栽花种草，随便你了，我记得，你妈妈那时管理卫生院那片药草林，我们都喜欢在里面钻。秋子从车窗里伸出脑袋，哈的一声笑了。丁丁，难为你还记得我们儿时的喜好。

返回市区。秋子算了下时间，一去一来，包括唠嗑，总共两小时二十分钟。高效率，还是好兆头。

二

孤岛卫生院在二十世纪八九十年代蛮红火，号称宜江地区最牛掰的乡镇卫生院。那些年，卫生院病人多，到了夏季，人满为患，住院部四层楼常常是走廊和楼梯都摆满了铺位。病患者除了孤岛人，还有其他乡镇和县市区的。有一年，还来了重庆巫山的两名患者，一路坐船来看骨科。

鲜秋子的爸爸老鲜传承鲜家骨科大业，是卫生院唯一的骨科医生，属于聘用制。老鲜却把这层关系打理得超好，为卫生院挣来不少人气和收入。于是，秋子种田的妈妈也就跟着来帮忙，鲜家一家大小便搬到了镇上。那年，鲜秋子六岁。

秋子的妈妈张兰香非正式职工，却每天忙得脚不沾地，要跟着老鲜在骨科里打杂，要打扫卫生院住宿区的清洁。这些还是附带的，主要工作是管理住宿区后面一大片药草地。秋子便跟在张兰香后面，瞅住机会朝药草地里钻。那片药草地，地方不大，环境尚好。后面是一道土堤，人为地筑起丘陵，土堤左右都是深港，深港周围遍布一丛一丛的修竹。这块地方一直荒着，据说是乱坟岗，没有年代的坟茔都塌陷成小土包。后来，老鲜鼓动卫生院院长，将这块荒芜之地开发出来，种上一些能入药的植株。几年下来，药草地也有了气候。

张兰香不允许秋子钻药草地，理由是，地里蟑螂蜘蛛甚至毒蛇之类防不胜防，何况还都是中药，能入药的植株大都带有毒性，还有剧毒的。张兰香没举例，她没时间举例。工作时戴着口罩，全身都穿着白色长大褂，严实地裹住身躯。下班了，精气神散架，越发不想说话，吃完饭收拾下，便一头倒下睡觉。

秋子偏想钻那片药草地。那些植物，大小不等，有的是灌木，有的是小树，更多的是草本，闲散在那里自得其乐地生长。一年四季，开花的开花，结果的结果。绿的若翡翠，黄的像黄金，白的又似雪，红的更胜火……不独秋子，卫生院里的小孩子都爱钻药草地。张兰香呵斥几次甚至动手教训几次，无果，只好在药草地前的田埂上竖起一张牌子，用黑毛笔字写上：禁止钻药草地！！！三个感叹号用红笔打上，触目惊心。

越不允许越激发兴趣，小孩子时不时就钻进了药草地里。张兰香却机灵得很，孩子们往往刚越界，便赶来，她挥舞着锄头驱赶，小孩子便作鸟兽散。张兰香曾经抓住过一个男孩子，脱下男孩子的裤子，拿锄头杆打孩子的屁股，啪啪声惊人地响，而遗留屁股上的红色印记硬是达到了杀鸡骇猴的效果。秋子也被张兰香打过，张兰香那凶狠样一点不像亲妈。秋子怕了，便留在药草地的边坎上兜圈圈。

八九岁时，兜圈圈的秋子身边多了一个小人儿，就是枪丁丁。

枪丁丁是对面县城人，四五岁时随她妈妈来到孤岛。一个县城医院的职工来到江水四围的孤岛工作，又不是提拔，那只有一个可能——犯了错误下放。枪丁丁的妈妈犯下的错误让秋子羞于说出口，作风问题。被公开的作风问题，化成大人们唠嗑闲聊的中心，不说不议不足以表达本人端正的品性。从事到人到人的名字……枪丁丁的妈妈的名字就取得风流，叫黄娉婷。啧啧，还娉婷，那不是显摆她的骚气吗？不光名字显摆，走路姿势说话神态调调都显摆。一步三摇，肉肉打战。眯笑的眼睛明明翘上眉梢，却放出小钩子，一不小心就勾走人的魂魄。那喊人的调调不晓得掺了几多米汤，嗲得能挤出稀脓包来。不出作风问题才怪。那作风问题……据说是和一名业务院长相好，一个假日的晚上在值班室里被院长老婆摁在了床上。这"据说"浓缩成的一句话，钉子一样钉死了这对母女在镇上的生活。实际，这枚钉子比想象的还要坏。枪丁丁的爸爸从来没出现过的事实，将钉子钉穿了枪丁丁的童年。枪丁丁被隔绝，无论是大人还是小孩。不仅隔绝，还冷不防就被辱骂：破烂货的小孩、小破鞋、孽子、小贱货……

秋子也骂过，是因为上厕所（那时，孤岛卫生院还是公厕），被赶急的枪丁丁踩到了鞋后跟。恼怒的秋子骂道，小逼妮子。丁丁惊惶地后退一步，手足无措地愣住。秋子努起嘴巴吐涎水，涎水喷射到丁丁的下巴上，丁丁一动未动。秋子又补上一句，小破鞋。丁丁突然哭了，却没有声音，那种无声的抽泣憋红了白皙的脸蛋，而垂到肩膀的小辫子上的蝴蝶结在打战，那小白裙下的身体也在颤抖。

这是一个漂亮的女孩子，惊惶和委屈都无法遮蔽她的洋气。但是，她那么无助可怜。秋子的心软了，说道，你叫丁丁，名字好听，跟你人一样。大概这转折来得太快，丁丁停止抽泣，瞪大双眼，随即，脸上浮现一个轻微的笑容，一颗小虎牙闪了闪，她轻声喊道，秋子姐姐。

以后，丁丁就跟在秋子的屁股后面转圈圈了。那时，秋子已上学，放学后和周末，秋子在院子里刚闪身，丁丁便神不知鬼不觉地跟在她后面。秋子也不招呼她，自己玩自己的，偶尔遇到其他孩子欺负丁丁，秋子便挺身而出，拿起张兰香的大扫把或者撮箕，胡乱挥舞，很奏效地吓走了那些孩子。秋子去药草地兜圈圈，丁丁也跟着，不是跟在屁股后面，而是自得其乐。玩什么呢？秋子没印象。但她记得，只要自己一离开药草地，丁丁马上便跟着离开。大概，药草地那块地方，有了秋子的把守，丁丁便安然自如。

丁丁也被张兰香骂过。小女孩子总是被那些姹紫嫣红的花朵吸引，以至于会伸手采摘。丁丁是被曼陀罗花吸引了，跨过沟坎，摘下一朵插进小辫子里，又去摘另一朵……张兰香跑来了，一把提起丁丁，扔在地上，并摘下口罩，翘起右手食指叱骂，你这个破小孩，胆子惩大，我打死你。说着，扬起巴掌准备打丁丁，但秋子跑来了，挡在前面，脑袋挨上张兰香的巴掌。张兰香更气，一脚踹去，将秋子踹飞。秋子没有哭，只是忍着痛求妈妈不要打人了。

张兰香住手，重新戴上口罩。秋子现在想起来，张兰香住手的原因并非完全是自己的求情，还因为丁丁——她傻子一般坐在地上，不哭也不闹，只是惊恐地瞪大双眼看着地面。

这小可怜。后来，张兰香在饭桌上说起丁丁，满嘴都是怜惜，还特意交代秋子，你一定要交代丁丁，不能钻那块地，也不能随意摘什么，一片叶子也不行。秋子把原话转给丁丁，并把语气一再收紧。丁丁小脑袋蚱蜢一般点着，只要能跟着秋子玩耍，她没有不答应的。

秋子爱护丁丁，却厌恶丁丁的妈妈黄娉婷。那女人走路姿势一点也不收敛，张扬放肆，左右臂跟着腰肢摇摆，一双细长眼睛却斜睨着看人。说话是一副自得架势，嗲得腻人。

呲，不知羞。秋子背后翘出右手食指刮自己的脸骂道。

她俩发生了冲突。就在药草地的沟渠里，秋子和丁丁一起捉蚂蚱。秋天的沟渠干燥，还干净。自然，药草地前的宿舍楼上的眺望眼睛一目了然。说"眺望"不准确，黄娉婷没那份闲心，纯粹是误看误撞发现的。可能先是在窗口叫喊，秋子隐约听见了喊声。

接着，黄娉婷出现在药草地的边坎上，穿着高跟鞋，走路摇摇摆摆的，差点崴脚，便停下来，粗壮喉咙喊骂枪丁丁。

丁丁你这个死丫头，跑那腌地里掘坟啊，快给我起来回家。

丁丁没有听她妈妈的话。秋子不舒服了，赌气地赶丁丁走。丁丁为了表达自己对秋子姐姐的情谊，便挥舞双手要黄娉婷回家，说自己跟着秋子姐姐玩，很开心。黄娉婷恼怒了，吼道，妈妈要你回家就回家，你竟听别人的话跟妈妈对着干，这又是啥子姐姐？

秋子想了想，提起手里串在一个带子上的蚂蚱，朝黄娉婷扔去。可惜，目标有些远，没扔中，脱离带子的蚂蚱仓皇四散。黄娉婷哎哟一声，后退一步，又骂道，你这没家教的小妮子……丁丁跑出沟渠，挥舞双手，阻止道，妈妈不要骂秋子姐姐，我跟你回家，你不要骂人了。

那一次，张兰香就在药草地里除草。她连头都没抬。当然，那天太阳酷烈，秋老虎嘛，晒死人，忙碌的张兰香不仅把上下身体裹得严实，还捂住了嘴巴和耳朵。可是，她的眼睛贼亮啊。

算起来，那些年待在孤岛卫生院，除开那次小吵，秋子和张兰香母女俩与黄娉婷均没打过交道，而丁丁恰恰当她们母女俩是医院里最好的熟人。

三

简直水到风行，心理咨询室重新开张，不仅老顾客一个不少，十来天后，还新增一两个顾客。

情理之中。这里有山有水，离城区也不远。龙脊山不高，却一个山包又一个山包地连绵，龙脊一般护住大半个宜江市，宜江市的幸福指数连年上攀。而那些发源于龙脊山里的溪流四纵八横，在山脚处汇合，成湾成沱，滋润着天地。宜江人自然爱护这块福地，不开发不过度使用，任凭它们随着岁月老去。但老去的只是时间，青山绿水不改。它们入眼，镇静剂一般，镇住一些些浮躁焦虑。相比以前，咨询室在外围环境上更符合心理患者的要求，静谧、安怡、隐蔽。

丁丁在市里群艺馆工作，上下班都是固定时间。秋子平日的时间没有定准，周末要陪女儿学习钢琴和补课，即使被患者要求，她基本安排助手在周末当班。这样，两人碰面的机会较少。

倒是丁丁的老公傅东晓，鲜秋子遇见过好几次。他是私立学校的老总，上班不必赶那么早，有时候还会待在家里半天甚至一天。

他们首次见面是个清晨。隔着院墙的月亮门，傅东晓朝下车的秋子点头致意。秋子热情地招呼，傅总好，我和丁丁是发小，不过，我年长她三四岁，感谢她租给我这么好的房子。

傅东晓看上去普通，但面相卖老，好歹，还未发福的瘦颀身材配合灰白的两鬓倒突出了特点。与自己年纪相当，也许比自己要大一些。秋子不确定。

丁丁一直夸秋子老师人好，现在与我们为邻了，真是上天的美意。傅东晓的口音让秋子停下脚步。您是江城人？

还是孤岛人。傅东晓答道，微微上扬的眼神露出丝丝笑意。

啊哈，你和枪丁丁那真是天赐良缘。秋子差点拍手了。

傅东晓将眼神的笑意扩大，点亮了眼眸的一簇小火，那簇火照亮了秋子的眼睛。她想把闲聊继续下去，时机却不凑合——顾客来了，正在停车，便招手作别，边走边说，我找时间约你们夫妇俩吃顿便饭哈。说完，她加快步伐离开，然后，在一楼的茶室里烧水沏茶。但好久，不见那顾客的身影。那么，傅东晓不曾离开，还逗留在那月亮门口，给前来咨询的心理患者造成了压力——心理患者当然不想被谁看见。曾经，秋子在这套别墅前挂上"聊吧"两个黑体字，作为名号，却被几个患者强烈要求取下了。不露丝毫痕迹，就是患者的要求。秋子有些后悔自己刚才的嘴碎。

这不是一个合格的心理咨询师的风范。

果然，那个患者咨询时的第一句话就是，你的院子必须密封，没有必要开出一个门与旁边的另一户暗通款曲。

这话饱含着愤怒和不耐烦，甚至冒犯。秋子却不能生气，理亏在她。她也无法解释这两家房子的关系。只能保证，一定会封堵那个月亮门，并保证不会与这里的住户走门串户，以后，她鲜秋子的来去都是墨镜遮住面容。为何要遮蔽自己的面容？因为，鲜秋子上过市里电视台的一档心理节目，露过脸，便被患者要求，她的进出也须戴上墨镜。是的，这座被冠以心理咨询和治疗的别墅，从头至尾，从里到外，要尽可能地被沉默包裹。

院墙的月亮门被堵死，秋子与丁丁夫妻俩也被隔开。即便如此，秋子内心仍然遗留歉意，对患者。起码，隔壁的夫妻俩完全知晓，前来的陌生人都是因为心理问题和疾病而至的求助者，甚至可称为患者。

丁丁夫妻俩倒也理解秋子封堵月亮门的做法，还挺配合。后面一两个月，几乎没有来往。有次周末傍晚，秋子受患者要求来到别墅，恰恰与丁丁夫妻俩的车前后驶进别墅区。秋子从后视镜早发现了他们。停车、下车。秋子站在停车场等了一会儿，准备招呼下，结果，那辆车停靠一边，车门紧闭。他们故意不下车的，故意成全秋子的工作。两三分钟后，秋子转身进院子，刚仰起脑袋，便发现三楼阳台上站着那名患者，戴有宽大墨镜的患者躲在阳台上那棵高大的枝叶婆娑的幸福树的后面打探，而自己的助手突然闪身到患者身边,嘴巴一张一合。

丁丁夫妻俩的配合,秋子完全泯灭了与他们夫妻俩走动的想法,哪怕,邀请一顿饭叙旧的打算也放弃。

以后碰面,默然而过,至多点个头示下意。

但不可能当成陌生人的。家里一次闲聊中,秋子跟母亲张兰香说到了枪丁丁,张兰香问道,丁丁两个别墅,她妈妈……喏,就是黄娉婷没跟她住一块儿?

鲜秋子也愣住了。张兰香这一问,她才想起黄娉婷那个女人。怪不了自己,儿时,她讨厌黄娉婷,记忆自然不会为黄娉婷留下空间,哪怕现在遇到她的女儿枪丁丁,还是没有唤起什么想法,哪怕一句礼貌性质的问候也没有。

张兰香这一问,把鲜秋子问住了。黄娉婷?她摇脑袋,从没看见过,与丁丁有限的闲聊也没说起。不过那人,估计不会寂寞的。秋子嘟囔道。张兰香噢声,点点脑袋,又说,丁丁文静,不像她的女儿。

嗯,是不像,但毕竟是母女俩……估计我会遇见黄娉婷的。秋子笑了笑,接着又说,你呢,却不会遇见枪丁丁,这就是你和黄娉婷的区别,所以,你安心在家熬中药养好身体得了。张兰香因为"三高"和脑梗,每天在家熬中药喝,成了习惯。

开玩笑的话,也不是捕风捉影,而是潜意识的推断。

秋子脑海闪现黄娉婷斜睨眼神看人的表情,接着又闪现她在药草地骂人的情景。

四

暑假后,女儿考上郊区的一所国际学校高中部,母女俩图方便,便搬进别墅一楼暂住。这下,秋子在别墅生活的时间几乎全天候了。从搬进来到现在,已有大半年,还是没有遇见黄娉婷。有时候,秋子忍不住会想,那个发嗲的漂亮女人,老了是什么样子?是油腻大妈还是那副傲娇模样?这样的想法谈不上好奇,念头一闪而已。

毕竟住在此处了,也遇见过几次枪丁丁夫妻俩,近距离或者远远地,点头或微笑或沉默地对视,无言辞,亦无交往。

大半年时间一晃而过。再半年过去,到了二〇一八年四月份。

枪丁丁发来微信,说是想请秋子吃饭喝茶。紧接着,又发来名叫"宜家茶楼"的定位,接着又附上一句话,不见不散啊。

鲜秋子回复,饭就不吃了,要陪女儿,晚上八点二十我准时到茶楼来。

一路疑惑。枪丁丁这样不容分说的架势，不会是叙旧，应该是有事情找自己。那么，是关于房子的事情——打算加码房租？的确，那样的房租便宜了，可是她们有四年的合同，不能说变就变吧。或者是她想收回房子？这也是毁约。

一个闪烁淡绿色灯光的房间，枪丁丁等来秋子。秋子掀开门帘闪身的刹那，丁丁仰起的眼睛奇异地亮闪，很快，她站起来，微微垂下眼睑，关闭了那道亮光。秋子坐下，丁丁吩咐服务员泡上普洱茶。幽幽绿光下，清凉弥生，隔着茶桌的两人相视一笑，丁丁问道，秋子姐，你还记得我的妈妈黄娉婷吗？

黄娉婷终于送来了消息，果然，她是不会轻易地从相识之人的记忆里消失的。她的人呢？自从租下你的房子，我还没看见过她。秋子问道。

嗯，她住在城区，不愿意跟我们住一块儿，而且……我怎么说呢？丁丁仰起脑袋，接着又垂下来，再接着，脑袋侧向一边。两杯茶水后，丁丁断断续续地说出这次喝茶的主题。

自从丁丁订婚后，黄娉婷就不来这里的别墅了，住在城区的老房子里，无论丁丁怎么邀请也不来，倒是经常喊丁丁回家坐坐。黄娉婷早知道鲜秋子租下了一套别墅做心理咨询和治疗,似乎有兴趣,不时就问起秋子的情况。而今天,她打来电话,说她老是想起以前的事情,想见见秋子,与秋子聊聊。

哦。鲜秋子抬起脑袋,一声感叹拖出好几个节拍。她知道有些失礼,但她实在拿不准丁丁的老妈黄娉婷的话意。聊天——字面意思就是唠嗑,东扯西拉,张家长李家短,有一搭没一搭的。可是,她是心理咨询师,不能随便聊天,那种寻来专门聊天的见面,可是要付费的。丁丁懂吗?

丁丁还真没懂,瞪大了眼睛,小心翼翼地问道,你还在记恨她?她那时是不大好相处,但都过去好多年了。秋子看见,那浓密的长睫毛中的眼睛转动出一股冲撞的气息。瞬间,气息便被长睫毛眨巴着收回。

秋子右手摇摆,脑袋跟着摇摆。不是这回事,我的意思是……我是心理咨询师,找我来聊天的,有个前提,他或她必须承认心理有问题。如果她真的是叙旧,可以找我妈张兰香,要说,我与她几乎没有交集。

丁丁点头,微微侧仰脑袋。其实,我也懂她的意思,她可能就是……秋子姐姐,你就按照你的工作性质来要求她吧——鲜秋子着急地打断丁丁的话,作为心理咨询师,我必须提醒你,谁也不能代表咨询者或患者来表达意见。

患者？丁丁重复这个词语，迅疾，点脑袋，说道，我妈真是跟我嘟囔过，说她现在心神不宁，失眠厉害，老觉得有人害她，她心理是有毛病。

秋子又提醒，关键是，她自己要有意识，心理有毛病。

好的，我去问问她，看她咋说。

起身告辞，枪丁丁没有和鲜秋子一起回到别墅，而是到城区她妈黄娉婷那里去了。丁丁，代我向你妈妈问好。鲜秋子招手说道。

丁丁的小虎牙露出来，闪现琥珀光芒。

回家后，洗澡，上床睡觉。手机来了信息，枪丁丁的。黄娉婷想约请鲜秋子吃顿便饭，由秋子定时间，黄娉婷再来安排，人员就她们俩。

符合黄娉婷的风格。按说，她知道鲜秋子的妈妈也在宜江市城区居住，既然打着叙旧的幌子，那么再邀上张兰香吃顿便饭才算礼数周全——张兰香不会来的，她不习惯在外面餐馆吃饭——但是，黄娉婷偏不，提都不提张兰香。

那就吃饭吧，能唠嗑啥呢？时间定在本周末晚上。

五

望江阁饭店，宜江市有名的中西餐结合的大饭店。黄娉婷早早到了订下的小包间，在秋子跨进房门的刹那，便站起来，迎上前半步。秋子上前几步，黄娉婷伸开双臂，轻轻抱住了秋子。秋子姑娘，咱们见面了。

秋子猛然间有些怀疑儿时的记忆。

这个年近六十的女人，笑容浅淡，拥抱也不过一个姿势，随即退后半步，邀请秋子入座。蓬松的灰白头发，没有染色。略微丰腴的身姿不失挺拔，而脖子间系着的丝绸围巾颇有风雅。只是脸上皮肉耷拉，黑眼圈和眼袋凸显。

真就是吃饭。

闲聊不多。直到饭毕，喝茶时，黄娉婷轻声说，秋子你的工作很有成绩，我在电视上还看见过你的访谈。

秋子不好意思笑了笑，答道，也就是挣口饭吃，谈不上成绩。

黄娉婷拿纸巾轻轻擦嘴巴和手，再抬起眼睛，右手按揉下双眼，又放下。我也想找你看下心理病，可以吗？

当然可以。秋子点头。

不过，我有个要求，我不能去你那里。

为什么？您是担心……哦，我理解，但是我们能在哪里对谈？

黄娉婷没有回答,而是上卫生间去了。她走得缓慢,走出房间,顺手掩上房门,还喊了声服务员。返回后,又给鲜秋子斟上茶水,满脸笑意地看向秋子。以前,我们医生护士都有给病人出诊的习惯,你们心理医生应该也可以效仿。不等秋子说话,黄娉婷站起来,邀请道,秋子,我真诚地邀请你到我家去坐坐,距离望江阁饭店两站路的距离。

她黄娉婷要自己去实地考察——她的家能做咨询室不。秋子愕然。这黄娉婷开始就出怪招,自己到她家去做咨询？一个心理咨询师赤脚医生一般出诊——闻所未闻。套用当下的网络语,沙雕,太沙雕。可是,她那架势——岁月不饶人,可她的脾性一点也没变,刚见面时陡生的错觉百分之百是错觉,而现在,她占着熟人加老者长辈的优势,架势咄咄逼人了些,却也能理解。心理咨询师嘛,理解的疆域宽阔无边。

犹豫间,黄娉婷又道,我补白一句俗气话,要是你同意我的要求,我付双倍的价钱。

的确俗气,当咨询为买小菜了。可鲜秋子并未免俗,竟然跟着黄娉婷出了门,一起前往她的家。

没有什么不能破例。

那双倍的价钱是诱惑,但绝非唯一的理由。鲜秋子不能拒绝。黄娉婷那女人固然霸道固执,可毕竟是熟人,若是不霸道,更换一种哀求方式呢?鲜秋子照样答应。何况,黄娉婷独居,房子面积大,卧室、茶室、书房一一隔开。那书房,呵呵,也就一个书架,里面空了一大半,还连接着阳台,空间大,还独立,遮蔽性也有,再布置下,权当咨询室也不错。

第三天晚上七点半,秋子在黄娉婷的家里开始工作。

黄娉婷还真当成了闲聊,回忆了她与秋子共同生活的地方孤岛卫生院,随即话题切到了那片药草地。那块药草地她竟然很熟悉。

药草地里种植的药草她一一列举。三七、枸杞、曼陀罗、茵陈、蒲公英、金线莲、艾叶、疳积草、石斛……秋子听着,心想,这么多啊,张兰香从没说过,可她黄娉婷除了那次喊枪丁丁回家,她啥时候来看过?想法一闪而过,也不作声,只是聆听。

黄娉婷还在列举,一个个药草名从她嘴巴里跳出,就像熟透的豆荚炸开了枯壳儿,但她舌头在一个药名上稍稍凝滞——钩吻。

秋子没听明白,轻声重复这个药名的发音。

钩——吻。黄娉婷重复,放慢语调,嘴巴撮着。就是断肠草。

重复完，黄娉婷沉默了一会儿，接着说，我这老妇记它们记得牢，并不是用心记，而近两年就老是想起那块药草地，不由自主地想起，白天想，晚上做梦都在想。我那"想"，嗨，你懂了吗？并非挂念的意思，是啥呢，就是魔怔在它们上面。

哦，具体说，从何时开始的？

两年前。

有什么具体的事情对应吗？

事情，嗯，还是有的，那天丁丁订婚，订婚仪式就在别墅后面的那块草地，露天的，我突然产生幻觉，感觉孤岛卫生院的那片药草地移植到……黄娉婷牙齿咬住下唇，眼睛微闭，是在考虑是否说出来。秋子耐心等待。她心中明白，黄娉婷说的就是那套别墅后面的绿草红花地，那个后花园引发了她的幻觉。但她不能说出来，必须等黄娉婷说出来，这是心理指认。

黄娉婷说了出来，却花费她不少精力，人一下子就疲软了，甚至，秋子还听见了喘气声，然后是沉默。

沉默继续。快三分钟了，秋子脑海灵光一闪，问道，丁丁和傅东晓订婚那天的事情？

嗯。黄娉婷点头。秋子拿笔，在纸上记下傅东晓这名字，随口问道，您以前认识傅东晓吗？

不。黄娉婷断然否定，还左右摇摆脑袋。他是孤岛人，我们算作老乡，但我不认识他，之前从没接触过，丁丁也是。谁晓得？那两套别墅搭起桥梁，俩孩子就相识并走在了一起。

您继续说。

我后来听丁丁说，是傅东晓追求丁丁的，他那时都三十八岁了，却一直没有结婚，我挺反对丁丁的选择。可丁丁她的条件也就那样，说不上好，三十好几了，虽然也没结婚过，有房产，可是她……这不重要，重要的是，丁丁挺依赖傅东晓，我的意见算个屁。

傅东晓年长丁丁四五岁，您不满意他。

唉，哪里是年龄的问题……我不满意也没办法，说实话，傅东晓和丁丁两人也挺恩爱的，但我呢，我的心病就开始了。

有何表现？

噩梦，头晕，忧心忡忡，总觉得要发生什么……

秋子紧盯黄娉婷的眼睛，但黄娉婷不接视线，微微垂下眼睑，右手轻揉双眼，双唇不再分开。沉默墙壁一般横亘在两人之间。

就是心病，所有的心病一个模式。黄娉婷打破沉默，却用一个笼统的词语绕过秋子的试探。

时间到了,秋子长舒一口气。无论如何,黄娉婷终于说到了点子上。

告别时,黄娉婷提出要求,以后咨询的时间最好能固定在下午,晚上不好,为啥?因为说来说去,说的均是过去,埋藏于心中的秘密,很搅人,搅乱神经,半天都不能平静,影响睡眠,何况,她的睡眠超差。

六

与黄娉婷首次交流的这个周末的下午,鲜秋子难得清闲,她特意跟丁丁申请,想去看看那个后花园。

别墅后面的那片地,"后花园"之称勉为其难,因为看不出精耕细作和姹紫嫣红的丰富多彩,而是荒芜和繁盛并生。

这多是主人散漫的缘故,还有可能是有意为之。

但是,它们蔓延在这栋别墅的后面,随着季节繁盛、衰老,自得其乐地走过它们的前世今生。这些植株,家养的野生的杂居,却和睦相处,接受浩荡天风,摇曳起伏或者处子般静谧不动,传递远方的消息,无由就拉长了眺望的视线。就秋子来说,从第一眼看起,就觉得这块地方,更符合人们心中"后花园"的印象。

"后花园"不大,中间有田埂,也有石卵路,方便了行走。

此际正是初夏。后花园草木葳蕤,花香阵阵,而假山和后面的溪流传来淙淙流水声,古琴一般含蓄低调。山风自龙脊山而来,绕过花草林木,幽幽回旋,降低了初夏的温度,凉爽袭人。草木香蓬勃,氤氲在空气中,终又随风而逝,却搅和了嗅觉、视觉和味觉,沉淀余芳,恰如一场美好的记忆。童年的感觉恍惚产生,孤岛卫生院的那片药草地走来,铺呈在眼前。而戴着口罩的张兰香瞪眼出现,她挥舞手臂严厉地呵斥:"快滚出去,你不要命了!"

枪丁丁和傅东晓就在这后花园举行了订婚仪式。而黄娉婷端着酒杯,站在融合了繁盛和荒芜的地方,四顾茫然,幻觉顿生,进而产生心理疾病。蹊跷的是,她在倾诉中,首先就提到了药草地。这后花园与药草地是有些相似,可是具体的相似处……究竟是什么?

趁着来访机会,枪丁丁打听她妈妈的咨询情况。秋子摇脑袋,丁丁表示理解,心理治疗师当然要保守咨询者的秘密。丁丁又说道,我妈起初挺赞成我和东晓的婚事,但在参加订婚仪式后,就强烈地反对,还拒绝来这里了。真的,从参加订婚仪式后,再也不曾踏入这里一步,我结婚她也没有出席。

你说说，究竟是东晓这个人刺激了她，还是这里的什么东西刺激了她？

秋子微笑，没有回答。

我就不明白，订婚前，她对傅东晓印象还蛮好，一订婚就变了，说傅东晓不可靠，心机深，跟我走近有目的，千般阻拦我们的婚事，现在逼着我离婚。

说傅东晓心机深——她举例了吗？秋子忍不住问道。

丁丁垂下眼睑，耸耸肩膀，摇摆脑袋。

目的。秋子若无其事地重读这个词语。

丁丁断然否定。怎么可能？说着，她站起来，指指这个装修堪称豪华的房子，又指指窗户外面，再将食指收回来，指向她自己。丁丁的脸蛋红了，她的嘴唇嘟起，声调有些激动。那些资产不算特别丰厚，却也不错了，而我眼睛……她右手靠拢那个不和谐的右眼，却又迅速拿开。她侧过脸庞，继续说道，我们是真心相好的，没有任何目的。

嗯。秋子点点脑袋。

可我妈那人……她就是那样，霸道，还神经兮兮的。唉，我也理解，这么多年，她不容易。

告别时，傅东晓回家，丁丁慌忙拉秋子的衣角，小声叮嘱,别跟他说我妈的事情。秋子右手捏下丁丁的手,嗯了一声。傅东晓邀请秋子吃了晚饭再走,说着就拿手机订餐。秋子不想去,心中却有个愿望,与这对夫妻相处的愿望。

还是望江阁饭店。

三人晚餐,简单而华丽,鲍鱼羹外加四菜一汤。傅东晓很细心,帮丁丁递热毛巾擦手,又铺好餐巾。丁丁似乎习惯了他的照顾,接受得自然而然。拿勺子喝汤汁,傅东晓嘘声,轻声道:"小心烫嘴。"丁丁偏头朝傅东晓一笑,嘴巴朝勺子吹口气再喝下,嗯嗯只夸爽口。对面的秋子瞥见,傅东晓一直没有离开的眼睛满是爱怜。这些细节平常却深刻,要是装,绝对装不出来。本来与他们夫妻有些陌生,但对面的他们沉浸在两人世界,倒是给鲜秋子腾出轻松空间,她低头喝汤,吃菜,完成纯粹的"晚餐"意义。

闲聊也有,有一搭没一搭的,多是碎片。各自的工作,还有孩子——对于目前缺乏后辈人的家庭状况,丁丁和傅东晓都坦然接受。不是不想要,而是存在客观问题,丁丁的卵子存活率较低,受孕概率不大。医生建议,药物介入治疗或者移植有活力的卵子培育胚胎,夫妻二人却没有采纳。他俩意见一致,悉听尊便,一个生命的到来也是缘分，不可以强求，更不会拒绝。

饭毕，秋子先行一步。丁丁夫妻俩也懂秋子的意思——到达望江阁饭店时，他们的车就隔开了距离。秋子到家洗漱，再收拾一下三楼房间，坐下休息时，突然想起了什么，给张兰香打了一个电话。

老妈，你以前在孤岛卫生院看管那片药草地，还记得种了哪些药草？

张兰香可能睡觉了，不耐烦鲜秋子的打搅，反问，你干吗？吃多了没事干，就来考验你老妈的记忆力，我脑梗不记得了。

老妈，我跟你汇报，是因为工作上的事情涉及……以后跟你细说，反正，我是向你求助的，你爱帮不帮。

对付刀子嘴豆腐心的妇女，最合适的一招就是，尊重加示弱的激将法，屡试不爽。张兰香唉一声，嘟哝，我那药草地，都是好多年的事情了，咋地还跟你工作发生关系？不得了。

你说不说？

都是些常规药草，三七啊，枸杞、蒲公英、百合、陆地荷叶、金银花、曼陀罗、鬼针草、荨麻、麦冬、酸枣、断肠草……秋子打断，问道，断肠草学名叫钩吻，是吗？

嗨。张兰香重复，语气沉重而缓慢。钩吻。又问，有啥子情况？

我是想问你，那块药草地是否发生过大事情。

多大的事情算作大事情？哎哟，你到底搞什么？瞌睡虫爬到我眼皮上了，你有时间回家坐坐，我们再聊。说着，张兰香结束了通话。没有问出啥子情况，鲜秋子有些茫然，坐了一会儿，也上床睡觉了。

七

又到了约定时间，秋子十五点整去黄娉婷的家。

黄娉婷已经准备好了，坐在那间暂命名为咨询室的书房内的一张藤椅上，还沏上一壶热茶等待秋子的到来。窗户半开，初夏的风还遗留暮春的清寂，吹拂窗帘漫进室内。而下午的阳光硬朗，谦虚地扑倒身体，挖掘一条金黄的通道。这条通道歪斜地横亘在书桌前的一块空地上，通道上慢涌的光芒网进黄娉婷的半个身体。午休后的黄娉婷，也不见得有多精神，虽然化过妆，但眼袋严重，眼角的皱纹明显。

失眠严重，还是心病的缘故，哦，我不需要你给我开出什么抗焦虑的药物，要不，我直接去医院看下神经科就行。我的情况自个清楚，我焦虑，不是药物能够解决的。

怎么说呢？我这心病……不光失眠，还有担忧，很是忧虑，简直恐惧了，老觉得要有大事情发生。

担忧什么？是具体的人吗？

黄娉婷的脑袋前倾，完全暴露在黄金通道上的阳光中。她的脸有些惨白，蓬松的灰白头发凌乱披散，双眼直愣愣地，眼眶里有大片的白色胶状物附在眼珠上，真是老态毕露。嘴唇在哆嗦，却没吐出话来。鲜秋子再次追问，您担忧什么？能说说吗？

有事情有大事情要发生。黄娉婷的眼睛瞪起，瞪出枯黄豆似的萧索干涩，随后，她收回前倾的脑袋，随后上身缩靠在藤椅上。真的，我这不是预测，而是……她垂下脑袋，灰白头发遮蔽了脸庞，轻微的叹息蔓延出幽怨。都怪我，都是我的错，我后悔也来不及了，只能尽力去阻止即将发生的事情，但，丁丁这孩子不会听我的，因为她从不相信我。

可是……黄娉婷抬起脑袋，眼眶的两颗枯黄豆仿佛遭遇了春风，有了精神。秋子，丁丁小时候就相信你，而现在你们又住在了一块儿，这就是缘分，真正的缘分，不带有任何目的，这说明什么？说明你们的友情不会因为时间而改变。丁丁依然相信你，你来建议，丁丁肯定会听的。黄娉婷挺直上身，整个脑袋又暴露在阳光中，脸庞被放大。她嘴角冒出口水沫子，快要消弭的肥皂泡沫，干巴巴地挂在褶皱丛生的嘴角，刺人眼睛。

秋子没作声，只是拿眼睛盯着黄娉婷。那眼睛风平水静，没有询问，也没有肯定和否定，只有理解。黄娉婷的紧张没有缓和，她继续问道，秋子，你愿意帮我劝说丁丁吗？

秋子面色不改地答道，我不明白您需要我帮忙的具体内容，但我不会主动去问，而且我要提醒的是，我们两人的关系是咨询和被咨询的关系，您倾诉，我倾听，再与您一起找出问题症结治疗。一对一的关系，不可能插入第三者。

哦。黄娉婷有些失望，但也没继续强求，只是瑟着嘴巴发愣。秋子说的，黄娉婷并非不理解。

枯着眉头想了一会儿，黄娉婷叹口气，右手拢拢遮盖额头的灰白头发，并用一只黑色的发夹夹住——那黑夹子不晓得从哪里来的，也许一直在她手上。她的脑袋和上身退出了那光圈，不，是那光圈在缩小，那条通道，只有斑驳的光影了，光圈奄奄一息的。背靠着藤椅的黄娉婷解释道，枪丁丁与傅东晓不能在一起，他们必须离婚，否则，迟早会出大事的。

这就是您的担忧？

没错，我跟她讲过，苦口婆心地，还吵过，也哀求过，甚至以死威胁，呵呵，所有撒泼的功夫我都用上了。没用，反正丁丁不相信我，我无招啊。但是，作为母亲，眼睁睁地看着自己的女儿要被伤害，却无能为力，那个担心啊……不，应该是恐惧，掺和了负疚的恐惧，我无法形容。黄娉婷摇摆脑袋，还拿手揉眼睛。秋子估计，她不是揩擦泪水（泪水恐怕在"劝告"丁丁时用光了），而是眼睛发痒了拿手挠痒痒。黄娉婷拿开右手，右眼有些发红，她自己似乎看见，解释道，我眼睛一直发痒，还有些视力模糊，可能是长期焦虑的缘故。接着，端起藤椅旁的茶几上的茶杯，仰起脖子大口喝茶。放下的茶杯底部趴着一堆干涸的茶叶。她轻轻吐出一枚茶叶，继续说道，但我怪不了别人，追根溯源，所有的……要算到我的头上。问题是，无论我怎么做，丁丁就是不理解。唉，我这个老妈恨不得押上整个身家性命去代她受罪……

您的意思是说，傅东晓会伤害枪丁丁……那么您的理由是什么？

理由，当然有啊。黄娉婷枯索的嘴唇和眼睛霎时得到滋润，有了隐约的水光。我说说他们俩认识的细节。

两年半前，我们住进那个别墅才两三个月。因为我不会开车，上街采买食物都是丁丁，她很辛苦，却不愿将

钩吻　179

就，就拿吃饭来说，她希望我们娘俩顿顿都是新鲜菜，所以，坚持每天清早去买菜。而我负责做饭做菜。

刚过完年的一个早晨，丁丁买回一大篓子青菜和水果回来，但跟着回家的还有一个男人，就是傅东晓。傅东晓在私立学校忙生意，一般不在家，我们相邻，却无交往，见面点个头笑笑了事。他们俩……呵呵，居然在菜场旁边的一个早点铺子里加强了关系，那天，傅东晓帮着提一大篓子菜和水果送回家里。这下，两人就走动起来，而且迅速地确立恋爱关系。后来，丁丁跟我说，从菜场里出来，丁丁在附近的早餐铺里买早餐，遇到她单位同事喊她名字。正在吃早餐的傅东晓听见了，马上放下碗筷邀请丁丁一起吃早餐，还说，我们在隔壁住了那么久，今天才知道你的名字，枪丁丁，真好听啊，过耳不忘。

黄娉婷停止诉说，瞪眼看秋子，那神情似乎提醒秋子，你听了，不觉得奇怪吗——这样的男女相识法？

秋子平静地迎上黄娉婷的视线。

秋子，你还没懂？傅东晓是因为"枪丁丁"这个名字才跟丁丁走动，并迅速确立恋爱关系。这说明什么？这说明，枪丁丁的名字他记在心里，记很多年了，但是，他一直不知晓丁丁这个人，终于遇见了，于是迅速靠近。

他为何记下枪丁丁的名字？

为何？黄娉婷微微仰起脑袋，混浊发红的双眼上翻，翻出灰白，然后又垂下来，不光是眼睛，还有脑袋。嗨，这就是问题的关键所在。

来不及说了，咨询的结束时间已到。

八

天气一天天热起来，张兰香更是足不出户了。

鲜秋子买了一大堆水果去看张兰香。一进门，一股浓烈的药草香味扑来，钻心入肺地浸染整个人。鲜秋子恍惚又回到了儿时。十岁前住在孤岛卫生院，老鲜的骨科当然要熬中药。家里成天都是中药味。十岁后，老鲜在县城里租下一个地方开起私人骨科诊所，而张兰香却因为那片药草地，与孤岛卫生院签订了合同，还要待上两年才能解脱。十一岁的秋子跟着老鲜住在那私人诊所里———个两层楼的老房子，第一层楼当诊所，第二层楼是他们父女俩生活的地方，而熬中药就在二楼的厨房里。秋子住了一年多，上了初中，就住宿在校，绝大多数时间远离了那些药味。但是，那中药味浸淫了整个身体，认识了鲜秋子身体的五脏六腑，一经对面，便雾霭一般罩住了她整个人。

鲜秋子将水果袋放茶几上。张兰香瞥一眼，放下手中的一碗中药汤汁。她丝毫不领情,皱眉嚷道,买水果干吗?还买那么多,我吃不了——你不晓得我糖尿病不能吃含糖分的东西?跟你说过多少遍了,你就是记不住,可见心里就没我这个老妈。

秋子有些惭愧。张兰香说的是实话,可是,她那糖尿病在每天中药汤汁的浇灌下,似乎四五年没露出一点狐狸尾巴。也许在秋子的潜意识里,张兰香的糖尿病几乎就是误诊。

糖尿病哪能奈何你?我妈张兰香是啥人?哼,糖尿病啊"三高"啊,简直是自不量力。秋子的顺口溜很奏效。张兰香一张干瘦脸顿时舒展,眉眼间都是笑意,眼角的褶子水纹一般荡漾。

就是嘛,要说,多亏长期坚持喝中药。张兰香喝完中药,吧嗒嘴唇说道。

三句话不离本行。也好,你跟我聊聊那片药草地的事情。秋子央求道。

张兰香讲述前,敛紧了干瘦的黑脸问道,是不是死人了才算大事情?还不止死一个人——

她的说法勾出强烈的兴趣,秋子赶紧点头,嗯一声,你说给我听听,估计是我离开孤岛后发生的事情。张兰香边点头边拉开话匣子。

一九九〇年，秋子跟随父亲老鲜到县城开辟新生活去了，那年盛夏，孤岛卫生院住院部的角角落落都挤满了病人，别说楼梯转角处和走廊了，连公用卫生间的前面一块空地也摆上了行军床。病人大都是农药中毒的农民。孤岛种植棉花，到了盛夏，棉花正在挂果，而虫子却肆虐横行，而且，越是炎热，害虫生命力越发强悍，为了抢收成，就必须抓住这样的炎热天给棉花打农药。为了喷一次管一星期，用的农药几乎是剧毒性的。那时，农民的安全意识弱，加上天气炎热，穿得少之又少，甚至口罩也省略了。于是，嘴巴、鼻子、眼睛、裸露在外的皮肤、皮肤上的毛孔，几乎与剧毒的药水无法隔绝，不可避免地受到侵袭。身体体质好的，可能恶心下，再休息休息，便挺了过去；大多数人不行，要么上吐下泻，要么晕倒在地，要么人事不省身体直接发硬……中毒的人要马上抢救，从嘴巴接根管子到肚腹，洗胃洗肠子。而那些活得不痛快寻死的，喝农药便是首选，这样的中毒者送医院抢救，就要动手术剖开胃囊洗胃了。

中毒的人只要第一时间被抢救过来，基本可以保全性命；也有留下后遗症的，那是后话，此文不表。没有得到及时抢救的，只能去见阎王了。治疗上"抢时间"，几乎与炎热天喷洒农药一样重要。

张兰香的开场话有些絮叨，却也有必要。秋子从小跟随父母在卫生院生活，对农事模糊，可以称得上四体不勤，五谷不分。她一直纳闷，孤岛卫生院为啥到了大热天病人就多得不得了，这下才知晓缘由。

那天下午，太阳燃烧起小火把，走几步全身都是汗水。一个喝下大半瓶农药的壮年农民被一辆拖拉机送来，当时人事不省。他旁边的妇女和两个孩子，吓得痴呆一样，哭也哭不出来，说话也不利索。那男人马上被送进了手术室准备手术洗胃。

当时主刀的是一名工作不久的大学生，正儿八经医科大学毕业的学生。二十世纪八十年代末九十年代初，卫生院每年都会分来一些正规医学院的毕业生，甚至还有名牌大学的毕业生。那小伙子姓栾，外地人。小栾技术好，人长得也好看。细长个子，白皙皮肤，说一口京腔，文质彬彬的，还会拉小提琴。秋子你应该记得，你走的前一年，他分配来卫生院工作，就住在我们对面的那栋集体宿舍楼里。每到傍晚，他就拉起小提琴，那时正是吃晚饭的时候，琴声一响，你就端个饭碗跑出门，坐在篮球架下听。秋子插话，我有印象，他常拉的曲子就是《送别》。张兰香摇脑袋，我不知他拉的啥子，就是觉得好听耳根子那叫一个舒服。哪里只有我们一家人觉得好听，全院大小都被迷住了,最被迷住的一个人你猜猜是谁?

秋子瞪大眼睛。最被迷住……难道是黄娉婷?

对头,就是那个麻醉师黄娉婷。要说,黄娉婷那时真是漂亮,不管别人怎么骂她,要我说,除了她自己的作风问题,还有别人的妒忌。她长得就是漂亮,皮肤比白瓷还白,腰肢一扭一扭,那眼睛看人……有些冷,却迷人啊,啧啧,我这个妇女就看得入迷。话说这么漂亮的人,却被小栾迷住了,一直追求小栾。古话说,男追女隔堵墙,女追男隔张纸,一捅就破,何况黄娉婷那么好看,两人也就好上了。小栾是全院年轻女性的宝贝,据说当时还被一个新分配来的妇产科医生追求,那医生长相也美,画中人儿一样,会跳那个什么舞……就在我们卫生院的春节联欢晚会上踮起脚尖,扮作天鹅……对,是芭蕾舞,小栾对那女孩子也不错,两人一同进出。黄娉婷却把他抢到了手,就得意,处处显摆。她家丫头丁丁生病了,不带到病室来看,而是站在四楼的宿舍窗口,扯起嗓门喊,栾宇峰,丁丁感冒了,怎么办?

屁大点卫生院,门诊后面就是住院部,住院部后面就是宿舍楼。这一喊,要人不听见都难。小栾有些不好意思,但不久,就出现在大家打量的视线里。他手里拿着体温计什么的,噔噔跑向那宿舍楼。过了一会儿,又跑回来拿了针管药水,再回去。那天,我在打扫清洁,看得清楚。后来我去忙后面的药草地,蹲在地里扯草放水,直到天黑。哪想,等我从药草地出来,却碰见小栾和黄娉婷两人牵手在附近绕圈圈。

他们好上了。秋子插话。

嗯,但是小栾和那个芭蕾女孩更般配。你看看,院里一有活动,就是他俩主场,既是主持人,还配合出节目。两人也常代表卫生院参加县里市里的活动。黄娉婷可能就不舒服了,她一看见那对璧人儿在一起,就撒气。

如何撒气?秋子惊异地问道,问完又忍不住说道,找他们俩吵架,甚至砸场子?刚好栾医生可以看清她面目,与她分手。

张兰香摇脑袋,眯缝起眼睛,沉默了一会儿,眼睛睁开,又道,你这么一问,我倒是想起一件事情。就是青年节时,卫生院的年轻人给我们准备了一场晚会来庆祝。那场晚会有个节目就是芭蕾女孩表演舞蹈《送别》,栾医生拉小提琴配乐。可好看了,我们全都站了起来,巴掌都拍红了。那次,黄娉婷很积极,主动担任后勤人员,主要是布置会场,安排演出人员的道具。芭蕾女孩跳到最后,有一个腾空劈叉的动作,简直天仙啊,结果落到舞台时,却被几个大钯钉扎进了脚板,演砸了。明显的,这是黄娉婷搞的鬼。大家都明白，可是没有谁亲眼看见，也就只是流言了。这次表演后，栾医生不再像以前那样对黄娉婷百依百顺了，两人关系有些别扭。

这些与那个中毒的农民有何关系？秋子问道。

当然有，要不，我拉呱这些干啥？你没兴趣听，我也懒得讲了。张兰香站起来，去卫生间。秋子喊了声，我的亲娘，我就是来听你拉呱陈年旧事的，你上厕所，我去洗耳朵，好恭听啊。

九

张兰香讲到的事情，让鲜秋子好久都没缓过气来。

喝农药的农民被直接拖进了手术室，准备开刀洗胃洗肠子，主刀的正是栾医生。而上手术台打麻醉药的，就是黄娉婷。

黄娉婷却不知怎么了，前十分钟还看见她在值班室里吃瓜子喝茶水，现在却不知所终。护士去卫生间、公用厕所和整个科室寻找，找遍也没看见人影。

已经换上手术衣服的栾医生只好亲自出马去找。栾医生出住院部后，径直朝后面的宿舍楼跑去。

有一会儿后，他跑下了楼，跑到宿舍楼和住院部中间的小道上。黄娉婷的声音就响起来，栾宇峰，丁丁全身打摆子，你到底看不看吗？

栾宇峰停住脚步，低头想了一起会儿，转过身，吼道，简直胡闹。

说完，栾宇峰跑回住院部，接着到手术室。他决定，不施用麻药，直接开刀手术。然而，还是迟了，男人死在手术台上。

秋子啊了声。

张兰香右手摇摆，哼声，道，还没结束。

那中毒死去的男人有两个孩子，大的是个男孩子，当时十来岁模样；小的四五岁，是个女孩子，皮包骨的样子，一看就是营养不良。俩孩子的妈妈一直守在手术室外面。俩孩子就没了管手，主要是那女孩子，我还记得她名字——她哥哥喊她的，"晓晨，晓晨啊"，后来，她妈妈也大声喊过"晓晨"，我有印象。晓晨没来过卫生院，觉得新鲜吧，到处乱窜，窜着窜着，就窜到了宿舍楼后面的药草地里。

我呢，那天下午刚从药草地出来，在你爸爸的骨科室里熬中药，那片药草地也就没人管了。话说回来，就是没人管，还有牌子警告啊。即使没有竖警告牌，也没人看管，就只看看，也难得发生啥子事情。

谁晓得，晓晨那女孩子闯进了药草地里，看见红花黄花，忍不住摘下插戴到头发上。女孩子嘛，天生爱美扮美。那时，药草地里的花开得最旺的就是断肠草。那东西的叶子绿啊，大太阳下，简直镜片一般亮绿，有了这亮绿的底子，开出的花朵就更吸引人了。那些花朵，黄色，色彩亮，开放得热热烈烈，一簇簇地拥在一块儿，那叫一个美不胜收（张兰香居然用这个词，秋子觉得用错了，应该是眼花缭乱吧，但是，她不想打断张兰香的叙述，而且，用错与否不在关心之列，张兰香讲述的事情完全引发她的兴趣，她急于知道后面发生了什么）。晓晨这女孩子太小了，估计摘花时连带着摘下了叶子，还估计把叶子放进了嘴巴咀嚼。可那是断肠草啊，这下，出了大事。

张兰香停下来，喝水，喝完水，叹口气，说道，我为啥那么凶地管你们，你们是没亲眼见过那些药草的毒性。唉，晓晨这女孩子就这么没运气，当场就中了毒，能想到那痛苦样——嘴角吐出白泡子，心跳减慢了，呼吸也快断掉，双手乱抓衣服和头发，一边抓还一边喘息着声音喊，热，好热啊。也许中毒有些时候了，她的哥哥才找来，见到倒在地上的晓晨那个模样，男孩子将晓晨抱出药草地，放在地上，吓得大声喊救命。接着，又跑到宿舍楼前，哭喊着救命，救我妹妹晓晨。

我们都听见了。

我赶到药草地边，一看情况，也不知咋弄，但看见晓晨头发上的断肠草花朵，明白了缘由，也跑到宿舍楼前，高声喊，医生，外科医生，你们快来救人，有个女孩子乱吃药草中毒了。

我那时不知道孩子的爸爸刚刚死在手术台上。我喊完，又转身去抱晓晨，准备抱到住院部去。但是，晓晨的身体发凉，面色白纸一般，四肢还出现痉挛。很快，我发现，她的身体硬了。但我闻她的鼻息，似乎还有气息。

这时候，女孩子的妈妈跑来了，喊了一声，晓晨我的姑娘，就昏死过去。

接着，黄娉婷也来看热闹。她哪晓得手术台发生了什么，而是觉得这女孩的情况紧急，仰起脖子就喊，栾宇峰，你快下来，或者派个人下来，有个小女孩也中毒了。说着，把我拉到一边，抱起小女孩准备走。

而这时，跑来一个人，就是芭蕾女孩。她边跑边喊道，姓黄的，你使小性子不给病人施用麻醉，拖延时间导致病人死在手术台上，而现在病人的女儿也中毒，这都是你的罪责。

芭蕾女孩的话吓住了围观的我们，也吓到了黄娉婷，她一下子跌坐在地上。芭蕾女孩去抱晓晨，又用鼻息探究女孩的鼻息，突然就呜咽道，也死了。她右手食指指向黄娉婷，吼道，都是你害死的，你会有报应的。

黄娉婷站起来，霎时间，全身都在发抖，嘴唇也在发抖，解释道，我没……我家的丁丁……枪丁丁真的是打摆子，我走不开。

旁边的男孩子，就是晓晨的哥哥满脸都是泪水，却上前，踹了黄娉婷一脚，还说，我记住你们了，我要报仇。

张兰香的眼皮压住"仇"字，轻轻闭上。秋子理解，那片药草地，张兰香管理那么多年也没出任何差错，还有一年半便可以轻松脱身了。哪想，防不胜防，丢了人命，简直就在眼皮子底下。她伸手捏捏张兰香的右手。

唉，我现在想起来，还是心疼啊，一家四口人，在我们卫生院里，说时迟那时快，竟然走了两条人命，一大一小。

的确防不胜防，但人命关天的事情又有谁事先晓得消息而去预防？大人死了，反正是喝农药在先，也许及时打麻药不耽搁时间能被挽救——这也是假设，谁晓得结果怎样？而小女孩，完全可以预防的，但是……秋子似乎感觉到死亡穿过厚重岁月传递来的压迫感，一时沉闷。

沉默半晌，鲜秋子问道，后来呢——我指的是栾医生他们。

栾医生年底就被调到一个山区,名叫鸦鹊岭的一个镇卫生院去了。第二年底,芭蕾女孩考上研究生,到省城读书,然后留在省城医院了,再也没回过孤岛卫生院。

黄娉婷呢?

她好好的,就是个人生活……流言不断,还传她跟镇里的某个官员相好,结果在菜市场被官员的女人甩了巴掌。要我看,那两年,她来来往往的男人也是挺多的。我那个药草地的合同到期后,从卫生院撤出不久,她们母女俩也走了。听说,黄娉婷嫁给宜江市一个中年丧妻的军队干部,那干部年纪是大了些,家里底子厚,关系也硬,便把黄娉婷调进了宜江市。

那片药草地呢?

药草地啊。你爸走了,我也走了,院里的中医这项就空下来,要药草地干吗?没有用处,也没人看管,药草地就荒下来,后来被卫生院开发建筑起宿舍楼,命数到头啦。

噢,断肠草的学名就叫钩吻。秋子告别时,总结道。先是递来小钩子钩住仰慕者,然后亲吻,再然后送仰慕者到地狱,够酷烈阴险的。

张兰香似懂非懂,只是嘟哝,钩,吻,这学名拗口,不过,它用处大着,整株都可入药,镇痛、去热、祛湿,还强心。外敷的话，治疗皮肤病和跌打损伤是不二选择，疗效超好。

所以你一直当宝贝护着。秋子感叹。

本身就是宝贝，你说它阴险，它没得嘴巴为自己申辩，我好歹了解，就跟你普及下功用，钩吻呢，这叫法拗口，也不错。

回家后，张兰香讲述的事件阴影不散，一直在秋子脑海里徘徊。

十

接下来，十来天的时间一晃而过，工作按部就班。女儿老是喊肠胃不舒服，吃东西就吐，带女儿看了医生。接着参加市里的一个心理医生的座谈会，再接着到成都培训。会议两天半时间，时间排得满满的。会毕返回，到家已是下午五点半。

黄娉婷的电话来了，强烈要求秋子到她家去。按照计划，这天下午正是她们俩面对面聊天的时间。她也事先通知了黄娉婷，因为到外地参加培训，可能咨询时间有变化，还把返程机票拍成照片发给了她。

黄娉婷没有回复。

秋子只好耐心解释，自己刚到家，一切都在等她，工作、女儿，她自己连中饭都没吃，还是在飞机上吃了一个面包，建议咨询改到明天下午。解释的信息刚发出去，回复抵达，下午的时间已经耽搁，她本不愿意在晚上搞什么倾诉，缘由她早知会过，但是，当天的事情只能在当天解决，不能拖到明天，谁晓得明天会发生什么呢？这是基本原则。

鲜秋子脑海突然闪现张兰香讲述的那对中毒的父女。没错，什么事情也不能耽搁，一刻也不能，因为，谁都无法预测明天甚至下一刻发生的事情。黄娉婷还把这当成了为人处世的原则——是那对父女给她的教训？心中冷笑，鼻子哼哼。随即，又自责，作为咨询师，对于求助者的言行——无论怎样出格的言行，必须执行两个"都"、一个"绝不"，都要遵循"存在就是合理"的哲学观，都要表示理解，绝不能出现对立的情绪。她迅速调整好心情，再次软着声调解释，其实，我休整好了，明天面对您的咨询会更加有效，而且，这效果是双方面的，可否？

不可以。黄娉婷断然拒绝，接着重复道，你晚上七点半准时来我家吧。说完，结束了通话。

鲜秋子打算亲自给女儿做晚餐，食材都准备好了，西红柿鸡蛋，豆瓣鲫鱼，豆苗青菜，基围虾加秘制的蘸酱。

这都是女儿爱吃的。在成都两天，一向少跟自己联系的女儿发来两次短信。都是说肚子难受。秋子以为女儿病了，打电话问女儿，懂事的女儿支支吾吾，以一句话收尾，吃外卖多了，想吃妈妈的菜。

已是六点二十，她加速，省略两菜，一刻钟搞定了基围虾和西红柿鸡蛋，留下一张纸条，然后飞奔出门。七点半，鲜秋子准时坐在黄娉婷的对面。

十来天未见，黄娉婷明显地老了。灰白的头发挽起来，却无法拯救精气神，左右眼发红发涩混浊不堪，嘴唇浮现皮子，唇纹裂痕一般清晰。但是，黄娉婷还是肯定鲜秋子的咨询有效。

我越来越想说出心中的那块隐秘之地，是你帮我靠近了它们。黄娉婷微微露出笑意，双眼散发出一丝水光。

秋子报以简约的微笑，并抬起期待的眼神。

然而，黄娉婷却不说她自己，说起了女儿枪丁丁的遭遇。她的语气充满了内疚和不安，不时看向鲜秋子的眼神，躲躲闪闪的，羸弱无力，更多的是羞辱感。

即使是讲述女儿的遭遇，黄娉婷的开场白仍离不开鲜秋子。秋子，你对枪丁丁的影响太大了。在你离开孤岛卫生院后，丁丁几乎没有玩伴，她经常问我，秋子姐姐去县城上学了，我们可以去县城找她吗？我们也搬到县城跟她住一块儿去,好不好?

你听听,她对你的信任,真是千金难换。我也相信她的信任,她在孤岛的快乐,有一半是因为你,这就是缘分,没想到,多年后还是遇上了你,你们成为邻居。这正是我找你咨询的一个重要原因,换作别人,恐怕我真的难以面对过往……丁丁啊,她儿时舍不得你,一个劲地要去找你要搬到你家附近住。

说来,丁丁的愿望也正是我的想法。孤岛卫生院不适合我们母女俩生存,你离开后的一年,发生了一些事情,尤其是一起医疗事故,责任算在我头上……我嘛,那时备受争议,活得没头没脸,他们扣我工资,要我当着全院职工做检查,还给我一个处分。这些我都认了,但是连累到丁丁,我就不安了。所以,我那时就一个愿望,必须调出孤岛卫生院,离那里越远越好。

说到这里,黄娉婷停下来。鲜秋子及时插话,您刚才说遇到一起医疗事故……还有别的事情吗?

这个……我再找机会讲,我现在急欲倾诉的是,我可能害了枪丁丁,不不不,不是"可能",而是事实,我一想起来……黄娉婷哽咽,双手伸出,捂住了脸庞。接着,是吸鼻子的声音。再接着,黄娉婷起身,脚步踉跄着去卫生间,迅疾,返回坐下倾诉。

我认识了一个人，他改变了我们母女的命运，他……我就用A代替吧。A年长我十八岁，两代人了。但是，他在宜江市武装部工作，丧妻好几年，而且手中有实权，家境好。更重要的是，A喜欢我也喜欢丁丁，待我们母女俩真的不错。我呢，对A说不上喜欢，就是借用他的关系，想改变下命运，调出孤岛卫生院。

这不难，我是A的妻子，我们是一家人了，当然要在一块生活。于是，我调进宜江市，在一个水利部门的医院工作，丁丁那年刚好十一岁。

不好的是，A的小儿子的身体有些问题，主要是精神方面的，狂躁症。那孩子十七八岁，又正值青春期，就在宜江市读职高。平常看不出异常，我也没看见他发病。因为患病，他上学断断续续的，想去就去，不去就在家，或者到处闲逛。A跟我说过这个孩子的情况，叮嘱我，尽量不要与孩子发生冲突，还叮嘱我看好丁丁。即使A不叮嘱，我也担心，担心那孩子会对丁丁做什么。这份担心，是从他的眼神里看出来的。他斜着眼神看丁丁时，我觉得不正常。

这样过去了一两年，丁丁十三岁，上了初中。那年四月份的一个周末，我和A受邀参加一个重要的聚会，因为是大白天，而且那孩子不在家，我就把丁丁一个人留在家里。

晚餐后,我匆忙赶回,但是,事情已经发生。黄娉婷再次哽咽,双眼溢出昏黄的泪液,双肩也在抽搐。好一会儿,她才继续说,那家伙……你知道的,我不说了,不仅那个了丁丁,手里还捏着匕首,一直威胁她,结果,那个中,匕首掉下来,刚好插进了……丁丁的右眼……

秋子的心一阵疼痛,垂下了双眼,她使劲地眨巴眼睛。很快,她成功地克制住感情,双眼看向黄娉婷。

黄娉婷的嘴角泛起泡沫似的口水沫子,人有些恍惚,喃喃自语地表达着后悔和内疚。随即,她又起身,踉跄着脚步去卫生间。四五分钟后,她红肿着眼睛返回。

是我的缘故吧,丁丁因为我才……黄娉婷看来的眼神满是询问,求证的又渴望反驳的询问。但是答案确切,她只好叹息。

那家伙有精神隐患,我们奈何不了,A便把那家伙送回他的老家吉林去了,还保证不让那孩子再出现在丁丁面前。我们又在一块儿生活了两三年,丁丁也长成了大姑娘,那右眼……秋子你也看见了。A呢,真还不错,只要一出新产品,便带着丁丁去配植。可是,再怎样逼真,那也只是……假眼……丁丁的人生改变了,她充满了隔膜,对这个世界,也对我。还有,那孩子被送回了吉林,说是再不回宜江市了。哪想,三年多以后的一个暮春晚上,我们一家人在外面吃完饭回家,推门进来,发现他正斜躺在沙发上抽烟,只穿了一条短裤,见我们愣怔,竟得意地笑出了声。丁丁当场就吓昏过去。

黄娉婷沉默好一会儿才继续说,我和A离婚了,A留给我们一些财产,还有宜江市一套崭新的房子——就是这,黄娉婷的右手翘起来,在眼前画出一个圆圈。还有龙脊山的地基,那时,龙脊山麓下正在筹建别墅。

A和他的小儿子后来去了哪里?秋子问道。

A为了丁丁,调回了老家吉林,把儿子也带回了吉林,一边工作一边陪儿子看病。我们彻底断绝了往来,对于A,我感激,但是,我憎恨自己……侧脸诉说的黄婷婷,语调很轻很慢,但是"憎恨"两个字如胶水一般,将她的一两颗牙齿和下唇胶在了一块儿。

现在你明白我为何要阻止丁丁和傅东晓继续生活了吗?

这些事情与傅东晓没有发生交叉啊,怎么就……秋子有些懵懂,倒也不露声色地引导,您继续说。

傅东晓带着目的来跟丁丁交往,说白了,他是来复仇的。我这个母亲看得清楚不过,我肯定要想办法阻止,否则,悲剧还会重来。

复仇？您真的确定吗？

确定，你听我说——

黄娉婷的话却被打断，一条短信闪入眼帘，是鲜秋子女儿的班主任老师发来的。她轰地一下站起来，打断了黄娉婷的诉说。

对不起，我必须提前结束，我女儿正在手术室里。

十一

女儿晚自习时，肚腹疼痛，开始还以为是小问题，强忍着，慢慢地，忍不住了，疼痛加剧，人承受不住，痛得趴在地上打滚。老师喊来了救护车，送往医院。医生确诊是急性阑尾炎发作，马上送进了手术室。

鲜秋子赶到医院，女儿还在手术中。班主任告知情况，用极其平淡的语调，上下扫视的眼神也是平淡。但是，鲜秋子读到，那平淡是被伪装的轻视。一个妈妈，女儿病成这样，竟然毫不知情。

难怪女儿前些天说肠胃不舒服，还在出门的两天都来短信，而自己……秋子一阵自责，眼眶漫出泪液。

幸好，手术顺利。

住院两天后，带女儿回家休养。秋子将工作甩给助手，准备全心照顾女儿，确保女儿顺利康复。张兰香难得地打的士来到了龙脊山麓下的别墅区，看望孙女，也不管秋子同意与否，便将停课休息的孙女带回她的家里。

枪丁丁想去看望秋子的女儿，秋子便带她去张兰香的家。枪丁丁戴了一副黑框浅茶色眼镜，估计是个装饰性的眼镜。

张兰香没认出枪丁丁，一听秋子介绍，便仰起脑袋上下打量。站在一旁的秋子有些尴尬，心中庆幸丁丁戴了茶色眼镜。她向丁丁解释，我妈对你的印象还是你在孤岛卫生院的那几年，那时你还是小孩子，所以她不认得你了。枪丁丁点头，微微侧过脑袋，脸上绽开了笑花，唇边的小虎牙颇有动感。

真是丁丁，还是那么洋气，瞧那颗小虎牙，啧啧，好看。张兰香转身就去沏茶，接着坐下唠嗑，却丝毫没有提到丁丁的妈妈黄娉婷，倒是丁丁主动说起她妈妈。鲜秋子跟着老鲜去县城后，丁丁一直念着秋子姐姐的友好。黄娉婷心疼女儿丁丁，便谋划调走，后来，终于等到一个机会，母女俩就来到了宜江市。

丁丁的这番话后，客厅出现短暂的沉默。

张兰香借机去厨房，倒出熬好的中药，端给卧室里的孙女喝。秋子苦想一会儿，找到一个话题。噢，我们真是有缘分，我后来读大学分配到宜江市工作，接着结婚、离婚再改行，老鲜一家也把骨科搬到了市里，但老鲜劳碌命，结果还没享福就走路了。

这么多年，我们都在宜江市，却没……秋子感慨。

可现在，我们是邻居了。丁丁的小虎牙闪烁出琥珀光。

张兰香拿着空药碗出来，干瘦脸上漾着喜滋滋的笑容。丁丁，听秋子说，你的夫君是成功人士，他对你好得不得了，真是好姻缘啊。

丁丁的脸仰起来，小虎牙再次闪烁耀眼的琥珀光。谢谢阿姨，我们还真是有缘分。

谢啥子，我还没祝贺你们，你家先生也是咱们孤岛人？

嗯，以前家里种田，全靠他的妈妈，后来，妈妈年纪大，没力气种了，便退下大部分田地，只留下几分口粮田。我们多次请她来市里，她不习惯，也就由着老人家了。

傅总家有兄弟姊妹吗？秋子侧过脸，突然问道。

以前有个妹妹……现在，就他这个独生儿子。

他爸爸……怎么不在世了？具体是傅总多大时去世的？秋子紧跟着又问。

他还很小,他爸爸就过世了。丁丁的声音小下来,停顿下,又说道,你怎么跟我妈一样,缠着这些细节问?

旁边的张兰香觉得女儿秋子的询问一句赶一句地,唐突,要人难堪,便喊了声秋子,让秋子给丁丁续茶,接着,又满脸堆笑地说道,你看看,有缘的人总会相会,丁丁,啥时候你家先生得空,一起来阿姨家坐坐。张兰香发出真诚的邀请,也不等丁丁说话,又接着说道,建议就这个周末,我家孙女也康复返校了。

妈,你忙你的去,周末人家傅总不晓得有空不。秋子挥手,对张兰香说道。她不得不阻拦下,因为黄娉婷对傅东晓排斥,还一个劲地央求自己劝丁丁与傅东晓散伙,要是黄娉婷知道自己的老娘还专门邀请傅东晓做客……秋子的脸在发红发烫。但丁丁的小虎牙还在闪烁光芒,那光芒萤火虫似的跳跃,而且,丁丁答应了张兰香的邀请。

阿姨,如果东晓这个周末得闲,我一定邀上他一起来拜访您,到时候,还请秋子姐姐一起来。

就这样定下。

丁丁离开后,秋子留下来。张兰香是急性子,不等秋子说话,便问道,秋子,我感觉丁丁的右眼好像有些问题。

没问题,可能是她戴上眼镜的缘故。秋子随口答道。

你不觉得有问题？张兰香眨巴眼睛，疑惑地反问。

真没有问题，瞧你，真是疑心。秋子笑着说道。她不愿意道出丁丁的眼睛实情，源于心理医生的职业要求——务必保守秘密，哪怕是至亲，也不能透露出咨询对象倾诉的半点信息。等这个事情告一段落后，再说不迟。

你刚才赶着问人家丁丁老公家的情况，好没礼貌。张兰香责备道。特别是人家公公的早逝，你刨根挖底地，问啥呢？咱们交换下考虑，丁丁问咱们家老鲜过世的细枝末节，我们咋想法？

你有理，诲人不倦，小女受教。秋子嬉皮笑脸地拱手道。

知道就好，难得丁丁那么信任你，周末，你过来帮厨，好好招待丁丁夫妻俩。

行，只要傅东晓真来，只要我没别的事情。秋子的允诺没有出口，只是在心中闪了下。她真拿不准，因为周日下午，正是黄婷婷咨询的时间。如果傅东晓和丁丁安排在周六，应该没问题。

恰恰是周日，还是下午，丁丁和傅东晓准备一起来拜访张兰香。张兰香吩咐秋子中午就过来帮厨，安排晚上的家宴。秋子跟张兰香解释，下午，她有个对象要做咨询，可能帮厨不了，晚上她尽量赶来一起晚餐。

哎哟哟,你老娘宴请你鲜秋子,还给你安排了陪客,多谢你赏光没完全推辞。张兰香想了想,冷硬着声喉揶揄道。

秋子干笑几声,道,妈,请你理解,我这个对象固执,难以调开时间,这档咨询时间调到上午也不行。也不怪人家,作为求助的人,他们有何要求,我都应该理解支持。

十二

上次咨询提前离开,这个周日下午,秋子便提前来到了黄娉婷的家里。比以往提前了二十分钟,但黄娉婷已经在等待。

秋子,你和张兰香居然今天晚上宴请丁丁和傅东晓他们俩。黄娉婷的开场白,让秋子愣下来。你们什么意思?你不是不知道我的忧虑,不答应我劝说丁丁就算了,还烧反火添乱,究竟何意?

秋子迎上黄娉婷的咄咄逼人的混浊眼睛,笑笑,轻声说道,您冷静下来,这是两回事情,当然,我理解您的想法。

你理解,还烧反火,你恨我,是吗?可我没有得罪你啊，以前没有，现在更没有，而且我付给你双倍的报酬，你究竟何意？黄娉婷的嘴角又泛出泡沫。她的心急火燎一目了然。秋子只有冷静地沉默，她希望自己的冷静和沉默能唤醒黄娉婷的冷静和沉默。

沉默墙壁一般垒在两人中间。黄娉婷大口喝茶，又去卫生间。秋子发现，黄娉婷几乎是摸着墙壁走路，返回也是。

终于，秋子说道，我只有一个目的，那就是，我与您一起面对过去留下的遗憾，找出问题的症结，然后解开它，坦然地迎接将来的生活。您选择我，是对我的信任，我也必定回报您的信任。

黄娉婷没作声。

张兰香请丁丁两口子吃饭，只是出于故人乡亲的礼节，与您的事情毫不相干，您不必搅和在一起。您要厘清的是，您的女婿傅东晓，究竟在您以前的生活中是否出现过，是否与您的生活发生过交集，是吗？

对头。黄娉婷仰起脑袋，上翻的眼珠出现大片的眼白，混浊的眼白，大团胶状一般的东西附在上面。她右手不自觉地揉向两眼，使劲地揉。接着，她解释，我眼睛奇痒，而且视力下降厉害，越来越看不清了，但是我心里亮堂，向你倾诉咨询，比以前更亮了。

黄娉婷讲述了多年前在孤岛卫生院发生的一对父女中毒而亡的事件，所述内容与张兰香讲述的吻合。只不过，她强调，当时没有跟着栾医生去手术台给病人打麻醉药，真的是因为丁丁病了，而且卫生院还有一个麻醉师，就是院长的夫人，长期以来，她黄娉婷把所有打麻醉的任务都包下了，难道遇到家里有事情，就不能喊另外一个麻醉师顶下吗？

当然，我有……她缓慢地吐出"罪责"，脑袋微微偏侧，继续说道，就是小女孩跑进药草地的时段，我其实看见了——我有站在阳台上看那片药草地的习惯，那药草地环境怡人，每天扫几眼算是舒缓下心情。我给丁丁喂药，安顿她睡觉后，便站在阳台上看，结果，看见小女孩正在摘黄簇簇的花朵，还插戴在头发上，我真不知道那是断肠草花，也就没……这是我纠结的地方，如果我喊上几声，再吓唬她，事情也就不会发展到那个地步。她垂下脑袋，下巴几乎磕到胸脯上，述说的声音闷而滞。他们父女俩都……死了。

后来，一个妇产科医生（黄娉婷说了名字，估计就是张兰香讲的芭蕾女孩）当着众人谴责她，把她当罪犯一样宣判了罪行。那时，受害者的家属都在场。可想而知，那时家属的心情愤怒，恨不得马上找罪犯复仇。那个男孩，十岁模样吧,就冲着黄娉婷吼道,我会找你报仇的。

黄娉婷说,我最不该的就是,那个时候搬出了女儿枪丁丁——这名字太响亮了,一听就记住,结果,那男孩就记住了枪丁丁的名字,还过耳不忘。而多年后,男孩长大了,在茫茫人海寻求所谓的仇人,枪丁丁却与他成为邻居,他在一个吃早餐的地方听清楚了枪丁丁的名字,便故意走近枪丁丁,开始了复仇。

你确定傅东晓就是当年那个小男孩?秋子小心翼翼地问道。

怎么不是他?丁丁说了,他那天正是听见别人喊枪丁丁的名字才接近她的,当时他还特意说道,枪丁丁这名字好听,过耳不忘。这不正是下意识的反应?确定眼前的女孩子就是仇人的女儿,这叫踏破铁鞋无觅处啊。还有,我参加他们的露天订婚仪式时,发现,傅东晓居然在一年内把别墅后的那块地买下来,种植一些花花草草,又不是精耕细作,而是散种,还种上一些药草。

您在他们的订婚仪式上到底发现了什么?

我当时端着酒杯,还蛮欣喜的,结果,眼神一扫,一簇黄色的花朵闪入我的眼帘,钩吻花啊,它在提醒我,时间到了清算的阶段,我差点晕过去。

秋子嗯了一声,说道,我理解您的心情,但还是要提醒您，这是人命关天的事情，一切猜测都是自寻烦恼，您刚才说的，我觉得还不能称之为证据——傅东晓就是那男孩子的证据。

秋子，你与丁丁一个腔调。怎么不是他？你看看，傅东晓刚好是十一岁时丧父，父亲得病死的，而且他还有一个妹妹，居然也是夭折了——虽然他跟丁丁说，妹妹是偷着游泳淹死在池塘里的，但那显然是编造的谎言。

如果男孩子不是傅东晓，您会释然吗？秋子问道。

黄娉婷愣住了。点头，接着又摇脑袋。如果不是他——怎么会不是他？就是的。要不，好端端的一块地，他散种一些植物，还种什么钩吻？这分明就是在提醒我，他来找我们母女复仇了。

秋子又问，您去孤岛卫生院查过那年死去的一对父女的名字吗？

我回去过。那时的孤岛卫生院就是一个镇级医院，档案管理很缺乏，据说，还发生过火灾，烧掉了一些纸质档案。出事的那年是一九九〇年，档案恰恰找不到了，而且，卫生院职工都是新人，以前的老同事，全都不在那里了。而中毒死去的，在孤岛，每年都不知多少。黄娉婷摇摆脑袋。

秋子点点脑袋，又问，枪丁丁如何看待您的这些问题?

她心里只有傅东晓,根本就不听我的,认为我说的话都是胡言乱语。我心中那个忧虑啊,每天都是心焦火急。秋子,一个人最受折磨的是什么?不是这个人的命丢了,而是夺走这个人的骨肉,然后留她在世上备受煎熬。这就是傅东晓的心思。所以,我不得不向你寻求帮助,救救丁丁吧,这是可怜的孩子。

又回到了原点,秋子心中咯噔一下。但是,她丝毫不能流露一点负面情绪,只能保持冷静再冷静。

黄娉婷继续说道,我不能让他得逞……唉,如果可能,我真希望拿自己的性命换来丁丁的安宁。秋子你说,如果我死了,傅东晓肯定会内疚,而且背负压力,他对丁丁也不会造次了,是吗?

秋子没作声。看手机,既定时间过去了五分钟。

告辞时,秋子说道,阿姨,我妈妈一直夸赞您漂亮,她跟我讲过夏天发生的事情,她还记得那个小女孩的名字,叫"晓晨"。

哦,你回去问问你妈妈,那男孩子和他爸爸的名字她还记得吗?

问过,她真不知道,我答应阿姨,找丁丁了解下情况。另外,我真的理解您,我也经历过这样的心路历程。

我的婚姻太失败了，前夫嗜酒如命，醉酒后就家暴我们母女俩，那些年……秋子哽咽，摇摆脑袋，吁口气接着说，我女儿八岁那年，他喝醉酒暴打女儿，把女儿逼到了阳台上，还不放手……我拿啤酒瓶砸向他的后脑，女儿得救了，他却……秋子泪水长流，她双手捧住脸，好一会儿，才平静下来，后来我们分了手，婚是离掉了，心理上却……这就是我后来改行从事心理咨询的缘故。

孩子的爸爸现在……

那次，我给他留下了身体后遗症，他时不时就脑昏，但是嗜酒不断，三年前偏瘫了……我内疚，但是，为了女儿，我认下这份内疚了，也愿意终生偿还。

秋子。黄娉婷的双手抓住秋子的右手，那双手冰凉。是人，都免不了要面对它……黄娉婷的右手抽出，轻拍胸口。甭管你愿不愿意，都要接受它的审判。

十三

秋子回到张兰香的家。

丁丁夫妻俩在等鲜秋子，张兰香给他们泡了药茶，说是现制的，有利于怀孕生育。丁丁和傅东晓很享受地喝了一杯又一杯。张兰香欢喜地承诺，她会给丁丁专门准备一些药汤,保证丁丁怀上白胖小子。

秋子陪着坐了一会儿。丁丁和傅东晓告别。秋子送走他们,便问张兰香,你觉得傅东晓这个人怎么样?

很好,待丁丁真是好,这是丁丁的福气。张兰香想也没想就答道。

我是说,你觉得傅东晓——你以前见过没有?

没见过,你到底问啥子?张兰香不耐烦了,她的瞌睡赶走了耐心。

他一个男人,为何与丁丁相好后在别墅后面散种一些植物?还种上药草,竟然还种上了钩吻——张兰香伸出右手,打断了秋子的话。人家小两口说了,丁丁喜欢那样一块地,丁丁还说,是你秋子给她的影响,在那块地走走看看,就心安神静。当然他们有规划,等有了小宝宝,他们会将那块地建成游泳池。主意不错吧?至于钩吻——张兰香不习惯说那学名,改口为断肠草,说是那植物普通,最喜欢长在路旁、山坡草丛间和灌木丛里。

说完,张兰香歪着脑袋问道,他们别墅后面有断肠草?不会看错吧?

它开花啊,大簇大簇的黄色花朵,不会有错。秋子答道。

喊,断肠草花有些鬼,好看是好看,却跟金银花相似，诱惑人，这点合乎你说的学名，叫什么"钩吻"。

第二天中午，秋子上丁丁家的别墅后面的药草地去看。沿着小路走了一圈，发现路旁草丛几株金银花，已经开败的花朵呈现黄色。秋子有些明白，黄娉婷在丁丁订婚那天，一眼瞥见的可能是黄色金银花，却错当成钩吻，一时触发了心事。

丁丁问秋子，我妈咨询的情况如何？上午打来电话，劝我赶快与傅东晓离婚，不过，语气与以往不同，先是征询意见，而后是哀求。

秋子想了想，说道，丁丁，你觉得你妈妈的怀疑——我指的是，傅总真的是一九九〇年那个炎夏冲着你妈妈喊复仇的男孩吗？

不是的。我问过他的妈妈和傅家亲戚。他们都说，他的妹妹是偷着到池塘里游泳淹死的，爸爸因为肝病而亡。我妈偏不信，认为是傅家编织的谎言，她怎么就着了魔道一般？秋子姐，你好好地为她解开心结。

我在努力。秋子点头，又告知丁丁，另外，你妈妈说，她视力下降厉害，眼睛快要失明了。

我知道，但我怕见她，每次建议她去医院看眼睛，她就提条件，先把婚离了，她就去医院。前一阵子，我硬是拉她到了医院，她又提条件，我没答应，她竟然中途跑掉。说着,丁丁好看的锥子脸侧向别处,眼睑微微下垂。浓密悠长的睫毛垂下,在阳光罩住的脸颊上打出阴影。

连接几次咨询,黄娉婷的诉说都还畅快,虽然人还是焦虑,但她仍然肯定鲜秋子心理治疗的功效,她可以面对自己犯下的错误了,唯一担心的就是丁丁。而这几次咨询,秋子均耐心地提醒黄娉婷去看眼睛,她断定是白内障,再这样下去,可能就瞎眼了。

说归说,去不去是黄娉婷自己的事情。

很快,大半年过去了,二〇一八年也结束了。

春节过完,已经是二〇一九年二月底。三月初的一个下午,又到了去黄娉婷的家的时间。中午时,丁丁发来短信,告知,我怀孕了,便电话知会我妈,她啊了一声,随后老半天沉默,后来一声"祝贺"就挂掉了电话。秋子姐这次咨询,好好看下她的变化。

下午三点,她敲黄娉婷的门,只有空荡的回声,再敲再再敲……她紧张了,大声喊,黄阿姨开门。接着,掏出手机拨打电话,无人接听。一颗心顿时慌乱,马上拨打丁丁的电话,还没接通,又终止,改成拨打110的求救电话。再拨打傅东晓的手机,询问他手里是否有黄娉婷家的防盗门的钥匙,傅东晓说丁丁有,他似乎明白了什么,说马上找丁丁拿来。

傅东晓在二十分钟内赶到。110已经撞开了防盗门。

一股血腥味冲向鼻子。黄娉婷浑身是血,昏厥在卫生间里。初步判断,由于失明,她上卫生间磕到了挂在墙壁上的盥洗镜,而盥洗镜掉下来,迎面砸向她的脑袋,砸昏了她的人。

赶紧送往医院抢救。但是,发现迟了些,失血过多,黄娉婷死在急救室里,她在断气的刹那,失明的眼睛却看向傅东晓,嘴唇哆嗦,却也没吐出一个字。

傅东晓抱住脑袋闷了一会儿,抬起头来喃喃说道,岳母因为我一再增加心理压力,她一直怀疑我是……我真的不是。唉,我该如何面对丁丁啊?

秋子嗯一声,说道,丁丁跟我说过你不是,这些不重要,重要的是,每个人都要面对自己的心灵,恰如自我审判,这段路艰辛不过。无论如何,黄阿姨都在勇敢地面对,这事……我来知会丁丁。

尸体推出,傅东晓接过推车,接着,送往殡仪馆。

张兰香听说了,也来奔丧。丁丁一身黑色、黑长发、黑色风衣、黑皮鞋,却素着脸容,没有戴任何装饰型眼镜,也没有如往常一样贴上浓密悠长的假睫毛。她肃穆平静,还上台为黄娉婷致悼词。

……我母亲黄娉婷是个美丽的女人,她总是渴望活得美好一些,难免伤痕累累,她犯过错误甚至罪责,却能勇敢地面对。她给我留下了无价的财富:整顿好心灵去生活,这是她用生命换来的。我庆幸自己为人母之际领受了这份生活秘籍。我感谢我的母亲并向她致敬。

张兰香告别时,递给丁丁一个纸袋子,那是她配制的安胎中药。秋子搀着张兰香走出殡仪馆,嘴唇凑近张兰香耳朵。

你还觉得丁丁的右眼有些怪吗?

右眼怪?她眼睛……张兰香回过脑袋,眼睛眯起,看站在殡仪馆门口送客的枪丁丁,摇摇脑袋。以前我是觉得怪,不过,你看她今天……我真的没有怪不怪的感觉。

鲜秋子嗯一声。关于那一点,似乎没什么要说的了。

渡鸦栖息时

一

梁志在机场接到我,晚九点已过。

延误近五个小时的航班改变所有的规划,梁志的约饭也不例外。他帮我把行李搬上车,瑟起嘴巴吸口气,解释他晚餐不能陪我了,那个……攀岩中救了个突然眩晕的队友,他一直想宴请感谢,总不凑巧,今天下午守在办公室不走,我刚好接到你那趟航班延误的消息,就答应了他。喏,望江阁酒楼,顺带着给你预订了个单间。

而为了等我,主场饭局跟着延迟。这就不好意思了,我一再致歉。

抵达望江阁酒楼,晚十点。我在单间用餐,竹笋鸡汤、凉拌节节根、青菜饼、炸虾。爽口、贴胃。尤其那汤汁,天目山雷笋加土鸡熬出的,清冽不乏温暖,适合深夜的旅人。"旅人"前还有定语,即戒烟两年半后,心理方面萌发吸烟需求,而后参加名号为"渡鸦部落"戒烟协会活动返回的……

半碗鸡汤入肚,五脏六腑均出奇地熨帖。我啧啧地大口吞食,仿佛声声感叹。有人在推门,我抬起了眼睛,一颗心猛地下沉。

竟是他。他刚迈进房间的右脚陷入了岁月的泥潭……他也认出了我。

我的队友尤鹏飞,过来跟你敬酒了。梁志从后面跟来,伸出右臂,推出东道主他的猪队友。那家伙遽然清醒,酒杯先身体一步抵达餐桌前。我坐着,微微抬了下一个空杯子。那家伙仰头吞掉酒水,迅速地撤出房间。梁志继续与我碰杯。我还是那个杯子,不过,杯里加进几勺鸡汤。梁志右手指向门外,补白,那家伙迷恋一些极限运动,我们商量年底去攀峰。

与我何干?我瞥了眼梁志,气鼓鼓地。迅疾平静下来。梁志能知道什么?他果然不知,见我一个劲地喝汤,嗔道,你这丫头,肯定饿坏了。

呵呵,我孙女都两岁了,还丫头。我在心中答复。他说成习惯,口头禅了,我从不驳斥,全化作了心语。腹诽似的纠正，一声感慨而已。四十三岁的祖母级女人，毫无资格接受异性的爱昵，这点自省我有。心中却纠结……来自那家伙，他与梁志——队友加医患关系一个桌子吃饭正常不过。而我，万不该啊，却偏相遇。头疼。

到家迟，刚进门，已上床睡觉的月泉爬起来，蹿到客厅里。

你还没睡？我诧异地问道。

低头换鞋子的月泉，半抬脑袋，挑起右眉梢觑我一眼，接着又迅速地将脑袋垂下。你回来，我就回学校睡觉了。话音刚落，站起来，拉开防盗门就跑，比兔子还快。可是，她不像兔子，水桶般的身材，大大限制了行动的敏捷性，但她还是……

我哎一声，伸长脖子看，哪见踪影？

我无法责备月泉，她能在我出门的这些天照顾陶陶，不错了。这个十九岁的女孩子，宜江市职业技术学院的学生，一直与我关系僵持，一个月前还秘密地失踪了五天。就是这五天，引发了我早已戒掉的烟瘾，不得已请假去参加川西的戒烟活动。月泉倒也支持，还能在晚上回家陪护陶陶，真的不错了。尽管，那就是她的亲生女儿。

一夜不眠。早晨陷入半睡状态，却被陶陶哭醒。她的哭声尖锐放纵，炸疼脑袋，大概在责备我丢下她好几天。

我抱起她，致歉这些天的私自行为，保证下不为例。这绝非虚言假语，陶陶。我在心中说道，脑海却想起昨晚的相逢。嘘嘘叹息，终是无奈。

别哭别哭，咱们陶陶受委屈了，妈妈也知错了，再也不会丢下你独自出门，再也不会。我柔声地安慰，右手轻抚她的后背。

两岁半的陶陶慢慢停止哭号。我们穿衣起床，开始了一天的辛苦征程。吴阿姨要到七点四十才来，这之前陶陶要洗漱拉撒，还要喝牛奶米粥，而我还要活动下筋骨。如果时间允许，我会到江边晨跑，万一不行，就在家里练习瑜伽，一刻钟瑜伽，包含打坐和倒立。没办法，多年的习惯了，不能省，否则，身体会生锈一般沉滞僵硬。

今天的早锻炼来不及了。八点钟上班，现已七点二十，时间有些赶。抱着陶陶到卫生间排泄，又给她洗脸。吴阿姨赶来，比以往早了五分钟，她接过陶陶。我加快洗漱节奏，争取匀出五分钟的瑜伽时间。

瑜伽也来不及了。陶陶在发烧，不是那种烫手的高温，是不起眼的低烧。吴阿姨从陶陶拒绝吃喝就怀疑陶陶感冒了，便拿体温计测量，有三十八摄氏度。

今天上午去不了疗养院，我打电话请假。院长鲜仙的哦声拖出了节拍，那节拍轻微，羽毛一般，半天也落不下来。

老鲜在跟我打官腔。我后悔刚才电话中喊她院长，抬举她了，就该喊老鲜，当然她不喜欢我们喊她老鲜，认为把她喊老了。喊一下就老？心理作用，不愿承认年纪大。尽管她的大名"鲜仙"从字面看来嫩若青草，那也只是字面，怎么也拯救不了她四十七岁的残酷事实。

你鹅鹅鹅去吧。我迅速地结束通话。

医院里挂号，再次测量体温，做皮试，然后挂点滴……上午过去不说，还搭上了中午。而下午，我特护的老人的儿女要来疗养院给老人祝寿。老人有三个儿女，均在外地，他们专程赶回来的。而我作为老人的专职陪护人员，此地此景，谁也替代不了。上午布置宴席的事情，本来就少不了我，这也是老鲜不高兴我请假的原因。

二

我想找个空点倒立。要不，这个下午该如何打发？那份堵……想想就觉得难挨。倒立的想法在心胸蔓延，同时又逸出自我恶心的枝叶。那些从不锻炼的，或者一周只锻炼两三次的人，按照我的思路，岂不是活不下去了？他们若知晓我的想法，兴许会笑掉大牙，并赠予矫情两个字。

随他们了，各人情况各人自知。我必须倒立下，换换气。

熬了燕窝汁给老人喝，再给他的二居室做清洁。我下楼去水池里洗拖把。机会来了。水池在住宿区后面的一个角落里。角落旁边有个小亭子。附近有树有水，还有风水搅和的静谧。九月的微风在下午，接近傍晚的下午，倾斜出透彻心扉的和煦。

冲洗完拖把，坐于凉亭，再次想起昨晚的相逢，身体霎时挂上一个沉重的铅球。不行，我必须摘掉。脱掉外套和鞋子，活动四肢热身。环顾周围。前面的楠竹林有人，却沉浸在他们自己的世界里。左前方的院子里，不时晃动人影，也只拘囿于那块地盘。先做下犬式，双手抓牢地面，倒着撑直了身体。缓缓地呼气吸气，十个，二十个……

双脚落地，我恢复下犬式再站立。顿时，神清气爽笼罩周身。走出亭子，到水池边，拿起拖把往回走。拐角处，一对男女朝我望了一眼，又收回目光继续他们的交谈。

庆祝仪式放在食堂大厅里。客人有两大桌。他们不会在这里吃饭，却要围着餐桌吃点心，完成庆贺仪式。点心包括水果、生日蛋糕、糖果，另有红酒和香槟。主持人是老人的小女儿，刚才在楼下拐角处看见了。以前也见过一次，没多大印象。今天，她打扮隆重，穿着旗袍。旗袍缀满了黑白颜色的菱形图案，那些菱形相互交叉，机关重重，覆在材质轻柔的香云纱面料上，卡住它们身下多余的肉。我被那身旗袍吸引好一阵，才打开视野。女人身材高挑，凹凸有致，浓妆下的锥子脸，透出高冷气质。看不出年龄，但她沙哑低沉的嗓音多少也透露她不年轻的事实。

她的开场白简短。今天是爸爸八十四岁生日，哥姐三大家人专门从外地回来给爸爸祝寿，我代表我们四个兄妹及其家人祝福老寿星寿比南山福如东海。说完，旗袍女人右手高扬，打出一个响指。五六个孩子手捧鲜花跑出，轮流给老人鞠躬，祝福老人寿比南山福如东海，还分别表演歌舞。

老人鸡皮鹤发，双腿不大灵便，坐在轮椅上，也不笑，保持了平常的清冷面目。自始至终，老人没有说一句话。老人不爱说话，也绝非哑巴，有时候话还较多，只是这种时候屈指可数。今天八十四岁寿宴，这么一大群至亲来给他祝寿，他怎么就不讲话？不语还不动，他沉默，在轮椅里坐成雕塑。

麒麟，该你上场了，给太爷戴皇冠。旗袍女人的沙哑嗓音响起。

一个胖嘟嘟的戴眼镜的男孩子手捧金色的皇冠帽走出

来。他走得慢,因为胖,走出了庄重感。太爷,祝福您永远都幸福快乐。麒麟说道,并踮起双脚,给老人戴上生日皇冠帽。老人挺配合,任其摆布。麒麟又退后一步,双手在胸前抱起,朗声祝福太爷幸福安康长命百岁。老人的眼珠似乎被"百岁"两个字触动,眨了眨,很快就垂下,上下眼皮重叠,一副瞌睡模样。

爷爷要睡觉了。太爷爷在打瞌睡。老寿星怕我们吵闹。老爸累了,要休息。父亲大人的寿面还是要吃的,吃完我们就……窃窃私语中,热气腾腾的寿面端上来。旗袍女人弯腰,轻声喊爸爸吃寿面。接着,一大群人围来。老人拿起筷子,挑了两三下,打出一个饱嗝。寿面撤下。旗袍女人半蹲,握着老人的手,嘴巴不知嘟囔什么,眼睛却越过慌乱的人群四处溜看。终于,她看见缩在角落里的我,眼神撞过来。那眼神里的笑意……我不由得一怔。

几乎转眼间,大厅消声一般空寂。餐桌和地面一片狼藉。不管了,收拾残局不是我的事。带老人回去休息,才是分内事情。回到宿舍,老人的眼皮抬起来,灰色眼珠在亮闪闪的灯光下,玻璃球似的反射发涩的微光。

我是不是挺不过这道坎了?老人问道。

我一愣,马上又明白了老人说的"坎"——七十三八十四,阎王不接自己去(俗话念作ker)。我笑着否定。老人抬起右臂,咳嗽下,说道,我晓得没有人真心祝愿我长命百岁的,除了你。

我不知如何搭话。老人撇嘴巴,又咳嗽声,继续说,我是你的金主,你当然希望我好好活着。不过,你干吗来做这事——听说你以前是医生?老人的眼珠瞪起,瞪出灰黄色玻璃光,让我想起我家吴阿姨带来的那只猫。我随口答道,您刚才说了您是金主,我就瞅着这份高收入来的,咋地,您不满意我?

老人哼了一声,扭下脑袋,又打出一个哈欠。我不禁打趣道,乔爷爷您瞪眼睛的样子就像我家猫咪,好萌。

老人侧仰瘦脸,批评我不懂礼貌,把他比成一只猫,他可是八十多岁的老人,今天还是寿星。那副生气的样子,再次让我想起那只猫——若是无人理睬,就会蹭到人跟前,蹲下来吹胡子瞪眼睛。我忍不住笑出了声。老人问我笑啥。我老实地回答,您生气的样子,让我仿佛又看见那只猫,它叫钱多多。

钱……多多。老人嘟哝一句。突然想起什么似的问道,你家还养宠物猫?还叫钱多多?

不是我家养的,是我家的保姆吴阿姨带来的,钱多多,好玩吧?

你家保姆……带来的猫……老人突然遭遇了一块巨

石的撞击，思维霎时被困住，整个人都僵住。见我坚定地点头，老人眼珠转动下，慢着语调说，哪天，你带来一起玩玩。

谁？是钱多多吗？

你还觉得有别的？老人答道，头上的白发微微抖颤。

三

虽然逢上老人寿宴，我还是按点下班。我照顾老人的饮食起居，却不守夜。他的理由是，林中鸟归巢，各人睡各窝，要是有人守在旁边，哪能睡得落心？他用俗语来说，加强了他拒绝我守夜的决心。

求之不得。我晚上必须在家。陶陶太小，我不陪不行。吴阿姨跟我一样，只是白天来照顾陶陶，晚上就回家了。

我照顾乔爷爷。吴阿姨照顾我家陶陶。似乎多余……不，一点都不，其中差价，可是我再请一个半吴阿姨的数目。逢上节假日，乔爷爷给的是双倍。乔爷爷是金主，没错，人住在疗养院，护理人员却是他亲手挑选的，付的薪酬比一般护工要高许多。

吴阿姨将陶陶交给我，告知，孩子的低烧没退，还有些咳嗽，而且喉咙有痰，晚上睡觉前喂她喝止咳糖浆，或者吃阿莫西林消炎药也行。吴阿姨有两个儿子，帮儿子带过三个孙子，她的育儿经验我笃信不疑。

阿莫西林和止咳糖浆两者间，我当然选择止咳糖浆。家里也有，今年初买的。当时月泉感冒了，一直咳嗽，就买了止咳糖浆喝，没喝完，然后扔进了药箱里，这下又派上了用场。

吃过晚饭，给陶陶洗了澡。月泉回来了，要跟我商量一件事情——中午时她也打来电话，我还在医院正忙着陶陶，不客气地打断了她的话，她说，好吧，晚上我回家跟你当面说。这下，她当面说来了。她头戴灰色的棒球帽，一身阿迪达斯的运动装，看上去蛮精神。月泉是个胖子，五官没特色，尤其是眼睛小眼珠外凸，金鱼似的，却也懂得打扮。她皮肤白皙，个头也高，于是，装扮上一般选择运动系列提升形象气质。而看人时，喜欢侧起脸庞，上挑右眼，金鱼眼珠放出炯亮却冷漠的视线。

没等她说话，我先派任务，给陶陶喂止咳糖浆。止咳糖浆，我重复。她递来一个茫然的眼神，我朝茶几下面的药箱努嘴巴，补充道，就是今年初你喝的川贝枇杷露——噢，你把标牌撕了，不至于忘得一干二净吧。

月泉搬药箱拿药，我抱出陶陶。陶陶没精打采的，见到月泉，没有像往常一样欢笑，也没有喊姐姐，而是侧过小身体，将脑袋紧贴我的脸，接着撮起小嘴巴，发出一阵嘶哑的咳嗽。我将陶陶交给了月泉。我要收拾床铺，准备今晚与陶陶一起睡觉。陶陶一直单睡在我卧室里，那是一个比摇篮大的可以折叠的小床。同时，还要趁月泉在家的机会洗头发。昨晚回家，月泉跑掉后，陶陶也醒来，哭着要我陪她睡觉，我没来得及洗。

没等我去卫生间，陶陶剧烈的咳嗽和哭泣将我拽回了客厅。她一张小脸通红通红。月泉抱着陶陶，不知所措地到处走动。

陶陶。我叫道。陶陶立马大声哭泣，一张红脸变成了酱紫色，她伸长双臂，朝我扑来，接着是一阵刮心刮肺的咳嗽，再接着是不大均匀的喘息，身体打摆子似的乱抖。

陶陶怎么啦？月泉小声地问道。

你给她吃了什么？我厉声问道。

没有吃，就是喂她喝了……啊，是不是喝……月泉摘下棒球帽，一张圆胖脸被灯光抽走血色。她转身奔向药箱，拿出那瓶褐色的光溜溜的瓶子，接着又翻出一个同样的瓶子。月泉的脸霎时通红，呼吸急促，她喃喃说道，我，我喂错了，这个是碘酒。

我慌了，将陶陶身体倾斜，右手重重地拍打她的背心，催促陶陶张嘴巴呕吐。陶陶张开嘴巴，哇哇吐出一团褐黄色的液体，吐出一口，又抿起嘴巴大声哭号。我喂她喝了一大杯凉水，陶陶又陆续吐出一些。但她太难受了，大声哭泣，双手在空中乱抓，脸色由紫色变成了乌色。

陶陶她会……死吗？月泉哆嗦着嘴唇，两片肥嘟嘟的嘴唇挤一块儿，挤出小心翼翼的询问。

我气急败坏地吼道，你给她喝了多少？

那里面的……我全都灌进去了……

我差点昏倒，一口凉气蹿上来，搁在喉咙处，牙齿都在冷战。这样一激灵，脑袋顿时清醒，拿起手机给梁志打电话。

梁志你赶快给你家医院联系下，我要挂小儿急症……陶陶喝错了药，把半瓶碘酒给喝到肚子里去了。

梁志家的医院？我的表达含糊，意思是，梁志工作的市中心医院。梁志是医院的外科医生，有些名气，而我家凡是要看病，必然先找梁志，仿佛医院就是他开的。

四

不得不再次请假。老鲜又在"鹅鹅鹅"。"请假"甫一出口我就挂断电话。她打回来，哆着声喉交代，你请假我没问题啊,关键是乔爷爷,这个金主生气了不好哦。

也是,要请两天假,必须知会乔爷爷。按说,家里有事请假,乔爷爷扣钱就是,但我毕竟是乔爷爷亲自选中的人,缺半天好说,缺两天就不像话了——况且,前两天还请假出了远门。我还是亲自去一趟疗养院吧。

翌日上午,吴阿姨来到医院,我算腾出手去疗养院了。乔爷爷很爽快。行,不过你来了,就先把我忙好了再走,我不扣你今天的钱。我给他洗脸、熬燕窝汁,还按摩了下腿关节。中途,他瘪着嘴巴问我,啥时得闲把那猫咪带来玩。接着又补充,叫钱多多……喏,你跟鲜院长说,我姑娘今天要来,有重要事情商量,嗯,重要事情,旁人不要偷听。

我说道,我会提醒老鲜,要她安排护工马上来。

乔爷爷不耐烦地打断,你是真迟钝还是装样子……他微微凸出的眼珠转动下,继续说,我意思是,等我女儿走了,再安排别人来我房间。

我讪笑着告辞。乔爷爷摆手,又嘟哝,鲁钝,不可教也。

我在冷笑中离开疗养院。这么拽,怎么就把儿女个个调教成泥鳅?抓都抓不到,活该只能枯守在这里。

当然,他的拽,毫无虚言。眼光贼毒。当初在疗养院里选特护，就是把我们一溜，就溜上了我，事实证明，他很满意。

最毒的还是那次——月泉来疗养院与他碰面。那次，月泉掉了家门钥匙（而吴阿姨带着陶陶打防疫针去了），便打的来我这里。乔家小女儿也闯来了，几乎与月泉同步。月泉眼中无人，找我要了钥匙就离开。乔家小女儿当起巡视员，左看右瞧。乔爷爷不理她，只顾跟我说话，那丫头不是你亲生的，小章。我一下愣住。乔爷爷见我半天还杵在原地，嗨一声，扬起右手，道，跟你说话呢，装聋啊。我答道，您喊我小章（平时他一直你你你称呼我，喊我小章还是头次），我……乔爷爷打断我的话，我我我啥子，杵成木桩了，可见，那丫头真不是你亲生的。我问他原因。乔爷爷扬起瘦脸，玻璃球似的灰黄色眼珠瞪出。她不像你，长相身材还跟你反着长。顿了顿，接着说，我看多了，凡是领养的女孩子，几乎长成了大胖子。说完，又对他的小女儿嚷道，看够没有？你真以为别人不晓得啊。乔家小女儿回敬道，那又怎样？该来的尽管来。她拔脚告辞，朝我丢来一瞥，那眼神在笑，然而……

"凡是领养的女孩子，几乎长成了大胖子。"这眼毒的证据，我以前也领教过。不过，那个人是洁琼。

洁琼是市实验中学的拔尖人才，一直担任尖子班的班主任。月泉上初中那年,我将她调到洁琼的班上。月泉成绩平平,其他表现也一般。这与她的性格有关,她对什么都是三分钟的热情,缺乏专注和毅力,我希望洁琼能改变下月泉。结果,期中考试家长会,我被洁琼叫到办公室单独面谈。洁琼向我分析了月泉的各门学科的考试得分值,然后总结,月泉上课老是走神,性格中缺乏专注……我惭愧又着急还自卑,只能嗯嗯点头附和。生怕她认为月泉拖了全班后腿而把月泉退回普通班去。好歹,洁琼并不绝情,只是强调一起努力。洁琼又叹息,叹息后是感慨,月泉在襁褓中你就领养了,这么多年了,没一点像你……奇怪哦,领养的女孩子总是那样胖。我震惊那番感慨,但还是做贼心虚一般嗯嗯附和。要命的是,洁琼又说道,很无奈吧,养了这样一个女孩。我没作声,随即两人告别。推门出来,我的目光捕捉到月泉仓皇的背影。

这次经历,给了月泉很大的打击,她不再喊我妈妈,凡事喜欢与我对着干。不久,月泉吵着要调班,理由是,她跟不上老师上课的节奏。我和洁琼分别做她的工作,却无果。月泉又拒绝上学。我只好退步,答应她转到普通班,还不行,必须没有洁琼代课。

洁琼跟我关系要好,当然知晓我的情况。十九年前,我还在医院工作,刚刚遭受人生的大创,永远失去了我一岁半的亲生女儿。半年后,遇到一个弃婴,而彼时,我见不得被弃的孩子,便领养了那个孩子,就是月泉。

乔爷爷呢,一个陌生人,却一眼就看出实质,确实眼毒。眼毒又怎么样?总不能当作刻薄别人的特权吧。瞧他发拽的样子,竟然骂我鲁钝,先是怀疑我装的,而后又大大地肯定。我就是鲁钝,鲁钝如文盲好了。

其实我曾是知识分子一员……算了,没啥说头,也就那么一下不舒服。一到医院,陶陶就转移了我的注意力。月泉上午也请了假,来到医院。我知道她来医院是找我说事情的。她倒沉得住气,见我忙进忙出,也不开口,只是跟在我后面,偶尔替我搭把手。终于,陶陶打完点滴,睡过去。月泉拉我到病房外面的阳台上说话。

马上就是十一了,她和几个同学约了下,想去川西四姑娘山那里看一下。

什么叫看下?我疑惑地问道。

四姑娘镇你应该知道,以前叫日隆镇,美得没法形容。你别担心,我自个掂量了下,还没本事去攀峰,我要去的是长穿毕……说着,月泉掏出手机,搜索出"长穿毕"给我看。

三个景点吧,从小金县、长坪沟到毕棚沟,中途要经过什么枯树滩、垭口、木骡子等等,它们平均海拔三四千米，并非可以放心的景点。我粗略看下，把手机递给了月泉。你和谁去？十月份那里会下雪，真的很危险。

嗯，我们好几个人，都是同学，也考虑了天气因素，万一碰上雪天，我们就会待在镇上；天气好的话，我们就跟着向导去。你放心，安全第一，我这次去不是攀登，是考察去的……月泉眯上眼睛。我的心哆嗦了下，问道，考察……以后去那里工作？

月泉缓慢地摇摆脑袋。我自己也不知道，就是很想去看看，何况这次有好多同学做伴。

我柔声地解释，钱不是问题，这不在考虑之列，只是……你看新闻，好多登山者失踪了，甚至失去生命，我担心啊。

只是什么？月泉的语气干硬了，胖脸绷紧。她的性格我清楚，除了不专注，三分钟热情，还有倔强。这两方面均突出，又似相悖，我却无法调剂。两方面我都领教过，都给我留下坚硬的教训。她作为一个尚未涉世的小女孩，能懂什么？多半是我教育出了问题，问题表现在于，我处理她的事情犹豫不决，当断不断。比如她早恋，我早发觉了苗头，只是苦口婆心地劝说，甚至苦苦哀求，结果呢，她对着干，义无反顾地投身其中，一而再地怀孕打胎，第三次怀孕，生下了陶陶。如果我态度坚决，手段强硬一些，是否就是相反的局面？难说，至少要比现在的局面好些吧。如此的假设性反省，提醒了我，家长就是家长，教育孩子立场要坚定。于是说道，以后再说，你看陶陶都病成这个样子，哪有心思扯别的？

我回到病室。月泉在阳台上站一会儿，跟着回到病室，在我身边站住，接着请吴阿姨出去，说她要跟我说话。吴阿姨马上说，我回家给陶陶准备中饭送来。说着，她离开了病室。

你总是与我对着干，你会后悔的。月泉侧过脸，鼓起金鱼眼珠看向床上熟睡的陶陶。

月泉你误会我了，而且我感觉你去日隆镇那里并非像你说的……

那对金鱼眼转向我，散发出灼亮的奇异光芒，我移开眼神。月泉看我一会儿，右手刚抬起，又放下。你仔细考虑下，我晚上再回家跟你商量。

五

下午时，月泉发来微信消息，是几张动物照片。乌鸦吧，黑不溜秋的。不过，看上去比平时见到的乌鸦健硕许多。还有一个视频。一个英国小哥收留了一只受伤的渡鸦，精心照看了三四个月，渡鸦就依恋他了，看见小哥就摇尾巴亲昵地叫唤，还勾肩搭背地共同分享食物。那站在小哥肩膀上的渡鸦，在阳光下振动翅膀，简直像一个守护神。

隔了一会儿，月泉发来语音，问我知道渡鸦不。我回答，就是乌鸦吧。她否定并纠正为渡鸦，说它志向高远，通人性，她很喜欢。接着，另一条语音到了。她想去看渡鸦，去日隆镇那里，十月份了，正是渡鸦栖息的时候。

我不大懂。月泉却打开了心扉说话，一次说这么多，罕见。我自然珍惜，便夸奖月泉视野开阔内心丰富。月泉许久才回复，是你启发了我。

晚上，月泉来到医院。我们母女俩守着陶陶开始了有关渡鸦的谈话。月泉说得没错，正是我这次去川西参加戒烟活动的那两天，月泉注意到我那个戒烟协会的公众号名"渡鸦部落"。虽然那个公众号名只是名号，与渡鸦无关，可是她看过《权力的游戏》这个影片，对"渡鸦"很有印象，一时被激发兴趣，便在网上搜索，看见许多渡鸦的照片。她发现，原来喜欢渡鸦的人很多，真正接触渡鸦的也不少，而那些见到渡鸦的人一直认为，跟渡鸦亲近过的人，会被它赋予一种神力，将得到庇佑而勇往直前。

而你这次去戒烟……也算成功的。

说到这里，月泉的脸颊浮现红晕。她垂下脑袋，胖脖子几乎消失无踪，下巴就搁在她的两个大胸脯上，双手交叉着绞来绞去。

月泉羞涩，过于羞涩，总是隐藏心中的想法，实则自卑。我有些心疼，拿起月泉的右手，她迟疑下，顺从了我，马上又抽回。我说道，所以你就想在十月份去看渡鸦。

你同意吗？月泉抬起脑袋，看向我。

我不知如何答复。这不是钱的问题，而是……那么高远冷寒的地方，她去找渡鸦，我如何放心？她又补充道，我十九岁了，再过两个月就二十岁。二十岁。她咬下嘴唇，强调道。

我几乎下意识地问道，你的同学们也想去——跑那么远去看渡鸦？

月泉愣了下，随即，警惕地说道，你还是怀疑我。

我怀疑你——你指什么啊？

月泉站起来，右手指向我怀里的陶陶。她，你怀疑我想杀死她，我说过，我是喂错了……我很震惊她还未说完的话，抱着陶陶站起来。陶陶被月泉突兀的大声吓出眼泪，撇起嘴巴开始呜咽。

我不是故意的，要是故意，哪能等你发现？她早就去月球了。

我轻声叫道,月泉,我没认为那样,这事不说了,好吗?我听见自己语气中的哀求。

月泉却冷静地吐出一个字。不。

我沉下脸色。陶陶这事与你去看渡鸦有何关系?胡扯,你这是以此要挟我答应你。沉而闷的声音弹在空气里,荡出轻飘的尾音。

月泉仰起半边脸看我。我哄着陶陶,总算安抚好了她。月泉挑起右眼,说道,你养我这么多年,总是不满意,又丢不掉,就烦我,跟我对着干,我不在意,但你要明白,我不是你的创可贴,我是我自己。

她在说什么?我站在原地,半张嘴唇,却说不出一个字来。

别装了,这样子够恶心的,看上去蛮清高,实际不堪一击。我知道的,丧女的悲痛如海深,养再多的女儿也无法填补,偏偏又装平静,不敢再结婚再生孩子,说白了就是怕,却养我们当你的创可贴,真特么的……说到这里,月泉停下来,嗤声鼻子,丢给我微微低垂的半边侧脸。也许她意识到,她的网络骂不合适,毕竟对象是她的养母。

看来,我的过去她都了解。十九年前一个春季的夜晚,我值晚班,一岁半的女儿由她爸爸照看,女儿深夜醒来，不见爸妈，便爬到飘窗上，推开虚掩的窗户掉下楼摔死，我失去了她，便离婚。这些是月泉打听来的吧。那没什么，只是……我吁口气，说道，月泉，你误会我太多了，但是，咱们今天不论那些，就只论你想去看渡鸦的事情。

月泉看向我，递来薄冰一样的清寒。我的心为之一颤。这个固执的女孩子，想去看渡鸦，很想去。一只鸟而已，她却认为神奇，认为能给她带来某些启迪。也许是好事，我为何不放手？如果我不放手——我再次想起她的三次早恋和怀孕。她为此吃尽苦头也备尝屈辱，却一次次迎上去……难道全都是她的错？我作为家长反对、劝导、拳脚相加地训斥，可曾推心置腹地交流过？我只站在自己的立场去对待，却从未站在她的立场来沟通。是的，她的立场——她知晓了养女身份后的溃败心理，我忽略了。作为养母，冠以"为她好"的由头，发号施令，规定哪些该做哪些不该做，却从未走进她的心灵。难怪她有创可贴的说法。

歉意和自责涌上心头。这一次，她不过去看看那样的大鸟，权当作散心消遣，又如何？我点头，说道，我同意你去，你自己做准备吧。

你呢？月泉的语气还是冷硬。

我……我马上明白，她指的是我会给她多少钱。我笑了，嗔道，你这妮子，需要多少我给你多少，一万元够不够？

突然，月泉的泪水涌了出来。我有些不知所措。陶陶见到月泉止不住的泪水，右手刮在脸蛋上取笑。泉姐姐，羞羞。

月泉狠狠地吸了下鼻子，又瞪了眼陶陶，再转身离开。就在她双脚跨出房门时，又停住脚，微微回头。那个，如果……我是有心要陶陶感冒，并喂她喝碘酒，你会如何想？

沉寂霎时扑来，冷霜一样封冻我的嘴唇和血液，也在封冻房间的空气。连陶陶也感觉到那份肃杀而噤声。

月泉转过胖身体，看向我，小眼睛睁得大大的。那挑战式的凝望激励了我的意识。我慢慢地回答道，你不会的，你从来就不是蠢姑娘。

她抬高了视线，右眼梢扬起，很高，而胖嘟嘟的右脸颊敛出一个小酒窝，酒窝周围布满了褶皱。那份嘲笑刻薄了，我几乎听见她的腹诽，又在装，你不装，说说真心话，会死啊。

月泉，那就是我的真心话。这句话我没说出口，但她掉转脑袋离开时，我赶忙说道，我不允许你这样做，陶陶是我的女儿。

六

月泉的叛逆表现在三次早恋怀孕，而第三次怀孕生下了陶陶。

第一次怀孕，她才十六岁，没有瞒我，告诉我，是与班上的男同学恋爱的结果，而男同学见异思迁了，她很无奈，孕期已经超过三月，求我带她去医院打胎。我震惊，责骂几句，马上带她去刮宫。事后我私下找到那男孩子，男孩子不仅否认，责骂月泉不要脸诬陷，还进一步威胁。月泉很受打击。我再次找到那个男孩子警告，要是他再欺负月泉我一定砍死他。事情似乎平缓。谁晓得？月泉再次怀上，但她拒绝告知对方是谁。情急下，我打了她一巴掌，她毫不犹豫地还手，推倒了我。我在地上闷了两三分钟，站起来，带她去了医院。出院后，我采取冷处理方式，不问不说，但是，那份冷漠却迅速下降到冰冻地步。

第三次，我发现她好久没来例假，肚子有些凸显，再三追问。她坚持沉默。无果，无策的我责骂后又哀求，苦口婆心地讲道理，差点给她跪下。终于我病倒，挂起点滴。她才说道，我就是希望得到一份纯正的爱，哪怕很短暂，我总是感到孤单……这次又被骗了，我保证再不会轻易地相信谁了。我记得，她说那番话时，眼珠快要凸出眼眶，但看起来又深陷在大胖脸里。她双臂交叉，紧紧抱住她的左右臂膀，好像，她是她自己的女儿。我伸手——她却把屁股朝后挪，眼睛惊惶地扫我一眼，再垂下。

你应该告诉我是谁，我去找他，要他负责。我叫道。月泉双手捧住胖脸，绝望的话语伴随泪水从左右手掌间的隙缝里逸出，他不会承认的，你别逼我，都是我的错，我快撑不下去了。

我能再说什么？只能带她去医院。医生郑重建议，留下孩子。她的建议仅仅针对月泉的身体而言。月泉的身体太胖了，又刮过两次，这次再刮……以后难再怀上。

我左思右想，决策不了。去跟梁志讨主意。梁志一听，撮起嘴巴吸口气，才说，做掉，不做掉的话，月泉以后如何做人？你章妮妮又如何做人？两个反问后，梁志解释，月泉还没成年，以后要上大学，要恋爱成家，留下孩子，一切都是泡影。章妮妮你呢，再婚都拒绝，哪还能再生孩子？就只能与月泉守着，但月泉的生活质量百分之百决定你以后的生活质量……说到这里，梁志停下来，严肃地看向我。我的眼神与他的眼神相撞时，他继续说，名声不能不考虑啊。我快要采纳他的建议时，梁志又改辙了，右手抹下嘴巴，嗨一声，说，留下吧，还是一条命，打掉这个胎儿，你章妮妮于心何忍？他这一说，我的心兀地痛了，当即决定，留下胎儿，当女儿养，我又多了一个小棉袄，而章月泉多了一个妹妹，温暖。梁志先是瑟起嘴巴吸气，然后拿右手抹下嘴巴，看我一眼，说，这事你别问我了，是大事，我替你拿不准主意，只是提醒你想清楚了再做决定，我呢，不管你和月泉咋样，反正是尽力地挺你们。

梁志没说假话。我和他曾是同事，市中心医院的医生，他是外科医生，我是口腔科医生。梁志不是宜江市人，三十六岁时从省城调来。那叫下放，因为一次医疗事故被家属缠着告状，梁志怕麻烦，赔了些钱，还是受到处分，便调到宜江市来了。那几年，梁志老是牙疼，时不时瑟着嘴唇找我看牙齿（以后那瑟着嘴巴吸气的表情就定格了）。我那时忙，却也不敷衍，他很记情。再加上他为人直率随性，交往起来不困难。我们俩的关系就好起来了，异性之间的亲密关系，不是情爱，就是铁哥们了。不过，我总觉得，我与梁志的关系，百分之八十锁定铁哥们，还有百分之二十……说不清楚。

我曾经在半夜接到他的一个电话。电话那边他似乎喝热饮被烫了嘴皮，半天哼哧不了一句话。我问何事，他回复两个字，牙疼。我耐心地问他牙齿情况，他却没了声音。我喊道，梁志你到底还牙疼不。梁志的声音传来了，很小,却很急迫。我屏住全力去听,总算听清了,他请我帮他决定一件事。一个痊愈的患者为了感谢他,见他喜欢攀岩,便请他去一个风景区攀岩,给他介绍了一个姑娘作陪,两人一来二去熟悉起来,姑娘现在在他家不走。

我跳下床,悠着声调说道,梁志你在炫耀是不是?

电话那边传来梁志深深的吸气声。我炫耀啥子,是为难啊,很为难才问你这丫头,你帮我做个决定。

这么大的一个男人,我来决定你的快活事情?我又不是你的老婆。当然,他早跟他老婆离了,正单着。有人投怀送抱正好,犯得上如此斗争?我听见自己心中的冷笑。沉默中,梁志轻声问,我来你家坐坐?我嘴巴快速地吐出一个字——不。梁志没再说什么,一句"懂了",挂断电话。至于后来如何,梁志再没跟我提过,我也没问过。反正,梁志女朋友不断,就是不结婚。我们的关系还是铁哥们,大小为难的事彼此讨教彼此帮衬——主要还是我找他帮忙。

月泉怀上陶陶六个月后,我辞掉了市中心医院的工作,在宜江市郊区一家疗养院做护理。为何要辞掉医生职务,去做这样的不上台面的工作?缘由单纯。那时,我决定要月泉生下陶陶。月泉不想要,但是孕期早已超过了三个月,她的情绪一直差,无奈而踌躇下又拖了几个月,七个月后,早产儿陶陶来到了世上。我又多了一个女儿,想法就变了。什么台面不台面的,相对我家的情况,全都虚不着调。我巴不得窝在台面下,好好蛰伏,谁都不能看见我和我的家为好。如此,陶陶才能平安地成长,月泉也能尽快地恢复身心健康,回归社会。我郑重地对梁志说,陶陶来到世上,我们一家必须半隐居起来。

梁志懂我的意思,私下帮我打听一些工作,半隐居性质,而且工资也不能低。找着找着,就找到鲜仙这里的疗养院。鲜仙一家人看病都找梁志,信任梁志。梁志就把我介绍给鲜仙,这样我来到了疗养院工作。鲜仙安排我给一些刁钻的客户做"特护",相对一般护理薪酬翻倍。后来,我被乔爷爷选中做他的特护,薪酬更高。

老鲜如此目的,多半是为了感恩。有一次,鲜仙肾结石发作,刚进医院,就疼得直不起腰身,快要趴在地上。她赶忙给梁志电话。梁志跑来,硬是背着鲜仙到急诊室。鲜仙那次早上吃了油炸的饼子,钻心的疼痛下,胸口恶心,在梁志背上一阵呕吐,吐了梁志一脖子。梁志也不嫌弃,把鲜仙送进急诊室后,才去清洗。这事梁志没跟我说,是老鲜说的,满怀感激之情。当然,她揣摩了我和梁志的关系,说完就补充,我俩都是冬泳协会的,经常在一块儿参加活动,慢慢就熟悉了,他人好。梁志爱攀岩,也爱游泳,这我知道,一个爱好游泳的中年男人再爱上冬泳,也水到渠成。至于老鲜,我眼前闪现她肥硕的身材和一张时刻布满红晕的磨盘大脸。这样的女人,一般都是能量强大,体质也好,能去冬泳——我虽没见过她游泳,却也想得通,哪里是想得通,实则理所当然啊。她又补充,冬泳可以练习肺活量,所以减肥美颜很有效果。说着,挑起粗壮的眉毛朝我媚笑。她这是现场表演驻颜有方的效果。我那时却不凑合,喊了声老鲜。鲜仙不高兴了,小声提醒我喊老了她,还说,实际上别人都说她很年轻,梁志至少感叹过三次。鲜仙说到这里,又挑起眉毛看我一眼。接着抿嘴无声一笑,继续说,梁志最有发言权,我们每周都要下水一两次。抿着的嘴巴张开了,嚯嚯笑声浪花一般溅起。是啊,她年轻与否,梁志最有发言权,泳装下,他看得多,兴许还更近距离看了接触了——小鲜仙三岁的梁志,便会触来抱金砖的好运吧。

她和梁志……那是他们的事情。我和梁志是哥们,尤其是陶陶来到这个世界后,我觉得我和梁志的哥们关系,可以从百分之八十提升到百分之百了。老鲜不可能懂的。我也没必要多说什么。至于她和梁志的关系,一起冬泳,或者像我一样铁哥们,或者是互相有了意思……我懒得猜,他们怎么习惯怎么好。人嘛,能安稳地活下来,总归不简单，尤其都中老年了，将就一些好。

七

月泉不喜欢梁志。以前是喜欢的，后来听说是梁志介绍我到疗养院工作的，就厌恶他了。遇见梁志一次，就会寻点碴子，说话也没好声气。梁志固然不舒服，却表示理解。叛逆期的少女嘛，一切均可原谅。月泉见梁志一直态度好，得寸进尺，竟然质问梁志，你私下鼓动章妮妮辞掉那么好的工作，去伺候人，安的什么心？

梁志口齿不利索，被问住，半天说不出话来，只是瑟着嘴巴吸气。月泉进一步发难，指责道，我知道，你想跟章妮妮结婚，她却怕结婚怕生孩子，你得不到，心中就生了恨，便耍花招忽悠她，要她唯你是从。

听到这里，梁志突然反应过来了，打断月泉的话问道，我要她从了我什么？

是你要她逼着我生下陶陶的。月泉一字一顿地控诉，又见梁志一副呆愣若木鸡的模样，更加生气，继续控诉——我们家够乱了，本是母女的变成了姐妹，本是祖孙的乔装成母女，全是你这个坏蛋的杰作。说着，伸手推了把梁志，而后转身跑掉。梁志高大粗壮，再没防备也能经受那推搡。月泉跑没影了,梁志还站在原地发怔。

后来,梁志转述给我听,强调月泉力气大怨恨深。我抱歉,同时错愕月泉的举动。她对我的怨恨的确深。我想起她在第二次怀孕后,我忍不住甩了她一巴掌,而她也是推了我一把,我到底比不上梁志,当场就倒在地上。想到这里,我脑袋发麻,却有个声音提醒我找机会与她沟通。

不等我找到机会沟通,月泉却离家出走了。

那是一个月前的八月底,她还在假期。那些天,月泉关机,我怎么也联系不上。找她的老师同学和好友询问,均无结果。那些天,我不知如何挨过时间的,已经戒掉的烟瘾冒上来,烈火一般烤炙我的心。失眠、恍惚、无力。第四天下午我早早回到家,关在卫生间里抽起香烟。三支香烟某种程度恢复了我的理智,我报了警。第五天,月泉回家了。她失魂落魄,一副灵魂出窍的模样。无论我说什么,就一个反应——愣愣地看我,却不说一句话。或许是我的憔悴引发她的不忍,或许是她明白了什么,昏睡一天一夜后,起来吃饭,在餐桌上向我保证,她再不会离家出走了,去哪里都会先征求我的意见。至于去向,她不说,我也不再追问了。

回家了就好。我安慰道。我的态度看似不在意,心中却是疑问重重,得不到解答的疑问变质为忧虑,一再诱惑并引发我的烟瘾。

月泉的情绪也不好,越发心不在焉了。她的长指甲划破陶陶的脸蛋,很深的一条沟让陶陶的脸上霎时布满血水,吓坏了我们。再接着,陶陶哭着闹情绪,月泉不耐烦了,站起来,朝陶陶踹上一脚,陶陶的身体飞出去,后脑勺撞在房门上,鼓起一个大包,越发激起我的恶劣情绪,烟瘾再也控制不了。

我想刹住这辆快要失控的车。

中秋节时,我们在阳台上赏月。那晚的月亮瘦瘦的,犹如刚刚发育的少女,悬在黑乎乎的空中,被云彩遮蔽了轮廓。但月华幽幽,镀亮了夜幕下的大地万物。难得的是,院子里桂花树多,第二发桂花正开在兴头上,馥郁的桂香在夜风下袅袅如烟,浸入肺腑。一棵桂花树枝叶茂盛,枝干快触到我们家的阳台。或许,香味太浓了,熏风催眠,陶陶在我怀里酣然入梦。月泉摘了树枝上的一些桂花,又将桂花掺进月饼中吃掉。一些话猛然涌上我的喉咙。我的话,是从遥远的广寒宫说起的,说广寒宫就是人世的一个缩影,寂寞无聊得很,要是能多个血肉相连的亲人,就有意思了。月泉没搭话,却将没吃完的月饼丢进了垃圾桶,然后离开了阳台。

她的工作我做不通。但我必须遏制已突破防线的烟瘾。九月上旬，戒烟协会有个活动放在川西，我答应了，请假参加这次活动来强行戒烟。月泉倒配合，答应晚上回家陪护陶陶。

她对陶陶不能说讨厌，更不能说是厌恨。容不下陶陶……不会吧。陶陶一岁时，发高烧，很厉害，烧成了肺炎，喉咙里积蓄了浓痰，不得已去医院做雾化。我和月泉一直守在医院里，见陶陶嘴巴上罩着雾化器，月泉几次想拿开，我打回她的手。她问我，陶陶很难受，她这次能挺过去吗？类似的询问重复几次，我被问烦了，开始还耐心地答复，并要她放心。后来，我不理了。那次肺炎拖了半个月，几乎每天，月泉都找时间来医院陪伴陶陶。现在，陶陶又住进了医院，月泉也来看陶陶啊。

去年七月的一个周末，我带她们俩去周庄玩。坐船游玩时，我一手撑着伞，一手抱着陶陶，月泉坐在我们对面。陶陶很兴奋，看什么都是宝贝，尤其是船下面的水。镜面般的水面跑着盛夏的阳光，也奔跑着我们的身影。的确有趣，对一个尚在牙牙学语的孩子而言，就是无法抗拒的魔力。陶陶一下跑脱我的手，马上俯倒小身体在船舷——想去捉住水面奔跑的我们和阳光，差点栽进水里。但最终掉进水里的是月泉。她情急之下，扑过来，一把推开陶陶，自己却跌进了水里。

月泉固然不满意陶陶的存在,可是,她怎么会像她所说的去害陶陶?那是她的气话。

八

陶陶恢复得较快。

出院那天上午,下了小雨,缓解了秋老虎带来的炎热。吴阿姨带钱多多来我们家。钱多多一身橘色的毛,脖子却是一圈白色,犹如围上一条白围巾,尾巴却短了一截。它挺来事,一眼瞥见这家的主人是我,立马竖立身体,左右前腿向上弯曲,一副拥抱的姿势。我怀里的陶陶被逗笑。我们跟着大笑。钱多多发出一声委婉的叫声,前腿落地,后腿站立,半截尾巴朝上直立,瞪出灰绿色玻璃球似的眼睛,而胡子竟在抖颤,一下再一下……

陶陶又咯咯咯地笑起来,溜下我的身体。钱多多一步步地后退,动作慢而拙。陶陶跑起来。吴阿姨叫道,钱多多,陪好陶陶啊。钱多多喵的一声答应了,接着一转身,它在客厅里溜圈,溜花我们眼睛。陶陶转身再转身,不见钱多多,着急地喊道,多多……

喵。声音婉转而柔和。来自落地窗帘下面,窗帘拢着的角落边蹲着被半遮身的钱多多。这橘猫有意思,引导陶陶玩起捉迷藏。

我下午赶去疗养院。乔爷爷这几天情况不好,便秘。见我回来,他开始骂老鲜,他骂老鲜狗眼看人低,安排的临时护理人员敷衍塞责不懂行,分明当他为一般客户了。乔爷爷吙了好几声,吙一下喘口粗气。我赶忙上前,左右手握成拳头,轻捶老人的后背。

老人朝我努嘴,要我去看厨房里的饭菜。我早看过了,电饭煲里的饭显然硬了,而菜肴是牛肉丝和炖粉条,还有一盘青菜。我大致估出老人的便秘原因了——饮食上没讲究。年老者固然要吃青菜,可是适当的肉食和汤汁非常必要。而肉质基本以猪肉为主,猪肉性质温和,可以给身体提供油脂,缺乏了油脂和水分,身体当然便秘。再者,老人的晚餐我几乎是隔两天就熬稀饭吃,益气。老人气呼呼地告状,这都是老鲜安排的,她这人滑头,这些牛肉在冰箱里冰了好几个月。

我摆手,要老人别说了。我开始熬粥,削切了红薯丁加进去。

你出来下,我有事说。乔爷爷叫我,他显然憋着一肚子气,不说不痛快。我放下手里的活,回客厅坐在沙发上。这也是我的工作,陪他唠嗑——这样的机会很少,但今天他的话有些多。

芸丫头昨晚来过了，就是我的老幺。他仰起脑袋看我，灰色的眼珠玻璃球一般瞪着。我生日时……我点脑袋，表示认得这个人。乔爷爷左右手交替拍打膝盖。

她问我那个在郊区的院子。

乔爷爷闭起双眼，双手也停止拍打。我却听见喘气声。我不作声，人家的家事，我说啥都不合适。乔爷爷睁开半只眼，悠着语气问我，是不是那套很灵……七十三八十四？我立即否定。乔爷爷右手捂在胸口。可我自从过了那生日，就常常胸闷，感觉身体滑坡厉害。

芸丫头来之前，他们也来电话问过。乔爷爷说的"他们"，自然是另外几个儿女或者他们的家眷。人虽在外地，却在电话里缠人，吵死。乔爷爷再次闭上双眼。我建议他休息。他要我打开电视。好吧，老篇章——养生频道。

粥熬好了。我放在窗台上冷却。阳光斜斜地铺在窗台上。小半天的细雨后，破云而出的太阳清新柔软，万物熠熠生辉。正好，带乔爷爷下楼晒太阳看风景去。

乔爷爷在轮椅上跟着我走了一圈，突发奇想——要我带他回他家看下。我拒绝。稀饭刚熬好，再等一会儿就板结了。即使没有稀饭这事，我也不会去。他家在郊区，疗养院也在郊区，可是一个南一个北，此际也快下班，时间不凑合。乔爷爷猜中我心思似的，要求我明天上班就带他回家，他来跟老鲜说。

明天就去他家看看吧。已经到点下班了，但我准备了下，类似小旅行的准备，墨镜、太阳帽、茶壶、水果、卫生纸、糕点，还有老人每天不可或缺的降血压药。虽然外面是九月天，我还是给老人准备了一件外套。

老人又吩咐我去找老鲜要一个喷水壶，还嘱咐我跟老鲜说话嘴风要紧。

老鲜正准备出门，抹得唇红齿白。约会去？我问道。老鲜喊一声，纠正——去游泳。给我一个大喷壶，乔爷爷要的。我继续说道。你那金主想搞啥子？老鲜边问边带我去旁边的杂货间找喷水壶去。老鲜递过喷水壶，粗黑眉毛扬得高高的，说道，乔爷爷家境好，据说他的院子在郊区，地盘很大，曾经某个军工厂筹建时征了部分，现在军工厂搬走，那块地又要全部被征，用来建设艺术营，而乔爷爷的那个院子就是中心。我嗯嗯两声，眼神茫然，再拔腿走掉。老鲜的声音赶来——章妮妮，梁志今晚请我们唱歌，你去吗？

去啥子去啊。回家，吴阿姨带钱多多准备离开。陶陶哭着不放多多走。钱多多前边的右爪伸来，拉下陶陶。吴阿姨就说，多多你就留下来陪陶陶。多多喵一声。我惊喜地对吴阿姨说道，多多答应了，可是你舍得吗？

吴阿姨爽朗地笑了。嗨，这橘猫是捡来的，当时它的右后腿受了伤，尾巴也只有半截，身上掉了不少毛，那个狼狈……我算是把它收拾干净了，它同意，我当然舍得啊。

钱多多就留下来了。

那晚，陶陶吃完晚饭就打起瞌睡。可见，白天跟钱多多玩得多辛苦。睡觉前，发现梁志打来的几个电话，拨回去。梁志他们果然在唱歌，他问我来不来。我疑惑地问道，你知道我不唱歌的，还再三跟我电话？梁志支吾，我快要挂电话时，他才说，有个人想要你来玩呗。老鲜要我去，什么意思？我在心里嗤笑下，挂断了电话。老鲜的电话却真的来了。她说，是她偷拿梁志的电话给我打的，主要是想要我来陪陪梁志，今天梁志背时，又遇到了医闹，被人当众打了，右眼肿起一个大紫包……梁志夺过了手机，哎哎几声，劝我不要来了，好好照顾陶陶。我问道，你到底怎样？梁志瑟起嘴巴吸气，提高嗓音，道，吃得喝得玩得，很好啊，鲜仙夸大其词了，那不是事儿。

电话结束。梁志的信息也来了，说，丫头，那事不值一提，都好着，过几天就出去散心。

第二天上班，我从鲜仙那里弄清楚，梁志给病人手术，结束后从手术室里出来，因为站的时间长，人有些疲惫，没仔细搭理病人家属的询问。结果被病人家属围起来"武斗"。开始梁志不还手，右眼挂彩后，就不客气了。梁志一直攀岩，身体壮实，随便出手几下，竟把一个人弄骨折了，这下，医院停了他的职。老鲜嗡着鼻子叹息道，他以前也遭遇了医闹，是缩着肩膀任人打，还是受到处分，这次梁志反抗了，竟然停了他的职，这可是要人左不是右也不是，我看，算逑。

九

乔爷爷的家不算远，不到一个时辰，我们驱车抵达。

青山如黛，逶迤远去，犹如波涛起伏。阳光涂抹在一座座山峦上，天地顿时流光溢彩。山脚下，蜿蜒的小溪碧绿色，或成沟渠，或成水塘，或成湾沱，翡翠似的静泊，却在阔豁处磨出镜片折射天光。风过处，花草坠落水面，悠悠颤颤，方见水流缓着性子脉脉流淌。

一条公路顺着溪流左弯右拐，到了另一处空阔平地。依稀可见的油墨字迹告知，×××军工厂就在此地。再一个弯，圆拱形的绿色厂门映现眼前，虽已锈迹斑斑，而拱顶上的红五角星却醒目。大片的密集建筑慢慢游走到眼中。厂房、宿舍、行政楼、运动场……井然有序且姿态端庄，形貌保持了八九十年代的繁华光景，也被衬出今日的萧索寂寥。连接几个转弯后，是零星村落，以一家大院为主——院落在一处台坡上面。木栅栏围出院墙，院子有些荒芜，但荒芜中，南瓜、金瓜，还有没烂掉的冬瓜，均在告白曾是菜园。菜园后面的房子两层楼房，破旧却有型，白墙黑瓦飞檐翘壁，古朴感飞扑而来。房子旁侧的一棵大银杏树挂满了明黄色的叶片，树下黄叶铺地，给这块地盘穿戴上耀眼的黄金甲。

我扶老人下车，将老人安顿在轮椅上，再上坡进院，沿着一条石砌小道来到大银杏树下。老人和我同时仰起脑袋看天。接着，老人要我去屋后看。

屋后有大片的竹林和花圃。竹林幽寂，屏蔽了秋老虎，滤出清风幽影。花圃有些狼藉，却仍有玫瑰和菊花在苦苦支撑。更妙的是竹林花圃之后的池塘，接的是后面青山流出的泉水，水流饱满清澈。水上架起一座木桥，桥正中耸立一座亭子。想想吧，能在亭子里喝茶或练瑜伽，该是何等惬意？走到亭子中，脱下鞋子，脱掉外衣，然后在一树桩做成的桌子上盘腿而坐。清风过耳，幽幽的山林呜咽声如在天外作响，却分明回荡于心胸。五分钟，还是八分钟？我赶忙跳下桌子。

老人在轮椅上朝我举起右手。小章，你干吗不在银杏树下打坐？老人看见了我在亭子里冥想——这怎么可能？狐疑下，老人继续建议我在银杏树下练习瑜伽。我奇怪他怎么知道我常练瑜伽。老人爽快地说，是他女儿芸丫头告知的，说是在他生日那天，她看见我在疗养院亭子里练瑜伽了。

她说你蛮有功夫，能够头倒立，你练给我看看。乔爷爷朝我眨巴眼睛，那股狡黠样，很好笑。

我们先看看吧。我推着轮椅，带老人四处走四处看。老人不时地嘘气感叹。这里空气好吧，这里养眼吧，这里安静吧……总之，这是块福地，曾给乔家带来富裕，却要被征了，当然补偿的价钱不菲。我打开了房屋门，推老人进屋。老人大大地舒出一口气，喊道，我到家了。

在房间待了二十来分钟。我推老人出来，重回大银杏树下。老人告诉我，这棵银杏树有一百年了，是他的爷爷在父亲十岁那年植下的。如今，它还是那么生机勃勃，一辈辈的人都走了，现在要轮上他了。我说他瞎想。老人却摇脑袋，伤心地说道，芸丫头找我几次要这房子继承权，几次都说，要是我走路了咋办……一阵山风吹来，卷起了黄叶，而阳光却慷慨地加染那份明黄颜色。

我提了一桶水，拿水壶给花圃喷水。一阵忙活后，我脱掉外套，盘腿坐在那堆黄叶上，半闭双目。寂声幽缓，入耳穿心。风吹树叶声。远处的水流玢声，还有山林中隐约的鸟鸣声。约莫一刻钟，我睁开眼睛。老人已经转过轮椅，将轮椅转到较远的地方瞧看。他问，是不是瑜伽可以矫正一些身体小毛病，比如——他指指他的双腿。他的腿子无力，可以站立一会儿却行走困难，但绝不是偏瘫。这的确可能，但是……我刚要说话时，老人举起右手抢着说道，我跟你学瑜伽可以不？

我不是瑜伽教练，几下功夫，纯属自学而得，再说，瑜伽也有许多身体上的禁忌。老人这身体……犹豫中，老人也没继续要求。这事就翻了篇。返回途中，老人说，你答应带那猫来玩的，对，钱多多，明天可以带来不？

哈，钱多多还真在我家了，陪我小女儿陶陶，陶陶可喜欢它了，简直千金不换——虽然她不懂千金何意。

他们俩玩啥？老人瞪出灰黄的眼珠问道。

捉迷藏啊，而且多多能听懂人语。

明天你把他俩都带来。

谁——钱多多和我家陶陶？

我还是很好照顾的，几餐饭的问题。老人侧过脑袋，玻璃球似的眼珠折射出恳求的光芒。

事实上，正如老人所说，来了好玩的，老人就是几餐饭问题。事实也是，钱多多和陶陶来到崭新的环境，而且注意到一双眼睛骨碌碌地盯着他们，还拍起巴掌，发出嚯嚯笑声，越发不得了。卖萌、逗趣、捉迷藏，总体是多多带动陶陶。多多好几次去撩老人，摇尾巴，走猫步，立起身子作揖，用爪子挠……乔爷爷笑出了眼泪。

乔蕙芸却来了，一进来，先愣后怒。孩子和猫咪都在意料之外。很快，她的脸烧出愤怒的潮红，去厨房找我。她不说话，拿眼直直地看我。今天她穿着红唇咬玫瑰花枝图案的旗袍，我扫一眼，继续忙自己的。

芸丫头，你出来。老人在喊。

乔蕙芸抱起双肩，斜着身体倚站在厨房门边，眼神里的冷笑若刺扎来。我拿刀切菜。乔蕙芸走来，从包里掏出一两张照片。喏，她将照片放到我眼前。剧痛——刀切到了我的左手食指。温热的血液奔涌。我扔下刀，从下面的橱柜找创可贴包在手指上，接着处理好带血的刀刃和砧板。我开始淘米做饭。乔蕙芸冷笑道，你意思我们都懂，玩这种小儿科勾引老人，低端无耻。

做瑜伽就是低端无耻？而跟踪还偷拍照片的行径就高端高尚了？我慢条斯理地回复。我话音刚落，乔爷爷自推轮椅来到厨房门口，要乔蕙芸滚蛋。

乔蕙芸看她老爹一眼又看我一眼，无声一笑，脸凑过来，嘴巴紧挨我耳朵。心机太深的一般命癔，你还没长记性？说完，后退一步，再慢着沙哑喉咙继续说，我们可以一起谈谈，只要诚心谈，什么都好说。她推起乔爷爷的轮椅。

喵。钱多多发出短促而沉重的嚎叫。我侧过脸去看。那只橘猫蹲坐在轮椅跟前，眼睛瞪出，胡子抖颤。乔爷爷叫道，多多先陪陶陶玩哈，乔爷爷有事。父女俩绕过钱多多，去了乔爷爷的卧室。

十

我又带老人回过他家一次。不只我俩，还有吴阿姨、陶陶和钱多多。

这次，不是参观老人的院落房屋，而是游玩。我们准备了烧烤工具，就在后面的廊亭中摆开。青菜、粥、黄花鱼、玉米、西红柿、鸡腿、馒头，吴阿姨一一摆放好，并燃起炭火，开始了烧烤。我带陶陶和老人在银杏树下玩。我们铺了一个大垫子，陶陶和多多在垫子上打滚。而我换了瑜伽服，答应老人的要求，教他打坐。简单的金刚坐。老人穿着运动服，跪在垫子上，白发在风中微微抖颤，看上去蛮有精神。明黄色的落叶上面，蓝色的瑜伽垫犹如泊岸的一艘小舟，而舟上的老人闭眼静坐，入定一般。他打坐姿势不标准，却也有几分模样。

我知道，有人在旁边看，还在拍照。那是她的事情，她愿意这样，由着她去吧。她的无厘头，我纳闷，却懒得问，因为询问不会有结果，她的深刻偏见已经警告我，靠近一步就是麻烦，何必？那就由着她去吧。

一个星期后，乔爷爷向我嘟哝，说是几个儿女都在盘算他的房子，主要是乔蕙芸，因为老伴在她十岁那年过世，乔蕙芸人至中年，还单着，哥姐心疼，也想要乔老爷把房子继承权交给乔蕙芸。

但他们都指望我马上死了。乔爷爷很气愤这点。沉默半晌又说，我是年纪大了，房子嘛，我有安排……但芸丫头不懂事。老人摇脑袋，有些伤感地叹息，再拿眼睛看我，见我不接视线，又是沉默。

小章，有时我觉得你并不简单。我侧过脸庞，哦一声。老人继续说，你都明白，却就是不搭话……

我又没话了。固然乔家富有，儿女也算得上人中龙凤，可是各有各的运行轨道。譬如我，乔老爷的护理人员而已，拿着不菲的护理费，以照顾他为己任。至于"勾引"和什么目的之说，荒唐至极。我不会辩解，关于此类话题——哪怕搭讪半句都是自我作践。乔爷爷又嘟哝道，总之是乔蕙芸的错,做过了头,也遭了报应。我不知说什么为好。老人也沉默下来。

这些天我忙着,忙着准备月泉到日隆镇风景区去的装备。月泉见我支持,很兴奋,心扉更是打开,不断跟我汇报出行的准备情况,点点滴滴都不漏过。这次去看渡鸦,队伍不错,她的校友同学,五六个人。至于装备——他们通过旅行社找到了当地的一个向导,姓许,人称许老三。许老三了解他们是新手,又是去看渡鸦为主,便设计了一条路线,就是月泉先前准备的"长穿毕"路线,然后列出装备清单。这样,我就是出钱了。

月泉周末回家吃饭,见到钱多多,马上投入三方游戏。钱多多太会调度人的激情和注意力了,卖萌不在话下,而藏在储藏柜的下面,要陶陶和月泉一阵好找。天,我都忘记正事了。参加她们找多多,结果是陶陶率先打破僵局。她蹲在地上,一眼瞥见多多正在抖颤的短尾巴——我和月泉一致认为,是多多故意发出的信号。陶陶兴奋地坐在地板上,双手拍打地板,上身又扑倒在岔开的双腿上,咯咯笑得直喘粗气。月泉蹲下来,也发现那只橘色尾巴,伸手去揪,多多趁机跳到地面。

月泉和陶陶笑着抱成一团。这份不打丁点折扣的快乐,在我们家罕见,故而也深刻。这种直白式的深刻,实际是一种信息反馈：这些年来的家庭经营是值得的。如此，我也成功地经营了自己，伤口被我完整地缝合并治愈。这么说来，月泉和陶陶还真是我的创可贴。但月泉只理解了部分，还有部分她现在不明白，却终会明白的。毕竟，纯正的爱，我能给予她们。月泉迷上多多，每天都要回家吃晚饭。那时，是我们家最幸福的时光。

月泉和我的关系也呈现罕见的融洽。我们每天见面，却也每天在微信上联系。她给我发来渡鸦的各种图片和视频。她把微信名修改成"渡鸦官"。我首次知道，在英国伦敦，曾经有专门饲养渡鸦的官员，他们日夜守在伦敦塔里，看护七只渡鸦，职务名就叫"渡鸦官"。如此迷恋下，她寻找各种资料来走近那样的大鸟，关于渡鸦的形貌，关于渡鸦的生活习性，关于渡鸦的神奇声音，关于渡鸦的各种传说和象征……她了解差不多了，除了没亲眼看见，但是她说起渡鸦是滔滔不绝啊。她告诉我，渡鸦那身黑色，带有金属般的光亮，若是在下雪天，就会被雪光反射出紫色，而紫色，历来在我们中国传统，就有紫气东来的说法，所以，能看见它黑紫色光芒的人，会有福气的。是的，单凭那些图片，从屏幕上看来，的确就是笼统的黑色。至于黑紫色……我摇脑袋。月泉又告诉我，渡鸦的大脑发达，是鸟类中最聪明的一类，它能模仿各种声响。为了佐证她的说法，她发给我一个音频，是渡鸦模仿青蛙的呱呱叫声和尖锐刺耳的金属摩擦声。我连用了三个问号回复月泉。月泉不厌其烦，又给我发来一个音频资料，她交代我一定要听到最后。这次是渡鸦学人类的笑声，哗哗哗的笑声，开始是小孩的，接着是男人的，再接着是女人的，再再接着是一群人在笑，笑声水浪一般冲击耳膜。到最后是渡鸦学一个男人说话，"我的妈呀"。

我震惊，回复两个字。神鸟。

月泉马上回复，是的，所以我必须去看它，这只带来希望和勇气的神鸟，我预感它能给我的命运带来改变。

不知怎的，我眼眶一热，鼻涕和眼泪顿时流了出来。愧疚中，我觉得自己刚刚了解女儿月泉。虽然我以前尽了全力，却总是……我心中无由地感谢那类黑漆漆的大鸟，渡鸦。这只神鸟，兀地降临在我们家庭，带来神性的光照。我觉得，月泉这个"渡鸦官"的称号算得上合格。

国庆长假来了。月泉他们一起出行的总共五人，国庆节前一天下午他们抵达了成都，接着在深夜赶到了日隆镇。月泉知道我担心，时刻与我保持联系。我却无法放心，隐隐的忧虑硬核一般蛰伏心底，偶尔就触动我的心绪。我跟乔爷爷商量请假的事情。乔爷爷爽快地答应了，却提了一个要求，我请假的几天，钱多多要陪伴他。这主意好，老人的日常生活不成问题，老鲜会派人照顾，而有了钱多多陪伴，无聊寂寞的日子就好打发了。

十月二日下午我带着陶陶来到了成都，决定就在成都住下。这样，我距离月泉很近了。月泉知道她的妈妈和妹妹就在不远的地方等待她，一定会增添不少勇气和信心。

十一

月泉每天跟我联系，说得最多的仍然是渡鸦。她问我，野鸟都习惯野外生存，关进笼子里或者受到保护后，会大大地降低寿命，是不是？当然。我毫不犹豫地回复。她却否定了，说渡鸦恰恰例外。

她又告诉我，渡鸦一般情况下是独栖，觅食的时候却会聚群，它们一起寻觅食物，通常会把找到的食物藏起来，一起觅食却独自隐藏。那种高超的隐藏技术，即使同伴也难以知道藏匿的地方，其他动物就更别说了。

她发来一张照片——她抓拍的，一只黑色的大鸟飞跃空中的照片。距离远，图像不甚清晰，拍打翅膀的翱翔姿势却充满动感。这就是渡鸦了。看见那张照片，我莫名有些激动。仿佛来看渡鸦的不只月泉，还有我。

他们的行程，我基本知晓。二号上午他们进入了长坪沟。那时我还在高铁上，月泉发我一张美图，遍布着成片的原始森林和冰川的美图。不久，他们来到了斯古拉寺。在那里，月泉给我电话，信号极差，而且月泉很激动。但我听清楚了，她看见寺庙后面的斜对面有一处斜而长的雪坡，坡上，栖息着一只小渡鸦，月泉拿手机准备拍照时，小渡鸦却拍打翅膀溜下雪坡。

你知道吗？小渡鸦在雪坡上滑溜溜板，就像我们的陶陶一样。这是我当天晚上收到的微信消息。估计她当时电话信号断后，便发出信息，信息却被滞留在她那里，直到傍晚才抵达成都。

三号晚上，我又收到她的消息。他们进入了枯树滩，宿营在一个名叫"地木骡子"的地方。她还发给我一张星空照。黑漆漆的层次感极强的黑幕中，钻石一般闪烁光芒的星星密布其间，轻奢柔软的美丽，似乎触手可摸却又遥不可及。此后再无消息，也联系不上。我有些担心，却也想得通。没有信号，自然联系不了。好歹，按照许老三建议的路线，大致四号下午就会抵达目的地毕棚沟，那么五号凌晨可以返回，晚上，我们可以在成都小聚了。

我的预料准确。许老三的队伍在五号中午返回了日隆镇。但是，月泉没有跟随队伍一起回来。许老三联系我，陈述事实，章月泉在下山时就提出，她在毕棚沟的一个雪坡上发现大量的渡鸦,要求许老三带他们近距离观看。许老三咳嗽下,继续说,那怎么可能?那地方不是在毕棚沟,而是另一座山了,玄武峰,知道吗?那座山还没开放,看着近,实际很远,我没答应,命令他们马上下山,否则,错过时间,一切都会错过,天气啊食物啊,甚至性命……月泉开始跟随队伍下山,但她在斯古拉寺附近小便时,不见了人影。

我惊叫起来。要许老三返回斯古拉寺那里,好像在斜对面有个雪坡,那里有渡鸦在滑翔——月泉曾给我电话说过,她很感兴趣的。

许老三嗨一声,采纳了我的建议,马上组织队伍重返斯古拉寺。我拨打月泉的手机,却是关闭的提示音。顿时,那枚深埋在心底的硬核兀地膨胀,尖锐的棱角划拉心胸,久违的疼痛大雾一般笼罩全身,我不由得大汗淋漓。

我会再次失去我的女儿吗?

可怕的询问铁锤一般撞击脑袋。我回答不了。恐惧攫取了我整个身体,搅乱呼吸,抽离血液和氧气。时间慢慢地走过好几个时辰。强烈的烟瘾袭击了我,我身心溃败,坐卧不安,慌乱中,拆掉柜台上标价出售的一包烟,吸起来。陶陶饿了,蛋糕和饼干填不饱她的肚子,她张大嘴巴号啕,见我不大理睬,又一屁股坐在地上滚动。我抱起她安慰，陶陶说要喝粥要吃牛肉饼。陶陶伤心的号啕暂时止住我的慌乱。我洗一把脸，带她离开酒店，去找粥喝。根据手机提示，拐进一个巷道，找到一家专门喝粥的粥店。坐下，再次燃起烟，手机响了。

天，是月泉——

妈妈，我在日隆镇。月泉的声音从手机里传来，拉开我硬塞在胸口的一枚破烂塞子。我扔掉手里的烟。恐惧和疼痛纷涌而出，却在喉咙化成呜咽。她终于有了消息，而且喊我妈妈了。

月泉的确是在斯古拉寺停驻，没有随队伍继续返回。她绕到寺庙背后，往东北方向走，再次看见那个雪坡。幸运的是，雪坡上聚集着好几只渡鸦。大的渡鸦，小的渡鸦，它们聚群，黑漆漆的，栖息在雪坡上。那时，太阳猛烈，穿透了雪坡，雪坡便将黑紫颜色反射出金属光芒。那种光芒……月泉激动，拿出手机准备拍照，然而，渡鸦太机灵了，知道有人在观察它们还在拍照，哄然散开。嚯的一声，大渡鸦展开翅膀飞到半空，翻起跟头，表演飞翔技术。有趣的是，三只大渡鸦并不飞走，而是在空中排成一个圈圈，就在那里上下翻转翱翔。雪坡上的两只小渡鸦前后站着，滑起溜溜板，一边滑翔，一边咯咯叫唤。那咯咯声——月泉强调，妈妈，就是陶陶的笑声，一模一样，若不是亲眼看见，我会以为陶陶就在身边。

说到小渡鸦的叫声，月泉竟然哽咽。我由衷地说道，月泉，妈妈虽然不在你身边，可是妈妈也看见并听见了。

遗憾的是，月泉拍下渡鸦翻跟头的几张照片后，手机却没了电。而彼时，为了继续拍小渡鸦翻跟头的照片，月泉跑左跑右，路线已远远地偏离了寺庙，她迷失了方向。好歹，那处雪坡，布满了冰川的雪坡，得道高僧一般，待在时间的高处缄默入定，在阳光下反射耀眼的光芒，成为她确定方位寻找回路的指南针。

月泉胆子够大的。她觉得机会难得，没有马上寻找回路，而是留下，等待渡鸦再次聚集栖息。她说，妈妈，我太想再次看见那片紫黑色光芒，那光芒……她停顿，深深吸了一口气，继续说，我无法描绘，我只想拍下来发给你和陶陶看，我太想了。

我的喉咙不由得一紧。月泉仿佛知道我激动，说，我知道，就是妈妈理解我，嗯，我只有留下来，耐心等待。然而，雪坡上，小渡鸦嬉戏滑翔，却再也没有栖息一块儿。眼看阳光减弱消失，黑暗降临，月泉不得不放弃等待，去寻找寺庙，而后顺利地返回日隆镇。

那个晚上的粥，我和陶陶喝了两大罐。恐惧和疼痛被抽空后，肚子空空如也。就着月泉发来的渡鸦照片和陶陶的饱嗝声，我喝完一罐冰糖雪梨粥，又喝完一罐鲍鱼养生粥。

晚上，月泉发来一段很长的语音。她说必须坦白——我真的动过杀死陶陶的念头，而陶陶感冒，也是我陪夜时故意不给她盖毛毯使她着凉的，后来也是故意喂错止咳糖浆，见陶陶反应剧烈，害怕了才告诉你。妈妈，我那时想，陶陶的存在是我的耻辱，尤其今年来，陶陶逐渐长大，那感觉越来越强烈，我很矛盾。这次我见到了渡鸦，见到黑紫色的光芒，我意识到自己的错误，非常痛恨以前的种种行为。我讨厌以前的自己，必须说出我的罪过……请妈妈原谅，我爱你们。

这个夜晚，我开始睡得还好，但凌晨时做了一个梦。梦见耀眼的冰川上，阳光浩瀚，光线强烈，刺疼我的眼睛。继而，我视力消失了，眼前白花花的，什么都看不见。我大声地喊陶陶喊月泉，隐约地听见月泉回答的声音，我很好，妈妈。我闭眼休息一会儿，睁开双眼，发现冰川突然分崩离析开始融化，水流先是潺潺若溪流奔涌，接着是滔天大浪劈头盖脸地打来，那些浪流在高峻的悬崖上挂出长瀑布，而月泉却被卷入瀑布中，她伸开了双手喊"妈妈，救我"。可是，垂直而下的瀑流，携裹在其中的小人儿——那么小，小成婴孩，她在跌落，还在呼救"妈妈救我"。那小不点,穿着睡衣,刚从深夜的梦中醒来,发现旁边既没有爸爸也没有妈妈,于是她哭起来,爬下床,接着爬上飘窗,朝虚掩的窗口继续爬,终于她被深夜的洪流携裹……

砰。落地声。破碎声。

陶陶。心悸中,我呼喊着惊醒了,浑身都是汗水。我坐起来,喊声还在我身体里回荡,久久不肯离去。泪水和汗水打湿了我的脸庞和头发。旁边的陶陶咂吧嘴唇,发出甜美的呼呼声。我右手搭在陶陶的肩膀上,心中却在呼喊,陶陶,妈妈对不起你。

那个在深夜醒来爬窗户跌下12层楼房的孩子,名叫陶陶,是我的亲生女儿,她才一岁半。我那晚值夜班——是为了后天晚上参加一个宴会故意调来的夜班。而陶陶的亲爸尤鹏飞,被一个女人喊去约会了。那年春季,二十四岁的我身心破碎,沉溺于抽烟。深冬时,收养了月泉。月泉早产陶陶那年,我参加了匿名戒烟协会开始戒烟。

十二

十月六日我回到疗养院上班。

我只请了三天假,虽然中途续了假,也向老人说明了情况,心中还是充满歉意。毕竟这护理工作,在乎的就是日常陪护,请假这么多天,有些违背情理。

我的歉意马上被愤怒代替。

钱多多死了。

老人的语气冷静且简洁。钱多多四号下午在三楼阳台上玩耍,跌下去摔死了。

怎么可能?钱多多是只猫啊,一只猫怎么可能摔死?扯白话都不打草稿,当我是日本鬼子啊。我反诘,语气火爆且尖锐。

老人垂下眼睑,不再搭理我。一口气抵在喉咙,让我恨不得大声喝令他说实话。但是,我忍下了这口气。我跑到阳台去看,阳台、窗棂、下面的水泥地面,不见任何血案的印记。我返回客厅,站在老人面前,睁大眼睛打量乔爷爷。乔爷爷继续沉默。我的理智提醒我,钱多多被人谋害而死。凶手——乔爷爷?不大可能,乔爷爷喜欢钱多多,不会置钱多多于死地的。

转身去找鲜仙。

老人的声音却从后面传来。多多已被收尸,埋在我家屋后的花圃里,对不起,我没照顾好它。泪水冒出,冰凉地滑下脸庞。我现在要弄清楚的不是它的坟冢,而是它的死因。我拔腿跑起来。

鲜仙不在办公室。我拨打手机，没接。上了趟卫生间，再打，她还是不接。慌乱中，我绕到后面的亭子里，突然想起什么，拨打梁志的电话。联系上了，我要梁志把电话给老鲜。

钱多多——那只陪伴乔爷爷的橘猫怎么死的？我冷硬着口气问道。

老鲜又鹅鹅鹅了，说些场面话。我不客气地纠正，这是在她的地盘发生的命案，你不可能不知道，要是不说清楚，我就找来，要你当面说清楚。老鲜不高兴了，但梁志肯定在一旁说了什么，她叹口气，就说，我也只知大概，反正是死了，就一只猫，乔家说愿意赔偿，你开价就行。

说完她结束了通话。我再次拨打她和梁志的电话。梁志接了，告诉我，那只猫的确是被人从窗户扔出去，摔在水泥地上摔死了。那个人是谁……梁志要我等下，他可能去问老鲜了。两三分钟后，梁志才回答我，鲜仙不告诉我，她要你问乔爷爷本人去……不过，你这丫头也别太为难人家了。

这梁志。然而，真不怪梁志。

我问老人，谁摔死了钱多多。老人不说话。我开始收拾自己的行李。老人惊讶地问我，你要辞职？我们有合同，没到期限，你要……？我冷静地答道，我如果起诉呢？

老人笑了。他在笑话我的孩子气。就一只猫，还起诉——真是气话，我自己也知道。但我真不想干了。老人放低声音劝道，别，我赔钱，你开个价。我答道，我只要求真相，你老乔肯定不是凶手。

乔爷爷摆手，要我坐下听他说话。

他张了几次嘴巴，也没说到钱多多，最后要求我带他回他的家看看。我带着乔爷爷回他的家。我们在他家后面的花圃里，找到一座崭新的坟冢。已经恢复生机的花圃，红白玫瑰，各色秋菊，还有冷白姜花，开得姹紫嫣红。鲜花丛中的坟冢像模像样，碑牌上书写"挚友钱多多之墓"。老人坐在轮椅上作揖，我的气也消了大半。

她也很后悔，后事是她亲手操办的，她跟我说，请你原谅她的冒失。老人顿了顿，又说，我这个小女儿啊，从小丧母，我们都当她宝贝宠着，就宠坏了。

凶手果然是乔蕙芸。我问老人，她为何跟钱多多过不去？

老人叹气。你总算问为什么了，你当真不认识她？

您的小女儿，我是您的护理工，说不认识都是假话。

老人小声地纠正——我说的是以前。我瞪大眼睛，摇脑袋。老人哦了一声，赶忙搭话，是这样的，我解释下……说着,老人侧过脸庞,看后面的房屋,又四处打量周围,问我这块地盘咋样。

当然好,无法形容地好。

老人说,可惜马上要被征了,他们开的价是——老人伸出手,张开五个指头。我说,五十万?老人纠正,五百万。我咋舌。老人说,所以芸丫头就担心我把这个房子的继承权让给别人。又是家事,我没兴趣。沉默中,老人问,你觉得我会把房子的继承权给谁?我摇脑袋。

老人咳嗽下,说,当然会给芸丫头一半,另一半……另外几个儿女他们生活都不错,我不给他们,我要给——老人抬起脑袋,玻璃似的灰黄眼珠瞪出,视线紧紧地落在我脸上。我吓住了。

老人轻声说道,就是你,章妮妮。

这巨大的反转雪球似的砸在我身上。我完全蒙了。不不,这太荒唐了……语无伦次下,我后退一步,慌忙摆手。

就是四号下午那天我正式拟了合同,她不同意,就在愤怒中抓起钱多多,摔死了它。

我想骂人,却没发出任何声音。此际,已快到中午,秋阳杲杲,穿透竹林照来,在我身上和地面留下斑驳的光影。山风款款迤逦而来,穿行在光影中,缓缓回漾,也恍惚了我的思维。

老人继续说道，我以前不知该如何跟你说，但这次，芸丫头摔死了钱多多，我总算找到一个理由，就算我们乔家赔的——也不大合适，总之，这份歉意我们乔家必须表达，否则，我死不瞑目。

我完全蒙了。老人这话，哪跟哪啊，我就一个陪护人员，突然间就被老人赠送我……我倒吸一口气。

纷乱如麻，我决定先带老人回疗养院，毕竟，午餐时间快到了。

午餐时，我郑重地表达意见，关于老人房子被征后的补偿，我拒绝馈赠。理由是，无功不受禄，接受无关的一笔钱，实际是给自己找麻烦，给心灵绑上枷锁，那是心债，没必要。我翘起右手食指，指指自己的胸口。老人重复"心债"这个词语，放下碗筷，问我，你真的不愿意接受——我马上点头，阻止他继续说话。

老人转动下灰黄眼珠。又说，你真的不愿意接受我们的道歉。

我皱眉，解释道，与钱多多无关，你老乔从来就不欠我章妮妮的，为何老是强调歉意？

我知道，作为乔蕙芸的父亲，我无法替她赎罪。老人嘴角流出涎水。我拿餐巾纸揩擦老人的嘴角，也堵住老人的呢喃。心中基本明白了一个事实，乔蕙芸与我一岁半的女儿死亡有关。

十三

乔蕙芸约我见面。我拒绝。

她直接跟我的车，跟到我家来了。不是她一个人来的，还有一只小猫咪，橘色，黄绿眼睛，仍然是脖子一圈都是纯白颜色，犹如围上了一条白围巾。她来赔猫咪的。吴阿姨很不客气地赶她走，但陶陶却以为是多多，一边喊着多多，一边抱住猫咪。猫咪任由陶陶摇它尾巴，时不时地发出娇憨的叫声。

本来可以买大一点的橘猫，但是小一点，养起来，会更有感情。乔蕙芸站在防盗门外，解释道。吴阿姨挥舞右手，大声驱赶她滚蛋。我木着脸色，换鞋子，坐到沙发上，也不看她。然而，我眼皮感觉到她热烈的眼神，似乎，不得到回应，她不会离开。考虑到影响，我抬起眼睛。两人眼神对接。她居然点点脑袋，微笑挂在脸上。章姐，明天中午我请你吃饭啊，我跟我爸请示了，在望江阁酒楼顶层的旋转花园。说完，乔蕙芸走掉。

那只橘猫留下来了。月泉周末回家，见到这只小橘猫，许久也没说一句话。我怕她伤心，就安慰说，它代替多多在我们家了。月泉啊了声，站了一会儿，蹲下来逗那只小猫，小猫摇尾致意。月泉说，哪里是代替，就是成长为另外的钱多多，那个大多多在我们家是一瞬，这只小多多将是全部。她抬起眼睛看我，我重重地点头。

因为这只小多多，我赴约单独见了乔蕙芸一次。这次见面并非她所说的午餐之约，而是周末的晚上。月泉留下来在家看护陶陶，我去一个茶楼与乔蕙芸见面。

乔蕙芸跟我讲了她二十年前的一段刻骨铭心的恋情。我听得头疼，然而，我无法离开，既然答应了与她见面，就不会中途离开。多大的事情呢？天都塌过，我还不是走出了废墟？再不舒服，至多皱皱眉而已。

大致是我在孕期，她与尤鹏飞好上的。至于两人如何相识，如何如胶似漆难分难离，尤鹏飞隐瞒得严实，而我的确一点儿也不知情。但是我忍不住在她述说的中途打断了，冷冷地插进一句话，你俩再好，也是偷情，是不道德的。她愣了下，马上反驳道，爱情是另一层面的自由，不能被道德绑架。我后悔自己的搭理，垂下脑袋，继续听她的诉说。

终于说到了我的女儿陶陶深夜爬窗户跌落而亡的事件。她喊走了尤鹏飞，两人在她那里约会。我脑袋发胀，至于她的抱歉和难过我一句都没听进去，但是我坚持不离开。我迈过了那道门槛挺过来了，我怎能将此列为禁区？那岂不是宣布我多年的修行就是失败？我双臂交叉抱在胸前，撑住自己，也挺直了脊椎，缓缓吐气吸气。

乔蕙芸的话再次落进我的耳朵里。

因为孩子坠楼事件，我们分了手，尤鹏飞拒绝与我有任何联系。他那人，看似自责，实则胆小懦弱，怕是被吓出了病，前些年成家有了孩子，见了我就跑，当我是瘟神……要我说，如果治愈是为了冷漠地应付，治愈又算什么？

乔蕙芸轻声点评，眼神转向我，问道：你呢，收养了两个女孩，治愈了？我毫无反应。她摇摇脑袋，喝口茶，继续说，后来我谈过几次恋爱，寿命均短暂，至今单着，年过四十的女中年，也不再奢望婚姻了。

我还是沉默。

乔蕙芸放低了声音问道，你前几年居然辞去医生职务，来到疗养院工作，成为我爸爸的护理。我就想问——你是故意的，是吗？

那股闷胀感觉再次袭击周身，我很想离开，却还是坚持没有挪动身体。好吧，你愿意这样认为，是你自己的事情，我倒听听你还有什么"高见"。我的腹语敲打我的胸腔，又在我的脸颊上浮腾红晕。

我爸爸总是偏袒你，认为你啥也不知道，连我是谁也不知道，怎么可能？你认识我的，肯定认识。她的声音大起来，眼睛瞪出奇怪的光亮。我摇脑袋。她喃喃道，怎么可能？我无法理解。

我不知怎么就着急了。我尽量克制情绪，慢着声音答道，你从没反省下自己的行为，曾给别人带来怎样致命的伤害，你的心是铁打的吗？你体会不了绝望，也无法产生同理心去理解他人，包括你的父亲。

她怔住了，塌着半边嘴唇愣在那里，眼睛里的焰火也熄灭。也就半杯茶水的工夫，她复活了，说道，你一直咽不下那口气，当然咽不下，就找来了，极力讨好我爸爸，一直盘算我们家的房子……

我摆手，要她问她老爸去。我才不想要，那份协议我拒绝签字，你老爸没跟你说啊。

她又愣住了，接着表示不相信，并说，就算你说的是真的，但我老爸脾气死倔，你肯定摸透了，他决定的事情没有不实行的，只不过迟早的问题。

她叹气。我冷冷地坐着，不断看手机，提示她时间不早了。她偏起脑袋，似乎在思考什么，喝口茶，又说道，唉，我怀疑我老爸喜欢上你了，你该不会将来是我的……

我站起来，很想给她一个巴掌，但我忍住了冲动，收回了右手。她说得没错，如果治愈是为了冷漠地应付，治愈又算什么？于我于她，治愈都是终生课题，然而，她似乎以为她不需要治愈。事实更接近，那场恋爱掏空了她的智慧，而后遗症留下的余毒，日积月累，二十年来蔓延在周身了。

她跟着站起来，继续说道，我爸爸总觉得亏欠你，觉得我们乔家亏欠你，一直劝说我，要我找机会跟你道歉。想想也是，总归是我的错，跟你道歉了。

我摆摆手，拿起坤包，离开了茶座。

她的声音追来，你要原谅我，尤鹏飞最后并没娶我，他是个懦夫。

十四

乔爷爷几次找机会跟我说乔蕙芸，我都打断了。他很失落，以为我拒绝原谅乔蕙芸，甚至恨死了乔蕙芸。

我无法解释，也不想解释。

但我意识到，如此三缄其口，他作为父亲，为女儿的行径而抱责的心理会越发严重，越发想用金钱来弥补。不如找个机会跟老人交流下我的看法，如何交流……就在这样的思考中，时间慢慢走过，走到了年底。元旦快来了。

月泉又要去日隆镇那里，这次，她的目标是玄武峰。我想起来，上次向导许老三给我打电话，提到了玄武峰，那里冰天雪地，山势陡峭，偶尔会聚集大量栖息的渡鸦。她要去玄武峰看渡鸦了。月泉说，这次她肯定会近距离接触到渡鸦，并拍下黑紫色的神光发给我和陶陶看。

我理解。月泉去看渡鸦，仅仅为了这样的大鸟？绝对不是。理解是理解，但上次偏离返回路线的短暂失踪，余痛还在。我充满了担忧，只能反复交代她跟向导许老三联系好，做好充足准备。

如果没有陶陶，我会和月泉一起去看渡鸦的。渡鸦栖息时，天光集聚于它们的毛发上，投射出炫目的黑紫色光芒，再反射到遥望者身上并洞穿……

可是陶陶在身边，我不能丢下她。我已经答应陶陶了，再不能丢下她出门。月泉就代我去看吧。这样一想，我的担忧统统被祝福和渴望抵消。是的，月泉快二十岁了，她有自己的想法，并付诸实践。我只能祝福了。

元旦这天下午。月泉已抵达风景区，发给我她抢拍的一张渡鸦照片。冰雪铺满的大地上，晶莹剔透，蓝天似大锅盖扣压住远处的冰峰，那只黑色的大鸟盘旋在半空，只有远行的背影，然而，若磐大翅振翔，天堑即通途，一些不可能的事情均有了可能。这怎不让人向往？月泉又发来一段文字：玄武峰，海拔5383米，位于长坪沟和双桥沟的中部，与骆驼峰、幺妹峰隔沟相望。此次我会量力而行，与高度无关，而是机缘，能遇见栖息的渡鸦，我马上返回。

我交代，必须注意安全，还要提醒许老三，时刻注意天气变化，鉴于你的身体缘故，整个攀峰行程只有一天时间，切记。

元月二号，月泉手机还有信号。三号失去信号，那么她已经在攀峰。我估算，最迟元月四号她就回到长坪沟了。

三号这天，我心神不宁，茶饭不思。我一直口渴，不断地喝茶，想去上厕所，蹲半天却拉不出什么。烟瘾趁机涌来并发起猛攻，我极力克制，整个人不在状态。乔爷爷问我遇到什么事情，我说没事。他问第三遍时，我告知了实情。乔爷爷哦声，眨巴着玻璃似的灰黄眼珠，念叨着渡鸦两个字。他没见过渡鸦，也许还是首次听说，自然不知渡鸦的神奇，也无法理解月泉之举了。他却满心好奇，反复询问，关于渡鸦那样的鸟，关于月泉为何去看渡鸦。我不耐烦了，也无力气敷衍，不客气地答道，您懂不了。

老人哦了一声，拉下脸庞，半天也抬不起眼睛。我跑了几趟卫生间，进进出出，拼命地压制冒出的烟瘾。无聊中，翻出手机看渡鸦照片，老人也要看。我递给他看，随口说，渡鸦聚群时，最好聚在雪坡上，那时最好有太阳，强烈的光线聚焦在它们身上，会反射出黑紫色的光芒，那种紫色……我笑了，眼睛不断眨巴，仿佛真有穿透肉身的亮光照来。

紫光……好。老人喃喃自语。接着又说，月泉有造化，要是我芸丫头也能……嗨，她就是看见，会当作乌鸦吧。

我们随即沉默。沉寂中，老人半闭眼睛，似在打盹。我不断地看手机，完全是下意识的行为。沉默中，不断被茶水填充的肚子又在发胀，便起身去卫生间。老人却惊醒一般，喃喃说道，芸丫头做错了事，你不原谅，我们没意见，但我们还是要说对不起……我关上卫生间的房门。

一天就在焦虑不安中度过。快下班时，乔爷爷郑重地说道，你家丫头拍的照片，记得发给我看。没问题，好事共享。我满口答应。

一夜没睡，挨到凌晨五点时，等到了月泉的信息。她发来的照片，让我不由得热泪盈眶，阳光，雪坡，栖息的渡鸦。金属般黑紫色的耀眼光芒。

接着是月泉的语音。妈妈，我在3800米的雪峰处，一个名叫牛栅门的雪坡,看见了栖息的渡鸦。真是好运气,阳光猛烈,而我就在雪坡边沿,一个大树蔸兜住我双脚,我离它们很近,那黑紫色的光芒照亮了我全身。要是能拍下我被渡鸦照亮的照片,该多好。

相片上黑紫色光芒越过屏幕穿透我肉身,前所未有的轻快弥漫了我。我飞快地回复,你什么时候返回?

我已经返回长坪沟——对了,出发时遇到了梁伯伯他们,回来再说。这里要下雪了,是暴雪,你看我运气多好,全是渡鸦所赐。妈妈,我终于体会到,我是你无可替代的女儿。

我嗯嗯点头,似乎月泉就在身边。激动中,我给乔爷爷转发月泉发来的照片。乔爷爷正在酣睡吧。然而,这样的时刻,一天崭新的开始,黑紫色的幸运之光,见者有份。

天慢慢放亮,我毫无睡意,干脆起床做瑜伽。

一切准备就绪,吴阿姨也来了,我去上班。天空在飘雪,细密欢畅的雪片铺成亮白的道路。途中,不断有微信消息来,月泉的吧。她安全比什么都好,我不着急看,全神贯注地开车。到了疗养院,我点开手机微信页面。

除了月泉的消息,还有梁志的两个长语音。他来语音……我先听他说话。霎时,我的心揪成一团。梁志他们在攀峰，在毕棚沟附近，看见对面玄武峰的一处雪坡上，月泉在拍渡鸦，同行的队友为抓拍月泉和渡鸦的合影，一脚踏空，掉进了旁边的一个沟壑里，生死未卜。

我一时蒙了，来不及听下去，切断，再看月泉发来的照片和语音。

照片是一张合影——月泉正在拍摄栖息的渡鸦。阳光把黑紫色的光芒投射到月泉身上，增加了她轮廓的厚重感，而半侧微仰的胖脸闪烁一层釉光。她多像一尊女佛啊。我毫不犹豫地保存并转发给乔爷爷。

妈妈，我本来不想说梁伯伯他们的，但还是说下，这张照片就是他发来的，我们不是同一路线，不知他在哪里拍下的。他的一个队友，我知道你非常不愿意听到，我竟然遇到了，梁伯伯介绍我们时，我一听那名字就狠狠地瞪他……也许他并不知晓我是你女儿，但是，我必须瞪他，见一次瞪一次，提醒他曾经犯下的罪责不可饶恕。

我颤抖着手指再次点开梁志的语音。我那队友……上次在望江阁酒楼接风的尤鹏飞，记得吧，我们那时就在商量攀峰之事，没想到他为了拍月泉的照片摔下去了，现在正在救援，操蛋的是，马上就要下大雪了……

是的，白雪普降，轻轻地落下，附着大地万物，无限扩大的雪将所有现实宣布为过往。

乔爷爷的电话来了。他问我是否快到了,又说,在下雪,你注意安全,另外,我把照片转给了芸丫头,她知道那是渡鸦,说一般人难得近距离见到……

倒　立

上

她刚满四十二岁，还算年轻。但，二十二岁女儿的母亲这个事实铁板钉钉地显示，她老了，而女儿瘫痪在床的惨状又严重加持了老态。眼前无端会多出镜子，她不看也清楚，皱纹、黑斑、白发、眼袋、沉郁……事实是，女儿龙青青十五岁那年夏天从学校五楼摔落的瞬间，三十五岁的她便提速了老态步伐，那一刻之前，她仍是县市大型舞蹈活动的领舞。

她不喜欢镜子，也不至于厌恨。镜子人来疯地跑到眼前公告身体真相，她也习惯，却仍旧垂目不看……不是衰老，而是衰老带来的怵目悲凄，她拒绝。但谁又能杜绝悲凄？这些年，她常常将自己与单位同事对比，下意识地对比下，拈出命运的奇崛无常。看吧，文化馆的馆长被查出经济问题去坐牢了。副馆长倒是安全抵达退休彼岸，可是儿子快四十岁了还没成家，巨婴一个，回家还跟母亲睡一张床，临母亲参加同学聚会和老年夕阳红旅行什么的，也屁颠屁颠地跟着。坐在对面的老王搞摄影，在赴藏途中把自己挂掉。这种对比，成功地在命运的铁管中抠出一丝缝隙，呼吸也不那么紧促了。

整整一年的求医治疗，十六岁的龙青青被宣布，以后只能躺在床上了。胸部以下的身体都死翘翘，排泄器官也坏掉……那是比婴儿还麻烦的生活。她申请内退，条件却不符合。三十六岁啊，年轻着，身体也健康，内退办不成。但打卡上班肯定不行，单位也默许了她的不是退休胜似退休的上班模式。文化系统复杂，在于心眼忒多，逢到她这样的情况，看一眼就头疼，复杂也简单了，随她吧。何况，一个跳民族舞的舞蹈老师，也不可能整天坐班。如此，时间锁在那八十六平方米的二居室里。早上五点四十起床，淘米熬粥，洗衣服，给龙青青换尿尿袋洗脸擦身喂粥……一溜地忙下来，八点钟早过去了。还没结束，如果有太阳，床褥和枕头要拿到外面晾晒，再打仗般地咽下稀饭和馒头，而后转战菜市场。天气好，出门时就交代龙青青，好好躺着，我回来带你下楼晒太阳。

通常十点钟,她先将轮椅推下楼,再抱龙青青下去。没换电梯房之前,她也抱青青下楼,可屈指可数。太麻烦了,七楼抱上抱下,真不是滋味。首次下楼时间长,一步一顿,晒了一会儿太阳,又慢慢上楼,算是圆满。第二次是下午,下楼时,没看清脚下的台阶,踏空了,双手死命地举起龙青青,却把膝盖磕破。她忍痛抱回,龙青青却坚持下楼。膝盖异常地疼,移步都困难,她只好许诺,膝盖稍稍恢复就下楼去。恢复时间漫长,等待中,龙青青的哀求变成了厉声呵斥:段芝秀,抱我下楼去,抱我下楼去。第三次,她异常小心,靠着墙壁,婴孩蹒跚似的试探地下楼。那时,膝盖余痛还在。第四次央求丈夫龙东升抱龙青青下楼。龙东升和她一起带着龙青青下楼晒太阳,太阳不大,却如裹了棉布的铁锤砸在他们身上,砸晕他们,彼此无话。自此,龙东升再不。龙青青双手捶床,高声斥骂,龙东升你这个狗东西,晓得你心思都在那些绿茶婊身上。

三十七岁那年,段芝秀理清楚一个事实:龙东升说他的任务是挣钱养家,屁话,家里固然需要钱,可钱之外的东西更不能少,他呢,无论从哪方面来讲,于这个家基本等于无。就拿钱来说,龙青青摔成重度残疾后,学校赔偿了四十八万元,而当年就被龙东升抠掉十万元,干啥了?羞愧,拿去抹平他惹下的豁洞了。龙东升在职高教书,职高女学生永远十七八岁,他的风流韵事恰如春上柳绿意不绝,出了漏洞,就拿钱去补。家里是有存款,却总遭遇他的吸星大法而透支。谁晓得接下来,他的吸星大法还会吸走什么?她决定卖掉这个房子,换上出入有电梯的,不要新房,二手房子即可。卖房的钱再补上二十万,住进了电梯房。

她与龙东升离婚,条件是,买新房补上的二十万元由他填补。不到一个星期,龙东升送来一个存折,四十万。二十万是买房子的钱,另外二十万是留给龙青青的。从此,他与这个家两清。

龙青青要段芝秀别收那存折,否则,她会咬舌自尽。段芝秀连说,不收不收。龙青青粗着喉咙笑了,笑出鸭子般的嘎嘎声。这些年来,她的嗓门一天比一天塌,声喉硬涩,活生生地演绎白居易的诗句"呕哑嘲哳难为听",她顿感恶心又愤怒。那笑声扯出泪水,索性放开喉咙啊啊啊地练嗓门,胸口却呼不过气来。段芝秀心疼地安慰,别哭别哭,我不收就是。龙青青停止哭泣,张大嘴巴喘气,又咕哝,这下好了,不能大笑,还不能大哭。段芝秀双眼满是泪液,赶紧说,别,要哭我替你哭。说着,双手捂脸,回到客厅沙发上呜咽。龙青青哎哎叫道,你哭丧啊,龙东升想一次性买断,偏不,要他日夜不安。

客厅里的呜咽变成了号啕。龙青青右手敲墙壁和床头，轰轰响的敲打直抵耳膜，段芝秀你是在哭我拖累了你吧，没有我，你也活得憋屈。

没错，龙东升就爱拈花惹草，惹出的破事一桩接一桩，段芝秀烦恼着。但此时……段芝秀不哭了，幽幽吐声，以后我当他不在这个世上，赶他走正好，他才不会心不安。龙青青想了一会儿，双手在空中拍响。段芝秀，你收下那存折，当是捡来的。

试着请过保姆。段芝秀跟龙青青商量请保姆的事情，龙青青连声答应。保姆三天后被吓走。前两天还没事，第三天上午，龙青青睡着了，保姆带上房门上卫生间、拖地、洗衣服，坐下来喝茶，突然听见房间里的呜呜声，起初没在意，接着又听见呜呜声，推门进去。龙青青用枕头和被子把整个脑袋都捂严实，双手还用毛巾（那是放在枕边擦嘴巴的）反绑，压在背后。大概时间长了，太难受，不免发出响声。保姆拿下毛巾、枕头和被子，仍见龙青青的脸发黑，便打电话喊回出去买菜的段芝秀。段芝秀赶回家，龙青青基本缓过气来，嘴唇张开，不断换气，却在换气的当儿说道，谋杀本尊太容易了，你们随时动手。保姆一愣，随即反应过来，跺脚骂道，你这瘫子，我为么子杀人，心肠恁坏，幸亏瘫在床上爬不起来。骂完转身就跑，也跑掉了所有保姆的路。

你想累死我。段芝秀嘀咕。龙青青嘎嘎地笑几声，笑完张嘴吐气，轻声说，本尊不是怪物，受不了那目光，只能拖累你了。段芝秀点头道，没事，人活着都是挨时间。

十九岁生日那天，龙青青要段芝秀给她化妆。段芝秀却找不到化妆品，除了一瓶大宝乳液和蛇油护手霜。口红、眉笔、眼影、BB霜、腮红，以前都有，但搬家时她全扔了。用不着，不如扔掉。段芝秀左翻右翻，实在翻不出什么，只好出门去买。龙青青喊道，段芝秀你算了，你都不化妆我还化个啥子。下午，段芝秀买来一套化妆品，龙青青听话地任段芝秀摆布。十九岁的女孩子，稍微装扮下就是美人。龙青青看着镜中的俏人儿，眼睛亮出火花。段芝秀在旁边赞叹，太美了。龙青青推开镜子，要段芝秀也化下妆。段芝秀拒绝。龙青青叫道，我想看看化妆后的段芝秀，这要求很难吗？段芝秀去卫生间鼓捣，洗脸，拍水，抹精华乳液……她还绾起头发，换了高跟鞋，娉娉婷婷地走到龙青青跟前。龙青青眼睛一亮，很快黯淡下来。段芝秀你化妆后乍看还过得去，但细看……你真的老了。段芝秀撇嘴答道，老了就老了，一样活。

不一样，你不开心才老得这样快，你就是嫌弃我又没办法甩脱，所以不开心。龙青青提高声调，声音硬涩刺耳,她自感难为情,心中恼怒,补充一句,你听见本尊的话了吗,段芝秀?

段芝秀退出房间,没有理睬。再进门,发现龙青青摔在地上,满嘴是血,下唇划出一条长口子。屎尿袋子掉在一边,污秽流淌,浓烈的臭味冲撞眼睛鼻子和嘴巴,像是一记重拳打在脸上。为么子,你为么子啊?她蹲坐地上,颤抖着声喉,双手去抱龙青青。龙青青推开她,血液中的嘴唇微微抖动,抖出模糊不清的话语,我死了,你眼不见心不烦,就开心一些。

段芝秀喉咙爬进万千虫豸,胸中的一股气却冲不出来,在体内乱窜,身体不由得颤动,脸颊痉挛一般哆嗦。眼眶漫出热流,她说道,你死了我也就死了,这些年来我们绑在一起活着,又怎么分得开?

你什么意思?

我意思是……我替你活着,你也替我活着,我的确老了,却真就是你中年的生活,只是我无法活出你的青春……

龙青青吐出一口带血的痰水,段芝秀拿毛巾给她擦嘴。龙青青混沌着声喉说道,既然你是我中年的样子,我不想那么老丑。

段芝秀抱起龙青青放在床上,拿手机联系医院。龙青青又说道，段芝秀，我们绑在一起了，怎样才能开心一些？

医院120救护车即将来接龙青青。段芝秀拿毛巾擦拭龙青青身体，又清洗房间。忙碌中，心中被"开心"两个字填满。她看见许多小钩子挂在这两个字上，左右晃荡，既在诱惑又让她生畏。可是，龙青青冒死提出了它们，她又怎能置之不理？索性放开了心思。

那么每天一则笑话，再常看喜剧，品尝美食……

都试过。先说美食，龙青青那样的身体，饮食上大有禁忌，几乎以流食和青菜为主，水果和饮品也不能多。否则，排泄不出或者频繁排泄，都让她难受。饮食超有限，再谈及美食，真的是奢侈。太奢侈了。笑话和喜剧是不错。她俩一起看"《武林外传》特效最多的视频"，秀才和郭芙蓉两人的奇葩问与答，一下就将两人推进了笑场。她笑得前俯后仰，床上的龙青青遭遇了波浪似的浑身颤抖。呵呵哈哈的笑声中，那些淤积在体内的气息缓缓排出，可是那气息沉郁，经由笑神经的调动，不免作怪，拉扯笑神经，同时带动其他神经，泪水和鼻涕也涌出。视频完了，人却静默。这次不单是龙青青，还有段芝秀——嘴巴喉咙胸口生疼。也说不上不舒服，就是不习惯。两人相顾无言，凝固的空间和时间布满了蚊蚁的抓挠，轻易地抓破了笑点划过留下的痕迹，忧伤突如其来。龙青青到底年少，眼角的泪水不管不顾，外逃似的奔涌，羞辱她自己。龙青青忍不住怼道，再不要看这些庸俗无聊的喜剧了，它们很坏。

坏？段芝秀不解。龙青青哼一声，嘴巴发出软塌声音。它们明白无误地告诉你，连笑都不配，笑声是多余的，还不坏吗？它们又是啥子东西？谄媚逗弄，小丑不如。

关于"多余"，她俩不算深入地探讨过，也是龙青青的看法，快乐不等于发笑，长期淤积废气的身体僵硬些，猛然遭遇笑点，神经末梢会错位，身体承受不起。段芝秀夸龙青青思维能力强。龙青青抬起右手，轻拍脑袋和脸颊，咽口水，答道，也只有它完好如初。龙青青智商高，残疾前，在学校一直是理科尖子生，曾参加中南地区奥数竞赛获得了一等奖。十五岁那年夏天却遭遇同学突如其来的推搡，身体急速后退，惯性下冲出栏杆，摔下五楼摔成重度残疾。这是痞运。但坏运气选中了她，奈何？幸亏脑袋一点不损。那就好上加好吧，脑袋好使，颜值也要养眼。段芝秀每天工作多出一项内容，给龙青青身体按摩和面部化妆。逢上雨天，窝在小房间里，这项工作也不忽略。龙青青默认并接受，还享受镜中那明媚的高颜值。她对着镜子眨眼、嘟嘴、吹口哨、搞怪……甚至吵架辱骂，还摔破几个镜子。可是，小快乐明显地写在脸上。

段芝秀有时间也给自己化妆，很轻淡，不能化浓妆，要不，看上去越发苍老。这是龙青青的强烈要求，慢慢也就成为习惯。段芝秀你化妆的主意不错，也只不错而已，我们互为印证活着，你好活的作用就大了，你要从根本上好看起来。龙青青叫道。

真是为难。妆也化了，偶尔还佩戴首饰，可是……那份浸入骨髓的老态，她无可奈何，只能让龙青青恶心了。是啊，恶心，这是龙青青的原话，她在某天看见段芝秀化妆后感叹的。皱纹重叠，黑斑丛生，眼袋黑眼圈凸出，皮肤耷拉，五官都挪了位置，妆容丝毫承担不了拯救的任务。龙青青右手拉过段芝秀的手，拉段芝秀到面前，伸手摸段秀芝的脸颊，直嚷，你刚四十出头，四十出头的女人现在好多都是二宝妈妈，你就不能……段芝秀闪回上身，站直，后退几步，臃肿的身体划出一个舞蹈动作，觉得僵硬了些，又连接画出几个，可惜还是缺乏轻盈。段芝秀不服气，双手打开，右脚踢起，不错，还能踢到眉心前面。于是说道，放心，我可以年轻的。

你别跳舞，好像幸福得不要不要的，假。龙青青双手捶床，警示道。见段芝秀愣成一根木桩，松口气又说道，你现在需要的是战胜……嗯，几个舞蹈动作划来划去，轻巧了些，要搞就搞有难度的。

段芝秀拉开房间里的椅子，腾出空地，赤脚一阵小跑，接着双手拉直举过头顶，再放下，深呼吸。准备动作完成后，她说，我下腰给你看，说着，身体后倾，但一个趔趄，她赶紧站直了身体，又挥臂踢腿地热身五分钟，慢慢地后倾身体。她上身逐渐后倾，双手着地，下腰完成了。又是劈叉，也是试了几个回合才完成。她没问龙青青，龙青青也没那么仔细瞅瞧。那不顺畅的动作和歪斜的身体已告知，她在勉为其难。

毕竟六七年没有练习，六七年的时间，心碎、操劳、重枷在身。这样的理由，强悍得咄咄逼人。龙青青体味到了，张开嘴巴，发出鸭子般嘎嘎嘎的声音，似笑非笑。这有什么，脑袋倒立才算本事，手机上的瑜伽介绍，倒立才是让人年轻的最佳方式，你去试。

这……段芝秀有些为难。她学民族舞，基本功里没有倒立，自然从没练过，况且，这么多年来，身体僵硬，完全倒立——血液一下涌到脑部，她能承受？

倒立，脑袋倒立在地上，本尊最想的就是这个，你帮本尊完成。

下

倒立。倒立。

段芝秀在龙青青的房间和阳台连接处铺上一层塑料垫子，对着手机上的瑜伽视频练习倒立。这是动作难度大，开始只能借助墙壁一点点地倒趴，再慢慢缩短身体与墙壁的距离。

整整一年，段芝秀才可以离开墙壁，脑袋在双肘的支撑下倒立于地。倒立是她的日修课，早上和下午分别一趟。龙青青斜着眼睛打量，看着她从艰难的尝试到顺利倒立，龙青青的沮丧、担心和喜悦一点也不比她少。从在墙壁上倒挂身体到离开墙壁倒立，龙青青助威的号叫传入倒立中的耳膜，不再刺耳，尤其是那短促的口哨声布满梦幻色彩。听觉位移了。哪只听觉，还有视觉，都在改变，从角度到距离。这改变恰如逆反，呼吸和血液也是逆反路径。那样的时刻，一切变得遥远，给她一种置身云端的感觉。连思维都多余。她是空的。空的脑袋，空的身体，那些沉滞的废气和积郁随着呼吸动起来再跑出去。空的身体，空的世界，龙青青的声音快要听不见了。

你在看吗？倒立中的段芝秀换完一口气轻声问道。

不看，本尊也在倒立。龙青青回应。

段芝秀就在心中回答,那好,我们一起看看颠倒的外面世界。阳台、阳台上的花草和不可知的虚空……实则虚拟中的看见。她的视线范围只在脑袋周围,所见的也就是阳台瓷砖和墙壁。然而,那虚拟分明真实,空气如云,漂浮物若水滴,遥远的市井声似有若无,切割这虚空……虚空便水流般倾泻于眼前,给她布道,在沉寂中诱导她——只要给出时间,那些虚空将在脑子里发酵,然后充盈体内。你好,倒立的世界。她听见一个声音,在耳际回旋,是龙青青的问候。

再三个月后,龙青青不满意了。她双手捶床,叫道,段芝秀你用脑袋当双脚移动啊。

我不能。段芝秀迅疾回答。脑袋当作双脚——当不了,因为脑袋是倒立身体的支撑点,怎能移动?

笨蛋,倒立好多种,双肘或者双手撑地,以手为脚移动可以吧。

这倒有理论支撑,可以尝试。段芝秀借助墙壁一点点移动,再离开墙壁,双肘撑地移动一点点也行。但真就一点点。不过,倒立姿势太多,手倒立,脑袋倒立,轮式倒立,犁式倒立,桥式倒立……可以变换来做,以求身体平衡,在变换中慢慢移动身体,不失为方法。

试了下,从龙青青的房间到阳台,又从阳台到房间。

额的娘，你神（还是女神？）。龙青青的惊叫声，犹如滚烫的茶水，迅疾消化声喉的沉滞物，前所未有地亮晰。

倒立中呼吸和血液循环，自然强调环境。天气在暖和，龙青青强烈建议下楼去公园倒立。已是暖春，她带龙青青去公园晒太阳。在一片空地上放平轮椅，让青青平躺着。她先沿着轮椅小跑，多少转不清楚，反正是身体发热气息急促时才停下来。热身后，盘腿打坐，通常是一刻钟。这一刻钟，龙青青挺安静，不会打岔，哪怕喷嚏也没有，仿佛她自己也在打坐。打坐是为了凝神静气。接着倒立，轮式最好，双手和双脚支撑倒立的身体，可以交互移动。脑袋倒立必须依靠双肘完成。

观众来了。女人居多，各个年龄层次都有。男人也有，少，恰如点缀。他们惊叹，倒立的见过，可是在倒立中移动身体，少见，还那么长的时间。人群逐渐围拢，隔绝了段芝秀和龙青青。龙青青也不吱声，双眼看天，一如旁边的植物静笃，无疑，她情愿被人群遗忘，兴许还享受那份视线外的自在。

随着人群增多，龙青青的淡定被兴奋瓦解，鸭子般的嘎嘎声和短促顿挫的口哨声时而响起，似乎嘟哝，也似发笑，还似助威。开始，人群会为那声音而惊奇，转而注目，接着听而不闻，继续把龙青青隔绝在外，围成小圈子看段芝秀倒立，还有几个跟着练习。段芝秀却来了主意，在轮式动作中手脚交互移动，冲向人群，人群自动闪出小道，龙青青的轮椅倒映眼帘。这孩子，安然躺着，眼睛呢？嗨，也没像在家里那样看她，闭着休憩，还是上仰看天？

可惜，段芝秀变换倒立体式移动，只能一点点。但也足够，那一点点的距离连通了她与龙青青的轮椅。后来，她尝试画圆圈，只能画出一点儿弧线。于是定下小目标，围绕龙青青的轮椅划出半圆。

五月底的一个下午，她成功地划出一截弧线，龙青青叫道，你真行啊，再移步本尊这里来。段芝秀慢慢移动倒立的身体到轮椅旁，站起来。龙青青已经伸出右手。啪，两人击掌的清脆声惹来围观者的掌声。

时间推移，弧线在延伸。那天上午十点多钟时，段芝秀完成了小半圆的倒立式移动，龙青青怪叫道，我倒立，天空向我俯身。段芝秀没听明白后面两个字，询问什么"fushen"，龙青青重复几次，段芝秀还是懵懂。旁边一个穿黑白格子长裙的女孩子热情地伸开双手，右手在左手上划出两个字，嘴巴跟着解释，俯仰的俯，身体的身，转眼看段芝秀，见她还是懵懂，便不管了，与龙青青交换意见——小姐姐，干脆改成鞠躬好了，"我倒立，天空向我鞠躬",神句呀。段芝秀听女孩子这样说,明白了"俯身"那两个字。龙青青右手伸出,嘴巴坚定地吐出一个字,不。

段芝秀重复龙青青的句子,我倒立,天空向我俯身。

龙青青嗯了一声,侧脸对女孩子说道,你那是神句,我的是独白,各有各的好。女孩子认真地继续解释,我那句子突出了"我"这个主体的内心,更符合独白啊——龙青青右手摆动,打断道,你不会懂我心中所思所想,就是俯身。龙青青的声音涩而硬,女孩子有些尴尬,于是调眼看段芝秀,转移了话题——阿姨,您是小姐姐的妈妈?好年轻啊。说着,朝前面的小径走去。

龙青青无声地笑了,眼睛黑亮。段芝秀心中一动,右手扬起,指指天空,又分别指指龙青青和她自己,说道,我明白你的意思,俯身好。龙青青没作声。以后,段芝秀在倒立中,心中的句子就随同血液一起流向脑袋:我倒立,天空向我俯身。

天气热起来。下午五点钟以后的公园却是浓荫遍地,她和龙青青基本在这时段来公园,在倒立中移动身体。一群女性跟随其后,学着倒立,中年女性居多。那是会一点瑜伽的女性。她们成为段芝秀的追随者,以龙青青的轮椅为直径画弧线。龙青青私下里称为"芝秀倒立团"。

但一个男人走向段芝秀——还在倒立中的段芝秀，恳求道，能教教我倒立吗？我想拜你为师。

段芝秀无法回答，也没有站起来，而是继续移动身体，围绕龙青青的轮椅画弧线。龙青青侧过脸庞，好奇地问男人，你为啥要学倒立？

男人细长身板，背有些弓，头发一半是灰白。那张脸……双眼下方如鳄鱼皮般松弛的眼袋和瘦削的两颊，还有突出在壮年面孔上的老年下巴，船头似的驶进眼帘。龙青青清下喉咙又说，问你话呢？男人垂下的双手交握身前，笑了笑，短促的笑声透露尴尬，也在告知，他不方便说，或者说他此时不想说。

龙青青固执地重复询问。

这个……感觉好轻盈的。男人嘴唇嗫嚅，吐出一个理由，也许觉得不大中听，又自嘲着笑了笑。倒是旁边一个肥胖的妇女说道，对啊，能倒立移动身体，肯定轻盈，不过哪有男人……妇女打量男人几眼，接着说，我也想学，可我太胖了，连弯腰都困难。

段芝秀站起身。男人走上前，继续恳求，还提出学费什么的。段芝秀摆手，断然地摆手——她哪有时间和精力正儿八经地去教别人，何况还是一个男人。龙青青却叫道，段芝秀，你收下这个徒弟，每天就在这个时间段在这里教他。

段芝秀没答话。龙青青还在说，要是下雨或者天气太热，就上我们家去，反正客厅也空着。男人却说，我只有周末才有空，周末上您家去学，晚上有空的话，也去学，按照正常瑜伽费用计算学费。

事情就怕认真，定下来了。男人名叫税天海，周三晚上学一个小时，周六周日下午都来学两个小时。他居然与段芝秀还有点联系，段芝秀在文化馆工作，税天海单位在水利系统，却是作家。闲聊中，税天海有些尴尬地说出"作家"两个字，又自嘲地一笑，再补充，那是以前，发表不少小说，一有时间就写，现在想起来真是乱虚构，我现在不虚构了。龙青青好奇地问道，现在是啥时候，今年吗？为啥说写小说是乱虚构？税天海回答，不是，三年前，说虚构……反正是没意思，自取其辱。龙青青继续问，为啥自取其辱？税天海摊开双手，嘴巴半张，却瞬间沉默。

税天海的细长身材倒是优势，慢慢地，他会打坐，会在打坐中呼吸了。税天海天真地问过，一定要学会打坐和呼吸吗？段芝秀点头强调，一定，打坐和呼吸是为了调匀气息并畅通体内气血流动。龙青青插话，要不倒立时，气血梗着，你就会晕倒，甚至再爬不起来。税天海惊讶地问，青青你也懂？龙青青不以为意地嗤下鼻子——你以为倒立的就只段芝秀？还有本尊。税天海想了想，哎一声，道，那是，你妈妈和你绑在一起活着，好。

秋天时，税天海能倒靠墙壁立起身体了。但离开墙壁还需要时间，段芝秀用了一年时间，她还是舞蹈演员。税天海毫无功底，再加上长期缺乏锻炼，还可能遭遇了什么不测，体内淤积了一些郁闷，能靠墙倒立（公园里，他靠树倒立）还真是超努力的结果。他把身体倒挂在墙壁上，缓缓吐气，再吸气，再吐气。龙青青叫道，倒挂的壁上君，你觉得这比小说虚构有意思吗？他在换气当儿答道，这将是一部现实作品，我觉得还行。

9月23日是周三，不好说的天气，鳞状云上卧着小半个太阳，缓缓移动。下午四点半时，太阳不见了，鳞状云变成积层云。段芝秀在公园里倒立移动身体，手机放在龙青青那里。龙青青接到税天海的微信，紧急求救，我在信访办大门遇到了难事，你快带倒立队伍来这里。龙青青喊道，税天海在向你们求救，人在信访办门口，你们去了就知道啥情况了。

队伍有七八个人，不到四分钟就到了信访办大院门口。税天海靠着一棵樟树倒立，旁边两棵樟树分别靠着一男一女，他们俩手里分别举着一条标语的边角，标语已被撕破，依稀可见"失独父母"四个字。撕破的地方正好牵拉在税天海倒立的双脚上。旁边两个警察站一边，眼睛紧盯税天海。无疑，税天海是信访办的常客，还不安分，在警察那里挂了号。这次便出怪招，不用手举标语，而是双脚举起，还是撕破了看不清内容的标语，就一块红布条。双方就这样对峙。也许，税天海一放平身体站起来，情况就不乐观了。

段芝秀在旁边倒立，队伍跟着倒立，并在倒立中移动身体，将税天海团团围住。标语早飘在地上，旁边两人也不捡，愣怔原地看他们。雨水飘忽，绵绵秋雨，稀拉不成气候，却也满是凉意。

警察不耐烦了，要他们赶快离开。段芝秀带领队伍朝警察移动，慢慢形成包围圈。雨水逐渐淅沥，扯出雨帘。税天海趁机站直身体，啊哦一声，转身跑去公园。随即，段芝秀她们也站起来撤离。

雨水倾盆而下，哗哗啦啦，就像老天爷按下了洗手间抽水马桶的按钮。

龙青青还在公园里，她已全身湿透。轮椅啪嗒啪嗒地滴出水线，下面的地面已漫成水层，轮椅似漂在河流中。税天海抱起龙青青，感觉她的身体滚烫，便疾步走出公园，爬上一辆的士，朝医院而去。

段芝秀赶去医院，龙青青已进了急救室。感冒也不是大事，但龙青青这样的身体……段芝秀满是担心。

急性肺炎。

税天海与段芝秀轮换着照顾龙青青。龙青青对税天海说，这肺炎的账真要算到你的头上，不过，也悔转不来了，本尊若挺过，你以后就一直照顾本尊下去……税天海打断，我正有这样的想法，不知我师傅同意不？龙青青不耐烦地打断，继续说，要是本尊挺不过去，你就……龙青青停住，拿眼看税天海。税天海说，我会照顾我师傅的。龙青青哦一声，又道，她不需要你照顾，我倒觉得她可以照顾你。顿了顿，她继续说，你上高中的儿子死了，老婆也死了，人生没了目标，幸好遇到师傅跟着她练习倒立。

嗯，以后我跟着师傅就这样倒立下去。税天海的应答，似在应景，却还真是心里话。三年前，高三的儿子在课堂上与老师发生冲突，被老师赶出教室，儿子跑出校门，横穿马路被一辆摩托车撞飞。他的悲剧开始。一年后，老婆走不出丧子的伤痛，在车库里自缢身亡。税天海的天空彻底坍塌，他的日常工作就是找信访办。教师被处理，学校也赔偿了，可是，再怎样的弥补也换不回妻儿的命，"家"这个字成为他的禁忌，心中总会无由地悲凄，一悲凄就朝信访办跑。诉说、争吵、静坐。去年底，他去信访办，接待人员被找烦了，忍不住说，税天海你又来了，真当信访办是你的家了。"家"字一下就点燃了税天海的怒火，他站起来，挥手扫走办公桌上的茶杯和文件，还不够，又勾腰掀翻了办公桌。情绪坏掉，摧毁一切，他什么都干不了，更别说写小说了，连跑信访办也只是下意识的行为。有时候在深夜，他站在窗前会考虑，是不是该随妻儿而去。

然而，他在公园溜达，遇见段芝秀，看她倒立行走，在龙青青躺着的轮椅前画弧线画半圆。人生的铁屋子似乎开出天窗，他生锈的身体遭遇新鲜的空气，兀地滋生兴趣。倒立。倒立。几个月下来，身体真的能倒挂于墙壁上。倒挂的壁上君。这带来奇异的体验，自己快要成功地逆袭沉滞若铁的肉身。谁晓得，他的贸然求救却给龙青青带来致命的打击……

这个秋季，龙青青急性肺炎好了，感冒却纠缠不休，在吃药打针中勉强挨过寒冬。年底时，呼吸道再次感染，带走了龙青青的生命。

段芝秀陷入无限的悲伤中。这些年来，她们母女绑在一块儿了，已不分彼此。现在女儿龙青青走掉，也带走了段芝秀。段芝秀不吃不喝，人瘫在龙青青的床上，僵成一块石头。税天海联系好殡仪馆，细心地安排后事。停放了两个晚上，准备翌日上午举行遗体告别仪式。段芝秀还是无动于衷。他坐在段芝秀面前，陪坐了半个时辰，却无话可说。离开再去殡仪馆时，他说，明天上午还是一起送龙青青最后一程吧。段芝秀答应了。

第二天清晨，段芝秀煮了稀饭吃了，化了淡妆，换上黑色的瑜伽服和瑜伽鞋，只身来到殡仪馆。真巧，守在那里的税天海也换上宽松的瑜伽服，全黑色。两人一对眼，便前后围着安放龙青青遗体的棺材倒立绕圈。离开了墙壁，税天海做不了，只能跟在段芝秀的身后，做前倾折叠式，边折叠边走动，恰如鞠躬，如此反复。段芝秀倒立的身体完全清空，久违的虚空水流一般涌来，在她身体内布道。她脑袋空下来，思维也是多余的。她不断变化倒立体式移动，而每一次不同体式的移动，龙青青的喊叫就炸响耳膜：我倒立，天空向我俯身。

几乎一个多时辰，围绕棺材，倒立的段芝秀成功地画完圆圈。

她站立起来，双手作揖。曾经逆反角度和方向的世界停驻体内，还在清空她的身体和脑部。税天海将一件长羽绒服披在段芝秀的身上。

砰。税天海请来的超度和尚敲响了钟磬，浑厚的世声入耳落心。段芝秀退一旁，穿好羽绒服，挨税天海而站，迎接前来送别龙青青的亲朋好友。

治愈期

一

她经过时,扑哧的呼气声让我想起脱离水面的鱼。

晨曦中,那娇小个子在跑步中跃出轻灵,细节就凸显了。一头乌发唰唰向后飞舞,双臂划桨般甩动,而扑哧呼吸的加配,合力推出了刻意。颈椎还是肩椎,或者双臂,甚至整个身心——不适?不只不适,还有气血沉滞带来的疼痛。这点,我早有认知。

一个乏善可陈的晨跑者,我没大注意,她却要我去看——已经跑过的她,转过身,再回跑一两步。脸庞渗出的汗水遮蔽了她中年的皱纹和黑斑,暂时获救的年轻和活力使她在时光隧道里退后,再退后。

是她,周一舟。我紧闭嘴唇,等待她的相认。

燕缺，没想到遇见了你。周一舟的脸上荡漾着轻浅的微笑，盯着我的眼神眨巴下，再缩回。

相认止于问候，亲切留下余地，没发展成可怕的亲热。我喊了声舟舟姐。短暂的停顿中，她坚持沉默，将说话权交给了我。我又说，舟舟姐来华科学习？你还是那么上进。她笑了，右手挨下我右手，又滑到拐杖上。

你还好吗，燕缺？哦，应该不错。她的目光逸出一丝怜悯。我木然的神情迅速地切掉那丝怜悯。她扬起右手作别，转身，跑步离开。

当然好啊，要是不好，你不会遇见也不会认出我。我拄着拐杖一步一步向前。晨曦变形，饱满的秋阳挂在我额头上。它是镜子，映现我的微笑和回答的促狭、仓促。我却不会自责。燕缺早学会了不责备自己。

一步步朝前走，直至路的尽头。这条道路笔直修长，我走了两三年，却不知其名。也许我记过，它却没留下印象。这不是问题，有名无名都改变不了道路的实质。道路于我，就是依靠拐杖挪动脚步一步步向前……看，快到尽头。尽头右侧有个花园，里面另有小花园，姑且称为秘境吧。

有意思，墙角竖立的木桩上，挂有一块牌子，牌子上真就书写"秘境"二字。秘境林木幽深浓荫罩地，四周栽有梧桐、桂花、樟树、红枫和银杏。这些古老而高大的乔木挑起红黄绿颜色，斑斓着秋日之晨。而伸展交接的枝叶，围墙般围出长方形的空间，里面辟出小方块道路，道路边安放了长条椅。年代久了，长条椅油漆剥落，斑驳纹理若耄耋老人脸庞的皱纹。

它们一起养育了寂静。这接近阴森的寂静总在特定时段拒绝人群。

通常，清晨的秘境里我会完成一天的锻炼计划。

走完一圈，丢下拐杖，平躺在条椅上锻炼脊椎骨。钢针抓牢的脊椎还有韧性。韧性即伸缩，亦苟延残喘，亦奇迹。我信任并渴望奇迹。放倒身体平躺，双臂伸长打直，再拉伸……疼痛袭来，霎时贯穿周身。疼痛是个怪物，但是，适应了就好。双臂后拉，没有足够的椅子接住。不要紧，虚空里的椅子，可以无限长。我在假设，却将假设成功地焊接出现实。汗水渗出。我放低腰肌，尽量将它挨着木条椅。大口呼气，再放低背部紧贴条椅。汗津津的脸庞滤去衰老，暂时获救的年轻和活力让我在时光隧道里退后，再退后。

此时的燕缺年轻无比。

需要说说我的青春吗？当然，我指的是那几乎称得上少年的青春。十四五岁，发育成熟的我，高挑，丰满，满脸英气。那样的女孩子通常也清傲，而清傲标注了她们的本事。优秀，做什么都优秀，天生被人仰慕和妒忌。如此评估般的回忆避免了大小细节，我以如此身体来回望细节的繁缛，真是反讽。但我还是窥见那张朝气蓬勃的脸庞，清澈的眼睛、高挺的鼻梁……我忍不住惩罚自己，不由得弓起背脊。钻心的疼痛下，右脚落到地面，身体不由得倾斜——我右手伸出，撑住自己。

还好，没摔着，还站稳了脚跟。轻松袭来，我站直身体，双臂朝上举起，再合拢，尽可能地拉直并提升脊椎。

嘚嘚的脚步声传来，越来越近。一个人影慢慢映入我眼帘，接着是清晰的脸庞。乌发在晨风中分开，汗津津的脸庞发红，眼睛瞪得大而圆。

又遇见了她，或者说，她寻来遇见我。还可以说，某些缘分，要我们共同选择清晨的秘境。我们几乎同时点头又闪开了眼神。她跑向另一张长条椅，也平躺睡直，在虚空中笔直地打开双臂。

疼痛灌满周身，我吸气吐气，接纳并将它消解为麻木。十个深呼吸后，我放下双臂，静静地站立。

清风被阳光镀金，缓缓吹拂，落进心胸。它吸纳了清晨锻炼者的汗水，兴许还吸纳了苏醒过来的植物的血液，竟吐纳出丝丝咸味。它给我身体输入盐水，那么及时。我致谢——蹲下,脚尖跐起,双手合拢祈祷,再慢慢扭动腰肢,尽量靠左。疼痛驾到……它多么熟悉我的身体啊,在体内各处安家,一名常驻客。

继续——跐起脚尖,双手合十,扭动腰肢尽量靠左地祈祷。汗水快要蒙住双眼,恍惚下,脚尖霎时失却重心,我坐在地上。

她啊了声,跑过来,伸手准备搀扶我。

我摆手,慢慢站起来。

二

没想到,在华中科技大学培训遇见了燕缺。

她那样的身体,站立起来了,还能拄拐杖走那么远的路。走远不说,居然能练习瑜伽的拜日式。

她摔倒在地,我准备帮一把,却被拒绝。好吧,她的执拗、反感和坚韧,都不出意料。我垂下双臂,看她手掌撑地,慢慢地站起。那时候,清晨的秋阳还很娇羞怯弱,而她脸上的汗水摔在地上摔出了炎热的质感。我退后一步,下意识地翘出大拇指。

瞬间,我意识到我的驻足观看大大不妥,便退到锻炼的原地,继续拜日式的练习。她没问题的,凭我的了解——不,应该说"熟悉",我熟悉这女孩……

我们曾是邻居,在江城的农机大院里共同度过了我们的童年和少年。我年长燕缺五岁,与她的姐姐燕小七同龄。燕家两姐妹是我们大院的骄傲,漂亮机灵,学习优秀,还能歌善舞。燕缺还打得一手好排球,擅长主持。你能想到,学校和市级一些大型的活动中,小燕缺就是不二人选,不变的C位主角。换言之,她从小就有明星气质。年龄上讲,我是她的姐姐,仍被她焕发的耀人光彩而吸引,像她的同龄人一样仰慕她。那种仰慕……那时的我总觉得老天爷不大公平,多给了她一些优势,如此心理实则暗含了妒忌。

燕缺一直是学霸,高三还没毕业就被保送进……就是这个大学,华中科技大学。这么说来,她出事后,还在这个大学上学,甚至毕业后也在此工作。不管怎么说,她二十岁时遭遇的车祸彻底改变了她的人生。嗨,致命的车祸。

秋末的一个下午,燕缺乘坐公共汽车,右手搭在头顶上的吊环内,吊环匡在一根长钢条上。公共汽车拐弯时,却被一辆失控的超长大货撞翻。大货车马力大,惯性下的碰撞使公共汽车立马失去控制并变形,里面的乘客被撞得七倒八歪,有不少被弹出车内摔在地面。而那根钢条扶手折断后,被注入猛烈的速度,弹出变形的公共汽车车身,斜插进一个躺在地面的乘客的腹部……那位不幸的人就是燕缺。

燕小七转述的。那时,燕缺正躺在医院里。燕小七在上海读研究生,我回到了江城教书。但我们联系频繁,燕小七说到了燕缺的车祸,我这个仰慕者惊讶之余,不免追问车祸带来的不幸。我纠缠于"不幸",绝不是幸灾乐祸,而是惊讶——上帝也有出错的时候。

我询问着急,燕小七就反问道,你为啥这样感兴趣?要写新闻报道?

我一个女教师,写啥新闻报道。感兴趣嘛,是因为我把燕缺当妹妹看,是的,我早将她视为妹妹了,姐姐关心妹妹不应该吗?还有个原因我没说出,我以前经常说,现在燕缺遭遇车祸我就不说了。那就是,我和燕缺长相有些相似,瓜子脸,大眼睛,尖下巴,只不过燕缺的鼻梁更挺直,但我的额头饱满些。如此区别下,我的长相也算漂亮,燕缺就是美丽了。现在她莫名遭受车祸,运气拐了弯,大不吉。我忌惮,也就不强调这相似的模样。

姐妹之说让燕小七激动,她勾起食指敲击桌子。咚咚咚的敲击声富有节奏,压着话音,让我一再紧迫听力。

那行,你去医院看看——啊不,千万不要去,燕缺自尊心超强，你要是去看她，她会认为你是想看笑话。

燕小七在提醒我。燕缺那傲娇样，平时对谁都爱理不理，我们虽住一个院里，她可曾对我多看一眼？而我趁她遭难时去看望……简直了。燕小七见我纠结那场车祸，又懒得细说，想了想，哎一声，提高了声调，燕缺遭遇的车祸，大致像一个人的翻版，叫啥……燕小七挂断电话，不到两分钟又打来，吼叫，真是他奶奶的翻版，车上也有燕缺的男朋友，那小样倒没事，却作践，当时送燕缺到医院，后来跑掉，再也找不到人了。

我在网上寻找那个被燕缺翻版了车祸的人。她叫弗里达。

那场车祸因为弗里达而著名，曾被媒体如此报道：一九二五年九月十七日下午，墨西哥城刚刚下过小雨，一辆公共汽车行驶在街道上，朦胧的雨线中，一辆迎面而来的电车脱轨，撞上了公共汽车，并将公共汽车碾轧变形。乘客被弹了出去。弗里达正在汽车里面，没有避免被弹出的命运。而命运还在加压，汽车上一根折断的铁条扶手从腹部刺入她的身体，并经左侧穿过了她的阴道。这次可怕的车祸，导致弗里达脊椎断了三处，肋骨断了两根，右腿十一处破裂，右脚脱臼并被压坏，左肩脱位，锁骨折断，骨盆三处破碎。

治愈期

弗里达身体裹满石膏，一动不动地朝天躺了一个月。她能重新站立起来吗？医生无法确定。弗里达在几个月的康复治疗后，奇迹般地恢复了行走。

燕缺身体裹满石膏，一动不动地朝天躺了一个月。她能重新站立起来吗？医生无法确定。燕缺在几个月的康复治疗后，奇迹般地恢复了行走。当然，燕缺比较幸运的是，她右脚完好，左肩和锁骨也有创伤，却未折断。可是，疼痛和日常画上了等号。

疼痛如何赋形于日常？我以前没想过，人至中年却充分体味。那是另一种疼痛，隐秘而浩瀚，铅块似的压迫心胸。

燕缺出现时，我第一眼就看见疼痛。或者说，她现身的刹那，疼痛先一步飞进我眼帘。

我到那个冠以"秘境"之称的小花园去做瑜伽，遇见了她。她的拜日式，缓慢、虔诚、寂静。然而，那高举过脑袋的艰难合拢的双手，尽量拉直她的背部。那份努力带着战栗的喘息，不亚于绝境中的求生挣扎。

三

周一舟不是令人讨厌的女子。她是我的邻居，与我姐姐燕小七是发小和闺密。我觉得她顺眼，与我姐姐发小闺密还有邻居什么之类的关系无关，仅仅"懂水"。"懂水"这俗语可理解为"善解人意"，或者"察言观色"。词语不生僻，"懂水"的人却太少，周一舟就特别了。

我在家学习时，她找燕小七玩，会约燕小七出大院去或者去她的家。即便在她的家，她也会半闭窗户和大门，以免影响了我。周一舟有个喳巴子（俗语，爱吵闹的意思）妈妈，又高又胖，为人大大咧咧。让我烦的是，她喳巴子妈妈嗓门大，脾气也不好，常做河东狮吼状，再不济就摔撮箕和凳子以示威风。偏偏这位喳巴子还勤快，睡得迟又起得早。所幸，她忌惮女儿周一舟。周一舟只要在家，就会小声提醒"你小点声音"，或者干脆说，你吵到燕缺了。

她妈妈虽听她的话，不免也质疑，燕缺是你啥子人，还怕吵到她。周一舟的解释是，燕缺将来会是大人物，你不能干扰人家学习。这番话，来自燕小七的转述。她学喳巴子母女俩的对话，活灵活现，却勾不起我的半点趣味，尽管周一舟所定义的"大人物"拔高我不少。怎么说？那对母女入不了我的眼。

燕小七说，周一舟倒真袒护你，也是奇怪，她跟你长相相似。

治愈期

我看燕小七一眼，奇怪她的话前后不搭。燕小七回看我一眼。我俩对上眼的一刻，彼此明白了那话意里的丁点合理因素——袒护一个相似的人，可能在袒护自己。

这样一明白，我有时就注意她了。

挺平凡的一个人。优点也有，就是专注。她老是拿个笔记本，观察院子里的树木和树木上的天空，然后记下来。还有，每天天蒙蒙亮，就起床跑步。她喜欢跑步，即使小雨小雪天也不例外。跑步时，身体会分泌多巴胺，能保持心情的舒畅，跑步能健身美体，还能够缓解女性的某些隐秘困难（比如经痛）……她为何跑步，我不清楚，也不求证。话说回来，一个坚持跑步的女人，坚持到中年，即使在外学习培训也不放弃，肯定是优点。看看，中年的她，仍然娇小和轻盈，这就是专注和自律的馈赠。

说来，她留给我较深的印象是一句话。

那天下午，结束一个化学竞赛，我回家较早。刚踏进院子便愣住，周一舟拄着拐杖，慢慢挪动左脚，在院子里兜圈。右脚打了石膏，石膏上缠了纱布。那脚，悬于左脚与拐杖之间，是走路踏空扭了筋骨，还是遭遇重物的挤压？或者患病动了手术？

我不想询问，也不会询问。按照常规，顶多瞥一眼就走过去了。我却一时愣怔，猜测浪花般困住双脚。我驻足的瞬间，周一舟停下来，拐杖撑直她的身体，她仰起脑袋笑了，一颗小虎牙迅疾地接电阳光，闪烁炫目光芒。我眼睛有些发花，脑袋也在发晕，便继续驻足。

她轻声说道，我会治愈自己的。

我顿时惊醒，快步走开。那句话突兀，当时划了下我的耳膜（划过就划过，以后许久都没出现在记忆里）。自然，她治愈了她自己，那也是她自己的事情。而我二十岁那年遭遇车祸后，在病床上醒来，脑海兀地闪现这句话。

我会治愈我自己的。我对着天花板说道。

周一舟这样的女子，你能想到，学习成绩中等偏上，其他天赋看不出来，而专注和自律这俩特点决定了她中年后的生活会呈现质量。

为何是"人过中年"？她的遭遇，我知道一些，后来的……家庭，燕小七也跟我提过。

首先是周一舟父亲的事。那位老周，与他老婆的身形相反，瘦瘦的，性格也沉默，脾气呢……不好说，平时安静，但爱喝酒，酒醉了就会诉诸武力，对妻女拳脚相加。周一舟的妈妈觉得老周挣钱多，宝贝他，平时都不让他干家务。老周没事就睡觉或者外出钓鱼，不过，这样的机会很少。因为老周是当时农机局领导的司机，保镖似的跟随其后。又哪只是司机，我妈说，老周能耐，还是办公室主任，外加半个财务人员，忙得双脚打转。我妈娘家在农村，总有亲戚找来要买农业器械什么的，她大包大揽，再去找老周。我妈要面子，找老周次数不多，也不是空手去通融。我爸那时开了家车辆修理店，带的徒弟若干，烟酒茶平时少不了，我妈找老周，从烟酒茶到高档滋补品不等，老周点个头，轻松笑纳，颇有领导风范。我上初一那年，领导因经济问题被查而倒台，老周被牵出，也查出经济问题，数额不小，继而失去了工作，倒也没待在家里，很早骑车出门去钓鱼，傍晚回来，就煎鱼吃。哪里是吃鱼？以鱼为佐料喝酒。酒味氤氲在傍晚的院子里，熏得流浪猫昏昏欲睡。还不够，喝到面庞黑红脚步踉跄时，就提着酒瓶子到外面荡去。

日复一日，老周不钓鱼了，整天抱着酒瓶子晃到外面酗酒，再歪倒在某个角落去梦周公。常常有认识的人跑来喊叫，老周在河边醉成烂泥了……周师傅睡在公园里，吐得一塌糊涂……哎哟，今天在河边的一个驳船上看见你家老周，差点被人扔到江里去……

周家三姊妹就分头去找，东西南北的角落某处找到老周，弄醒他，却换来拳打脚踢。继而，老周酗酒越频繁，出手越重，三姐妹多半就随老周醉去。一年半后的一个大雪天，老周出了事。那个雪天，是我们小城遭遇的最大的一场雪，一脚踏下去，足足淹没到脚踝，我们停课放假。老周晚上喝了酒，醉醺醺的，跟老婆吵架，不断地甩她巴掌，周家小女儿三舟就去帮妈妈，被老周拽住痛打。三舟才上小学，经不起酒鬼的疯打，放声大哭，越哭越挨揍。酒鬼一脚踢飞她身体，三舟被甩在院里的大雪上，没有了动静。二舟跑出来，抱着三舟哭号。酒鬼跟跑出来，抱着酒瓶赶打二舟。从院子到屋内再到院子……追着打着，也许转晕了脑袋，奔出院子，不知去向。

第二天上午，他被几个清洁工抬回。湿漉漉的衣服包裹他身体，而身体已僵硬，被清洁工放在院子里的积雪上。他脸上蒙一块白布，与脑袋并排放的还有三颗门牙。血水凝固在牙根，包了红漆似的，就像假牙。那时，太阳冒出了头，胭脂红，是少女脸上的红晕，羞涩，又兴奋得无法抑制。那团胭脂红照在正在融化的积雪上，越发映出清冷和污秽。

周一舟跪在雪水里，抽抽搭搭的，浑身是泥水。她的双手捂住脸庞，一直捂着，拒绝有意无意看来的目光。我能理解，父亲如此暴死，是家人的耻辱，任何观望和注目都是耻辱的翻倍。

跪在雪地里的她一动不动，双手捂住脸庞很久很久。

四

那场车祸剥夺了燕缺的许多优势,大大地改变了燕缺。我也知道,燕缺能够站起来,还能治愈自己。

燕小七出国前,一直跟我热线联络。我们天南海北地闲聊,聊着聊着,我会问起燕缺的身体。燕缺的消息就被燕小七稀稀拉拉地传递来。

你真是关心她啊,燕缺到北京和上海去做了康复理疗,效果很好。

燕缺了不起,瞧瞧,她的脊椎骨钉了钉子,居然站起来了,还能下床走几步。

一舟我先告诉你燕缺的消息,很雷人。她谈了恋爱,对方是个雕塑家,不过,那家伙是个有妇之夫,燕缺后来才晓得,怪恼人。那丫头太投入,居然怀了孕,这下问题来了——她的骨盆本已恢复,却因为怀孕而再次动了大手术。被雷倒了吧?嗨,恋爱差点要了她的命,也只是差点点,燕缺是何人?

你又问到了燕缺。你能想到,那丫头又站起来了,还走起模特步,参加青年艺术家表演,竟然得到一个人气奖。这还是小打小闹,傲娇的是,她又学起雕塑。话说,她还真有雕塑天赋,作品在省级国家级都参了展,人家做啥都出色。

燕小七传递来的消息，的确雷倒了我。而熟悉这棵小树珍贵性的我，惊诧之余，不免惋惜。它完全能长成一棵名贵乔木，条件是，不出大的意外。这个条件被摘除，这棵归属了品种的树木，虽长大，光彩却……没见到燕缺本人前，我只能用上限定词语"被遮蔽不少"。

有必要补充一个情节。四年前的春季，我因教学成绩突出，被选拔为省代表到京城培训。就在那些日子，我慕名去七九八参观，看见了燕缺的雕塑作品。那组摆在展厅的作品已在昨天展览，还没来得及收走。当时，京城的大腕来了不少，还来了一些搞雕塑的国际达人，规格高，反响也好。不意外，燕缺人长得漂亮，还不隐瞒病体，开场就讲明她遭遇的车祸，但是她说，她治愈了自己。这太拉风了，现场简直沸腾。更拉风的是，那组作品被命名为《治愈期》。

我仔细地观看那些雕塑。隔行如隔山啊，完全不懂雕塑的我，哪里知道雕塑是怎么一回事。我却震撼。那组作品是身体器官，分别是：肋骨、脊椎、盆骨、阴道、腿骨、脚踝……我慢慢地挪动脚步。一件作品跃入我眼帘的刹那，石块般击中我的心脏。那是一排牙齿，带血的牙齿红白相映。霎时，一股寒流袭来，穿透身体。我似乎感冒,眼泪和鼻涕纷涌,唇鼻不住地发出哧哧声。旁边的工作人员奇怪地问道,这只是艺术,艺术当然能打动人,可是像您这样的……您很痛苦,对吗?

我点头又摇头。我只是觉得,身体突然遭受了重创……疼痛这种感觉,除了自己,旁人哪能体会?于是,我双手捧住脸,忍住怎么也吸不回去的鼻涕,逃之夭夭。

这个十月中旬的清晨,燕缺在我眼前出现了。

她借助拐杖行走,还练习瑜伽里的拜日式。她的身体里钉有钉子,钉子抓牢脊椎,使她身体挺立。她却不满足,举起双手,又半蹲身体,双手合十,在腰肌一旁扭转。终于她摔倒了,瞬间又爬将起来。

冷静。艰难。稳妥。骄傲。安宁。

她在治愈自己。我一眼就看懂……

少年时,我一次跑步,右脚踏空,脚踝骨错位且骨折,渴望康复的心态下,萌发治愈自己的期待。我每天架着拐杖在院子里溜圈,治愈期逐渐缩短,不久,右脚恢复了健康。治愈自己……人人具备这能力,所谓的生活,不就是被损耗的身心在时光中的双重自我疗愈?看看,我每天跑步,练习瑜伽,哪是所谓的运动,而是被"治愈自己"的心理授权后的不二选择。

现在的燕缺也是。

她还是高冷，拒人于千里之外。作为她姐姐的发小闺密和昔日邻居，我当然要招呼她。她也有回应，与我却无言语交流。不需要对话吧，遇见就好，然后去见证——如河流漫溯的岁月举起朽坏的肉身时，彼此的自我治愈在进行中呈现。

五

周一舟在玩倒立。毫无依靠，她就把地心引力改变，脑袋触挨地面，撑起倒立的身体。

"秘境"里的大地和天空在她那里发生了逆转。好玩。

我也想倒立，目前还不行。我连挺直身体睡觉都困难，改变地心引力……假以时日吧。地心引力总在拉坠我们的身体，人适当逆反下，好事一桩。我不是没有计划过，可我暂时无法做到。我这样的身体，说来就是反人类，再来个反人类的头倒立，上帝绝对不会给予我幸运，甚至还会被惹出怒火。

这个年过四旬的女子，还真在中年以后活出了质量。

她的遭际，除了父亲酗酒暴死外，还有——她的小妹妹周三舟失踪了。

那是在老周暴死三年后的一个五月天的事情，闹出很大的响动。因为小区来了一支玩大把戏的队伍，在我们大院西北方的一块空地上表演。很有趣，猴子会劈叉，小孩子会缩骨，大人能够吞刀。大院里的老老少少都跑去看。我放学回家经过时，看见人群里三层外三层地围个水泄不通。掌声、叫好声、喧哗声此起彼伏。

我踮起脚尖望了望便离开。这把戏，没多大技术含量，无外乎熟能生巧，吸引不了我。大院现在空无一人，难得清静，我将独享，求之不得。

一个半时辰后，天快黑了，大院的人相继回来。

周一舟喳巴子妈妈扯起嗓门喊三舟。三舟，三舟，你野到哪里去了？回家吃饭哈……喊了多遍没人应。喊声兀地孤独无助，三舟妈妈着急了，就出门去找。深夜她回来，依次敲我们的屋门哭诉。三舟真就失踪了。那时，一舟已上大学。翌日下午，她赶回来。一家人惊慌失措地哭喊，又分头去找。三舟却像水蒸气被即将到来的炎热提前蒸发掉。

一舟返校的前一天晚上哭了。她刚从乡下寻找回来，把自己关进了房间。她哀恸的哭声，将那个月明星稀的夜晚撕成碎片。哭声有些骇人，明显地被喉咙压抑，压制出坚硬薄片，刮在我们身体周围。我们跟着难受。

关于三舟去向，大家给出几种说法。被人贩子拐走了，跟着玩大把戏的班子跑掉了，或者被人杀死……总之，周三舟在我们大院里缺席。大院后来被摧毁建起新楼房，大院里的住户相继住进新楼，她还是缺席。现在，周三舟仍然缺席。

三舟的莫名失踪，给周家带来怎样的疼痛，我有所感觉却无法形容。喳巴子妈妈猛然衰老，头发全白，人也变得沉默寡语，走路都踉跄。那个不到五十岁的女人，提前步入风烛残年。

周一舟呢？也许她尚年轻，再大的挫折和折磨，也能在青春的润滑油下而磨掉辙痕。

燕小七出国前，来我这里，扯闲中说到周一舟。燕小七很感慨，周一舟因为与我的长相有些相似，还真将我当成亲妹妹看待。燕小七的理由就是，周一舟跟她紧密联系着，每次电话、语音、视频什么，无一例外地都会问起我燕缺。

她是关心我——你认为？我反问道。

燕小七愣了愣，摇脑袋，说道，也是，她问起你肯定不完全出于关心。

那是什么？

我们没有讨论，只是相互笑笑，一笑了之。周一舟爱打听我的情况，总体说来，并非我遭遇车祸后，而是从小

治愈期

就养出的惯性。这个惯性冠以"长相相似"的前提，不可知的部分也显影出某些可知的脉络。

她也是不幸的人。燕小七继续感慨。

周一舟的不幸除了少年时的家事，还有……她的老公是位军人，两人婚后生育了一对龙凤胎，堪称完美的家庭，不幸却再次降临。军人患上渐冻症，三四年后，一次感冒夺走了性命。周一舟独自抚养那对双胞胎，也许生活吃力了，又嫁给了当地的一个离异男人。此际，那对龙凤胎已是少年，十五岁，正值叛逆期。而家庭变故提升了叛逆指数，小男生突然间不上学了，逃学不说，还离家出走。周一舟找了几次，苦口婆心，算是把人安稳在家里。男孩子不仅拒绝上学，还拒绝与人交流，每天不是睡觉就是遨游在网络里。继父看不惯，就教训，还伸出拳脚教训。两人的武斗甫一爆发，就被周一舟及时拦住，避免了战斗升级。周一舟出差的空当里，这对父子再次大打出手，男孩子操起椅子劈向继父脑袋，继父昏厥。而昏厥的继父再也没苏醒，成了植物人。

燕小七的讲述干巴，我脑海却飘来湿漉漉的鹅毛大雪。那鹅毛扇子般扫走岁月的尘埃，将思维拉回儿时的大院里。周一舟的父亲暴死在雪夜，第二天上午，尸体被拖回放在院子里。脑袋边是三颗牙齿，血水凝固在牙根，散落的牙齿犹如假牙。周一舟跪在雪地中,浑身泥水(那天,积雪刚刚融化,她为何浑身都是泥水?疑问在我脑海火花般闪烁了下)。她双手捂住脸庞哭泣,那被压抑的哭号,如生锈的铁钉子钉在我心尖上。

那份疼痛的重量,似乎不比我少。

六

燕缺坐在地上打坐,金刚坐,瑜伽中的简易坐姿。姿势有些歪斜,还有些不稳。但是,半闭眼睛的她进入了冥想状态。

很快,她站起来,离开了秘境。

我完成了头倒立,接着是犁式倒立。

倒立的身体,迫使气血逆回,压向脑部,听觉便异常灵敏。我轻易地捕捉到她脚步的拖拉,被隐藏在拐杖声响里。行走的拐杖一步步朝前,很有节奏地敲打地面,而节奏感后面的拖拉,绵长窸窣,尽管被刻意地隐匿,却还是被风声传进我耳朵。

这是疼痛的馈赠。

这么想的刹那,我已经完成了倒立。复原"地心引力"下的正常姿势,身心前所未有地轻松。

这也是疼痛的馈赠。

没错。万能的时间总是骄傲，生命就没有完美。一切的生长都是以时间的名义来治愈自己。为何不允许拖拉？为何又将疼痛视作洪水猛兽？

我缓缓地呼气吸气。此际，我关闭思维，什么都不想。我只是一个中年妇女，肉身臃肿而陈腐，一个负重的物质存在。这个清晨，我看见了一个长相与自己相似的女人。她曾是天才，完美的易碎的天才，被命运施加了沉重的不幸。

一如燕缺这个名字。她却在治愈自己，终其一生。

思维被重新放出时，我一天的计划飞快地列表。早餐，听课，中午赶到未成年犯管教所看望儿子，下午再赶回家，明后天的周末陪伴已成植物人的第二任老公……

下周一的清晨秘境，我和燕缺将会再见。不知怎的，如此想法一经浮现，她的询问声就及时传来，周一舟，我看见了你的疼痛，它们那么多，却教会你自我治愈的技法不断升级，但你会治愈所有吗？

"所有"是啥东东？话说，谁没有不为人知的，或者被人一知半解的秘密？譬如，那雪水淋漓的地面上的牙齿，居然被她雕塑成作品……

何时，我们以疼痛之名，去做有关牙齿的隐秘交流？

还有她那坏掉的骨盆。